스타트업 글쓰기

START UP WRITING!!

스타트업 글쓰기
START UP WRITING!!

2019년 9월 15일 초판 인쇄
2019년 9월 20일 초판 발행

지은이 | 황성근 · 하지영 · 이효정 · 이지영 · 이태하
교정교열 | 정난진
펴낸이 | 이찬규
펴낸곳 | 북코리아
등록번호 | 제03-01240호
주소 | 13209 경기도 성남시 중원구 사기막골로 45번길 14
우림2차 A동 1007호
전화 | 02-704-7840
팩스 | 02-704-7848
이메일 | sunhaksa@korea.com
홈페이지 | www.북코리아.kr
ISBN | 978-89-6324-660-4 (13800)

값 15,000원

스타트업 글쓰기

START UP WRITING!!

황성근 · 하지영 · 이효정 · 이지영 · 이태하

머리말

현재 글쓰기는 어느 때보다 많이 행해진다. 글쓰기는 과거와 달리 거의 일상화되었다. 친구나 주변 사람과 소통하는 방식이 말하기가 아닌 글쓰기로 거의 이뤄진다. 일상생활을 하면서 가벼운 정보나 소식은 직접적인 말하기가 아닌 글쓰기로 소통하고 있는 것이 지금의 현실이다.

글쓰기가 말하기보다 일상화된 것은 SNS의 발달이 직접적인 원인이다. SNS는 현대인의 정보 접근이나 정보 전달에 있어서 혁명적인 매개체라고 할 수 있다. 특히 SNS상의 글쓰기를 통한 정보 전달은 신속성은 물론 편리성도 담보하고 있다. 순간적으로 어 떤 일이 일어나거나 갑자기 상대에 대한 안부가 궁금해지면 곧바로 SNS를 이용해 글쓰기를 하고, 그 즉시 정보 교환과 확인이 가능하다. 또한 SNS는 과거 글쓰기에 요구되었던 도구를 전혀 사용하지 않고 수시로 그리고 언제든지 글쓰기를 가능하게 한다. 결국 그 여파로 글쓰기가 현대인의 중요한 정보 교환 또는 전달의 중요한 수단이 되었다.

그런데 현대인은 매 순간 SNS를 통한 글쓰기를 하지만 글쓰기의 중요성을 잊고 있는 것이 현실이다. 매일 그리고 매 순간 글쓰기를 하면서도 그것이 글쓰기인지를 인식하지 못하는 경우가 다반사다. 우리가 수시로 엄청나게 주고받는 SNS상의 문자 메시지도 글쓰기이다. SNS상의 글쓰기가 정통적인 글쓰기가 아니라고 여기는 경향도 있으며 글쓰기를 대수롭지 않게 행할 수 있는 것으로 인식하기도 한다.

그러나 글쓰기는 상당히 중요하다. 글쓰기는 인간의 기본적인 능력에 속한다. 글쓰기는 일상생활을 하든 학문을 하든 언제든지 요구된다. 일상생활은 의사소통의 연속이다. 인간은 혼자서 생활을 영위하기 어렵고 필연적으로 주변 사람들과 어울리며 협력하는 사회생활을 해야 한다. 인간이 혼자만의 생활을 원한다면 주변 사람들과 소통할 필요가 없지만 다른 사람들과 교류하고 소통하기를 원한다면 의사소통은 필수이다. 특히 글쓰기는 일반적인 생활은 물론 대학생활이나 직장생활에서 상당히 중요한 역할을 한다.

대학생활은 학문적인 수행을 기본으로 한다. 학문 연구는 글쓰기가 기본적으로 활용되고 학문 연구의 결과물은 반드시 글쓰기로 이뤄진다. 대학에서 행해지는 시험이나 과제 수행은 글쓰기가 기본적으로 동반되고 있으며, 글쓰기를 통해 모든 학업활동이 평가된다고 해도 과언이 아니다. 직장생활 또한 글쓰기는 상당히 중요하다. 직장생활에서 업무는 글쓰기로 시작해 글쓰기로 마무리된다고 할 수 있다. 직장의 모든 문서는 글쓰기로 이뤄진다. 직장의 구성원이나 외부의 상대를 대상으로 업무를 할 때면 글쓰기가 필연적이며, 글쓰기를 제대로 하지 못하면 제대로 된 평가도 받기 어렵다.

또한 글쓰기는 지적인 부분도 적나라하게 드러낸다. 말하기는 대충하더라도 의사소통을 하는 데 큰 지장을 주지 않지만 글쓰기는 엄격하고 철저해야 한다. 말하기는 표현을 대충 하더라도 지적인 부분이 잘 드러나지 않지만 글쓰기는 어떤 표현을 하느냐에 따라 지적인 부분이 그대로 반영된다.

《스타트업 글쓰기》는 글쓰기의 기본적인 이해에서 출발해 유형별로 글쓰기를 어떻게 할 것인지, 그리고 문장 전개와 맞춤법 문제, 글쓰기의 윤리가 무엇인지를 논리적이고 체계적으로 담고 있다. 글쓰기는 기본적으로 어떻게 해야 하는지, 그리고 글쓰기를 잘하려면 어떤 부분이 요구되는지, 그리고 실제 글쓰기를 하려면 주제의 선정에서부터 글 구성, 그리고 내용의 전개와 표현을 어떻게 해야 하는지에 대해 구체적으로 서술하고 있다.

글쓰기에 관한 단행본이 적지 않고 단행본마다 나름의 특징이 있다고 할 수 있다. 그러나 글쓰기를 근원적으로 잘할 수 있는 방법을 제시하거나 실제 글의 유형에 따른 글쓰기 방법을 구체적이고 실용적으로 제시하는 단행본은 거의 없다. 평소 글쓰기에 대해 고민하거나 글쓰기를 잘할 수 있는 방법을 찾고자 한다면 실질적이고 실용적으로 도움을 줄 수 있다고 생각한다. 일반인들은 물론 대학생들이 실생활과 대학생활에서 실질적으로 요구되는 실제 글쓰기를 어떻게 잘할 수 있는지에 대한 지침서라고 할 수 있다.

《스타트업 글쓰기》의 출간은 집필의 시작부터 마무리까지 함께 의견을 조율하고 협력한 집필진 모두의 노력과 노고의 결과이긴 하지만, 책이 출간되기까지 아낌없는 지원을 해준 북코리아 이찬규 사장님께도 깊은 감사를 드린다.

2019년 9월

CONTENTS

CONTENTS

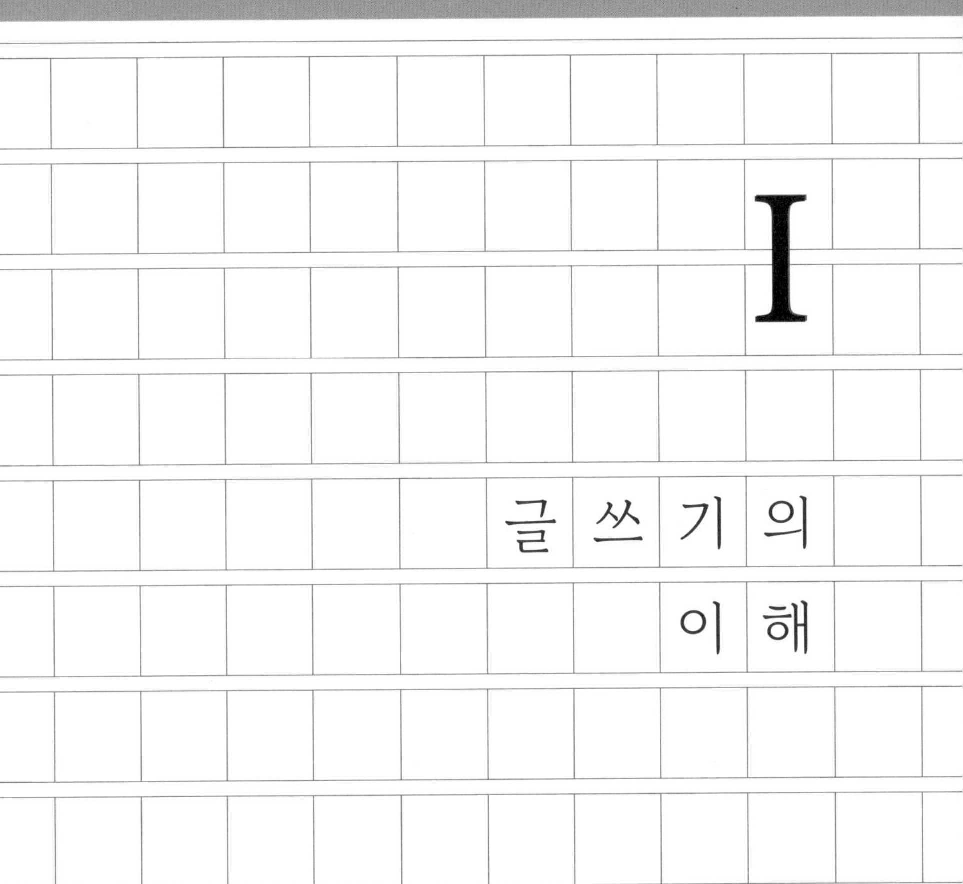

I

글쓰기의 이해

1.
글쓰기의 이해

1) 글쓰기의 의미

일상적으로 글쓰기는 누구나 쉽게 하는 경향이 있다. 일상생활에서 필요하면 메모를 하거나 필요한 내용을 기록하면 된다는 생각을 한다. 글쓰기는 수시로 행하지만 글쓰기가 과연 무엇인가에 대해 고민하는 사람들은 많지 않다. 흔히 일기를 쓰거나 낙서를 하듯이 별다른 부담 없이 행할 수 있고, 그냥 생각나는 대로 자연스럽게 할 수 있다고 생각한다.

현재 글쓰기는 과거보다 훨씬 편리해졌다. 과거에는 글쓰기를 하려면 종이나 필기도구가 필요했지만 지금은 이들 도구를 전혀 사용하지 않고, 인터넷의 발달로 인해 전자적인 수단을 통해 행해진다. 그리고 글쓰기에 대한 부담감 또한 많이 줄었다. 글쓰기를 할 때 아무런 필기구를 사용하지 않으며, 글쓰기를 위한 용지 또한 필요 없다. 그러다 보니 글쓰기는 시간과 공간을 초월해 수시로 행해지고 있다.

글쓰기는 과거와는 달리 가벼운 마음으로 행해지는 편이다. 그러다 보니 글쓰기에 대한 부담감도 많이 없는 편이다. 인터넷이나 SNS상에서 매 순간 글쓰기를 한다고 해도 과언이 아니고, 하루에 엄청난 글쓰기를 하고 있다고 할 수 있다. SNS상에서 가볍게 하는 카톡도 글쓰기에 해당하고 문자 메시지나 페이스북에서도 글쓰기를 수행한다.

또한 글쓰기의 유형 또한 다양해지고 있다. 현재 모든 사람들이 사용하는 SNS상의 글쓰기에서부터 인터넷 글쓰기도 가능하다. 글쓰기에서 문장 사용 또한 긴 문장의 글이 아닌 짧은 문장의 글쓰기가 수시로 이루어지고 있다. 하루에도 수십 번 이상 글쓰기를 하는 것이 일상생활이 되었고, 그것이 결국 글쓰기가 어렵지 않다는 인식을 확산시킨 것으로 볼 수 있다.

그러나 글쓰기를 제대로 하려면 적지 않은 노력이 필요하고, 글쓰기를 어떻게 해야 하는지에 대한 고민 또한 적지 않다. 글쓰기는 단순히 적는 것이 아니라 어떤 내용을 어떻게 담아내느냐가 중요하다. 그렇다면 글쓰기란 과연 무엇인가라는 의문에서 출발할 필요가 있다. 글쓰기는 부담감을 갖지 않고 쉽게 하려면 언제든지 가능하다. 그러나 좀 더 체계적이고 남들에게 보여줄 글을 쓰려면 글쓰기의 의미를 분명히 알 필요가 있다.

글쓰기는 학문적으로 접근하면 독자와 필자 간 생각의 공유나 의견 교환 등으로 이해할 수 있으나 글쓰기 자체만의 초점에 맞추면 조금 다르게 접근된다. 글쓰기에 대한 개념이나 의미는 어떤 관점으로 접근하느냐에 따라 차이가 있을 수 있지만, 기본적으로 글쓰기를 한다는 사실을 전제하면 세 가지로 접근할 수 있다.

(1) 인간의 언어 행위이다

글쓰기는 우선 문자를 적는 것에서 시작하지만 거기에는 메시지가 담기게 된다. 뭔가를 기록 또는 전하고자 하는 내용을 담는 것이 글쓰기의 기본적인 목적이라고 할 수 있다. 그러나 글쓰기는 기본적으로 인간의 언어 행위 가운데 하나이다. 인간의 언어 행위는 흔히 듣기와 말하기, 읽기와 쓰기의 네 가지로 언급된다. 이들 네 가지는 인간이 하는 언어적 방법이다.

인간이 태어나면 먼저 하는 언어 행위가 듣기와 말하기이다. 인간이 언어 행위를 습득하는 과정은 듣기와 말하기, 읽기와 쓰기의 순으로 진행된다고 봐야 한다. 여기서 듣기와 말하기는 문자를 몰라도 가능하지만 읽기와 쓰기는 문자를 알아야 가능하다. 문자는 인간이 소속된 집단에서 만들어진 언어적 표기이며, 그 표기를 익혀야 읽기와 쓰기가 가능하다.

흔히 듣기와 읽기는 수동적 언어 행위로 간주한다. 듣기와 읽기는 적극적인 행위가 약하다는 것이 전제된다. 말하기와 쓰기는 능동적인 언어 행위로 간주한다. 말하기와 쓰기는 행위의 적극성이 요구된다는 의미이다. 그러나 인간의 언어 행위는 모두 적극적인 행위가 요구된다고 할 수 있다. 듣기와 읽기도 정확한 내용을 파악하기 위해서는 적극성을 띨 필요가 있다. 그러나 말하기와 쓰기가 듣기와 읽기보다 더 능동적이고 적극적인 부분이 요구되는 것은 사실이다.

그렇다면 말하기와 글쓰기 가운데 어느 것이 더 어려울까? 여기에는 개인적인 차이가 있을 수 있으나 말하기보다 글쓰기가 더 어려울 수 있고 더 체계성을 요구한다고 할 수 있다. 말하기와 글쓰기에서 두 행위 모두 적극적이고 능동적인 부분이 요구되지만, 말하기보다는 글쓰기가 더 체계적이고 논리적인 부분을 요구한다.

말하기와 글쓰기는 우선 메시지 전달수단에서 차이점이 존재한다. 말하기는 구두로 말하는 언어적 수단과 행동이나 표정 등으로 행하는 비언어적인 수단이 동시에 작용하지만, 글쓰기는 순수하게 언어적인 수단만이 작용한다. 그리고 말하기는 화자와 청자가 동일한 공간에 존재함으로써 메시지를 수용하는 데 있어서 상호작용성이 작동되지만, 글쓰기는 필자와 독자가 동일한 공간에 존재하지 않는다. 글쓰기에서 필자와 독자는 상호작용성을 갖는 부분이 상당히 약하다. 결국 이러한 부분을 감안한다면 글쓰기가 말하기보다 더 체계성을 요구하고 논리적인 부분도 더 강조된다고 할 수 있다.

물론 글쓰기와 말하기는 메시지 구사나 내용을 담아내는 부분에서는 거의 동일하다. 두 언어 행위는 서로 분리해 접근하기보다 통합적으로 접근하는 것이 의사소통론적 입장에서는 효율적이다. 글쓰기와 말하기의 차이점이 있다면 문어적 표현인가, 구어적 표현인가에서이다. 글쓰기는 문어적인 표현을 해야 하고 말하기는 구어적인 표현을 해야 한다. 글쓰기의 문어적 표현이란 글쓰기에 적합한 표현을 말하고, 말하기의 구어적 표현이란 말하기에 적합한 표현을 의미한다.

문어적 표현과 구어적 표현의 차이는 문어적 표현이 정적이라면 구어적 표현은 동적이다. 한마디로 말하면 구어적 표현이 문어적 표현보다 생동감이 있다고 할 수 있다. 그렇다면 글쓰기를 할 때에는 구어적 표현을 마구 사용하기보다 문어적 표현으로 타당한지를 검토하고 사용하는 것이 이상적이다. 글쓰기는 말하기보다 지식수준을 비교적 명료하게 드러낸다. 말하기에서는 일상적 표현을 사용하면 되지만, 글쓰기에서 일상적 표현을 무턱대고 사용하면 글의 수준이 낮아지고 글쓴이의 지적 수준도 낮아지는 경향이 있다. 물론 어떤 유형의 글쓰기인가에 따라 다르지만 특별한 경우가 아니면 글쓰기를 할 때에는 문어적 표현을 사용하는 것이 바람직하다.

(2) 의사소통의 수단이다

흔히 의사소통이라고 언급하면 말하기를 염두에 두는 경향이 있다. 말하기가 일상적으로 쉽고 편리하게 의사소통을 하는 방법으로 간주되는 것이기는 하지만, 글쓰기도 말하기와 동일한 의사소통의 수단에 해당한다. 의사소통이란 자신이 가지고 있는 생각이나 뜻이 상대와 통하는 것을 의미한다. 그 방법은 말하기와 글쓰기가 해당한다.

그렇다면 의사소통이 제대로 이뤄졌다는 것은 무엇을 의미할까? 자신이 전하고자 하는 생각이나 메시지가 상대에게 정확하게 전달되는 것을 말한다. 예를 들어 A라는 메시지를 전달하고자 한다면 상대가 A로 수용해야 하는데, B 또는 C로 수용한다면 그것은 의사소통이 제대로 이뤄졌다고 할 수 없다. 글쓰기도 말하기와 마찬가지로 의사소통의 중요한 수단이며, 인간이 문자를 개발한 것도 말하기가 갖지 못하는 의사소통을 하기 위해서이다. 말하기는 입이라는 도구만으로 의사소통을 가능하게 하지만, 글쓰기는 필기라는 도구가 있어야 의사소통이 가능한 수단이다. 글쓰기는 일회성에 그칠 수 있는 말하기가 갖지 못하는 장점이 있을 뿐만 아니라, 글쓰기를 제대로 하려면 글쓰기가 의사소통의 수단이라는 사실을 염두에 두어야 한다.

글쓰기는 자신의 생각이나 의견 또는 정보를 자신을 위해서나 다른 사람에게 전달하기 위해 행해진다. 따라서 자신의 생각이나 의견을 다른 사람에게 명료하게 전달하는 것이 최우선이다. 자신이 전하고자 하는 내용을 상대가 정확히 파악하지 못하면 의사소통이 제대로 이뤄지지 않았다고 할 수 있다.

말하기에서 메시지를 어떻게 구사하는 것이 상대에게 정확하고 효율적으로 수용될 것인가를 고려하듯이 글쓰기에서도 동일하게 적용해야 한다. 예를 들어 친구와 어디서 만난다는 약속을 했다고 한다면 친구와 약속한 장소에서 정확히 만나야만 의사소통이 제대로 이뤄졌다고 할 수 있다. 만약 친구가 잘못 수용하고 약속장소가 아닌 다른 장소에 나타났다면 친구와 만날 수 없다. 그것은 결국 의사소통이 제대로 이뤄진 것이 아니다. 글쓰기도 메시지를 담을 때 독자에게 정확하게 소통되는지를 고려하고 수행해야 한다.

물론 말하기는 대충 해도 되지만 글쓰기는 정교하고 정확하게 해야 한다. 이는 말하기와 글쓰기의 차이점에서 연유한다. 그러나 글쓰기도 말하기와 동일하게 의사소통의 수단이다. 말하기는 시공간적 제한을 가질 수 있으나 글쓰기는 시공간을 초월하는 점이 있다. 의사소통이 정확히 이뤄졌다는 것은 전하고자 하는 내용이 수용자에게 정확하게 전달되었다는 사실을 전제한다. 글쓰기를 할 때에는 내용을 정확하게 전달하고 있는지를 고려할 필요가 있다.

(3) 사고의 논리적 표현이다

흔히 글쓰기는 말하기보다 상당히 어렵다는 주장을 하는 사람들이 적지 않다. 말하기는 하다 보면 자연스럽게 행해지는 경우가 일반적이지만, 글쓰기는 말하기처럼 자연스럽게 행해진다는 생각을 하지 못하는 경향이 있다. 글쓰기와 말하기는 메시지를 구사하거나 구성하는 것은 거의 대동소이하다. 말하기에서 메시지를 구사하는 것을 잘 살펴보면 사고 논리를 따라주는 방식을 취한다. 말하기에서 자연스럽다는 인식을 갖는 것은 사고 논리를 따라주는 방식으로 메시지를 구사하고 있다는 것을 의미한다.

글쓰기 또한 동일한 방식을 취해야 한다. 글쓰기에서 내용을 어떻게 구성하고 구사할 것인가를 고민하는 경우가 많다. 이때에는 사고 논리를 따라주면 된다. 의사소통은 상대가 수용하기 쉽도록 하는 데 초점이 맞춰지고 의사소통에서 메시지를 구사할 때에도 상대가 자연스럽게 수용하도록 하는 방법을 취해야 한다. 그것이 결국 사고 논리를 따라주는 것이다.

글쓰기도 사고의 논리적인 표현이라고 생각해야 한다. 어떤 메시지이든 논리적으로 표현되지 않으면 수용되기 어렵다. 의사소통 자체가 논리적인 부분을 요구하고 그것은 우리가 일상에서 하는 사고의 논리를 따라주면 된다.

사고의 논리는 일상생활을 하면서 자연히 터득된다고 할 수 있다. 물은 높은 곳에서 낮은 곳으로 흐르고 시간은 과거에서 현재, 미래로 흘러간다는 인식도 사고 논리에 기인한다. 그리고 태양은 동쪽에서 뜨고 서쪽으로 진다는 것도 사고 논리이다. 글쓰기를 할 때 사고의 논리를 따라주지 않으면 글의 흐름에 문제가 생기거나 수용자가 글의 내용을 수월하게 수용하지 못한다. 글쓰기 행위는 자신의 사고를 펼치는 행위이다.

예를 들어 인간이 시간을 인식하는 사고 논리는 과거에서 현재 그리고 미래로 접근하게 된다. 하루의 일과도 아침에서부터 점심, 저녁 그리고 밤의 순으로 인식한다. 이러한 부분은 일상생활을 하면서 자연스럽게 터득하고 인식한다. 사고의 논리적 표현은 표현하고자 하는 내용을 사고의 논리에 따라 전개한다는 의미와 일맥상통한다. 글쓰기 또한 내용을 전개할 때에는 사고의 논리를 따라주면 문제가 없다는 의미이다. 글쓰기를 할 때 내용을 어떻게 전개할 것인가는 바로 사고 논리를 적용하면 쉽게 해결할 수 있다.

2) 글쓰기의 필요성

현재 글쓰기의 중요성이 사회 전반적으로 확대되고 있다. 글쓰기는 학문을 수행하거나 사회활동을 하기 위해서도 필수적으로 요구되지만, 글쓰기의 필요성에 대해 깊이 있게 고민하는 일은 많지 않다. 그리고 글쓰기를 잘해야 한다는 생각도 그다지 하지 않는 경향이 있다.

현재 글쓰기는 어느 때보다 많이, 그리고 수시로 행해진다. 글쓰기는 디지털 시대가 도래하면서 과거보다 더 자주 그리고 쉽게 한다. 우리가 일상생활에서 자주 사용하는 스마트폰은 통신의 편리함을 주는 만큼 상대와 정보나 의견을 교환하는 중요한 수단이 되고 있다. 특히 스마트폰에서 문자를 보내거나 SNS상에서 소식이나 정보를 전달하는 행위는 생활의 한 부분으로 자리 잡고 있다. 결국 글쓰기는 시간적인 제약을 받지 않고 언제 어디서나 할 수 있는 환경을 갖게 되었다.

실제 일상생활은 글쓰기가 기본적으로 동반된다. 메모를 하는 것도 사소하게는 글쓰기이고 인터넷 시대를 맞아 현대인이 즐겨하는 문자나 카톡, SNS상에서 수시로 연락을 주고받는 문자도 글쓰기이다. SNS상에서 글쓰기를 할 때 크게 고민하는 일은 거의 없다. 상대에게 전하고자 하는 메시지를 자연스럽게 서술해 전달하면 된다. 그 여파로 젊은 층은 물론 아이들, 노년층조차 SNS를 사용하다 보니 글쓰기에 대해 심각하게 생각하지 않는다.

글쓰기는 다양한 목적으로 행해지지만 기본적으로 개인의 필요에 의해 행해지고, 거기서 더 나아가 사회적 목적이나 수요에 따라 행해진다. 글쓰기는 자신의 삶에서 뭔가를 기록하거나 전달하고자 하는 욕망에서 출발하지만 그것을 다른 사람과 공유하기 위해 확산적으로 이뤄진다. 글쓰기의 필요성은 목적에 따라 다를 수 있지만 어떠한 관점을 가지느냐에 따라 달리할 수 있다.

(1) 자기의 표현이다

인간은 누구나 자기를 표현하고자 하는 욕구를 지닌다. 인간은 살아가면서 다양한 현상을 접하고, 그 과정에서 다양한 경험을 한다. 인간은 자신이 겪는 주변 환경이나 현상을 단순한 기억으로 머물게 하기보다 뭔가를 기록으로 남기고 보존하고 싶어 한다. 특히 자신의 존재에 대해 적지 않게 생각하고 자신의 내면과 생각을 드러내려고 한다. 자신의 내면에 담고 있는 생각이나 의지를 스스로 표현하고 기록하기를 원한다. 여기에는 자신의 존재 이유와 삶에 대한 반성도 포함되지만 자신이 겪는 주변 사물들에 대한 경험과 생각도 추가된다. 그리고 다른 사람들과 이러한 것들을 공유하기 원한다. 그래서 글쓰기라는 도구가 사용되고 기록된다.

인간은 언어가 생겨나기 전까지는 자신을 표현하는 방식이 마땅치 않았다. 자신을 표현하고 싶어도 표현을 위한 매개체가 그다지 존재하지 않았다. 인간은 초기에 그림으로 자신을 표현하고 주변 환경에 대해 알리는 방식을 취했다. 그러다가 문자가 개발되고 언어 사용이 가능해짐에 따라 언어를 통해 표현하게 되었다. 글쓰기는 그 연장선상에서 이뤄졌다.

글쓰기는 다른 표현 방식보다 비교적 정교한 표현 방식이다. 글쓰기는 무엇보다 자기 자신을 표현하는 수단이다. 자신이 갖고 있는 내면적 사고는 물론 생각 또는 주변에 대해 의식하고 있는 내용을 표현하는 것이 글쓰기이다.

인간은 어떤 일에서든 내면적인 생각을 갖는다. 하루의 일과를 시작하면서 겪는 일이든 주변 사람과의 일 또는 사회적인 문제와 부딪치면서 수많은 생각을 하게 된다. 이들 생각을 표현하는 방식이 글쓰기이다. 만약 자신의 생각이나 의견을 표현하지 않는다면 서로 간의 소통이 없어진다. 그리고 상대가 어떠한 생각을 하는지 그리고 내 생각이 상대에게 어떻게 수용되는지도 알지 못한다. 또한 자신의 내면적 생각을 표현함으로써 자신의 존재에 대한 확인이나 존재의 가치에 대해서도 생각하게 된다.

T. S. 엘리엇은 "글쓰기는 모호함에 대한 공격이다"라고 주장한다. 글쓰기는 일상의 추상적인 생각에 대해 명료함을 도출할 수 있는 수단이 된다. 그것은 글쓰기를 통해 자신의 생각을 정리하고 그 생각을 더욱 명료하게 할 수 있음을 말한다. 결국 글쓰기는 자신의 내면적인 생각이나 의견을 표출하지만, 글쓰기를 통해 그 생각이 더욱 정교해지고 명료해진다고 할 수 있다.

(2) 삶을 위한 필수적인 활동이다

인간은 다른 사람과 어울리며 소통하지 않으면 존재하기 어렵다. 인간이 혼자서 살아갈 수 있다면 다른 사람과 소통할 필요가 없지만 다른 사람과 관계를 맺고 함께 어울려 지내려면 소통은 필수이다. 인간이 소통하는 방식은 다양하다. 기본적으로 몸짓과 발짓을 통한 신체적인 방법으로 소통할 수 있고 구두를 통한 음성으로도 소통할 수 있다. 그러나 신체나 구두를 통한 소통에는 한계가 있다. 이들 소통은 일시적이고 단발적이며 지속성이 결여되어 있다. 그리고 정교한 소통 방식이 아니다. 인간이 다른 사람과 정교한 소통을 위해 개발한 것이 바로 언어이고 언어는 문자를 통해 행해진다. 그것이 바로 글쓰기의 소통 방식을 취하게 된다.

글쓰기는 삶에 대한 경험과 반성 그리고 메시지를 담아내는 효과적인 방법이 된다. 어떻게 보면 인간이 사회생활 또는 활동을 하는 데 있어서 필수적인 행위라고 할 수 있다. 인간은 다른 사람과 관계를 맺고 어울리며 상호 간의 의견을 주고받는다. 그리고 다른 사람에게 전하고자 하는 내용을 전달하고 함께 생각하거나 공유한다. 다른 사람과의 관계에서 소통은 필수이며, 그 소통에서 중요한 역할을 하는 것이 글쓰기이다.

인간의 소통 방식은 다양하지만 다른 사람과의 소통에서 대표적으로 활용되고 있는 것이 말하기와 글쓰기이다. 말하기는 순간적인 행위에 그칠 수 있는 반면, 글쓰기는 순간적인 행위이기는 하지만 영원히 지속적으로 영위되는 성격을 지닌다. 말하기를 통한 소통은 행위의 상황과 시간이 지나면 사라지는 경향이 있지만 글쓰기는 영속적으로 존재하는 경향을 지닌다. 말하기가 일회성에 그친다면 글쓰기는 지속성을 지닐 수 있다.

특히 글쓰기는 대면이 불가능하거나 원거리에 있는 사람과 소통하는 중요한 방식이 되고, 말하기가 행할 수 없는 소통방식으로 자리 잡게 되었다. 글쓰기는 기록의 성격을 갖는 만큼 자신의 삶에 대한 기록은 물론 다른 사람과의 소통을 위해서도 글쓰기를 필수로 하게 되었다.

앞으로 과학기술이 더욱 발달하고 새로운 소통 방식이 등장한다고 하더라도 글쓰기는 사라지지 않을 것이다. 글쓰기가 갖는 소통 방식과 삶에 대한 표현은 영구적으로 존재하게 된다. 요즘 거의 모든 사람들이 하다시피 하는 SNS상의 글쓰기는 삶의 편리함을 줄 뿐만 아니라 전 세계 사람들과의 소통도 가능하게 한다. 그것은 결국 글쓰기가 인간의 생활에서 중요한 부분을 차지하고 있음을 의미할 뿐만 아니라 글쓰기가 인간의 삶을 위한 필수적인 활동임을 보여준다.

(3) 인간의 기본적인 능력에 속한다

인간의 능력은 다양하다. 인간은 기본적으로 의식주를 해결하기 위한 생존능력을 갖는다. 인간은 생존하기 위해 먹는 것을 해결해야 하고, 한 장소에 머물며 생활하기 위해 주거공간을 확보해야 한다. 이는 인간의 생존을 위한 필수적인 것이며, 이들 능력은 어떻게 보면 원초적인 능력에 가깝다.

그런데 인간이 집단을 이뤄 생활하고 다른 집단 또는 인간과 교류하기 위해서는 의사소통도 해야 한다. 자신이 알고 있는 정보나 생각, 의견을 다른 사람과 교류하거나 공유하면서 사회를 형성하게 된다. 글쓰기 능력은 이들 능력에 해당하며, 인간이 갖춰야 할 기본능력에 속한다고 할 수 있다.

인간은 일정 기간이 지나면서 언어를 습득하고 문자를 익혀 글쓰기라는 매개체를 통해 소통한다. 특히 글쓰기는 다른 소통수단보다 더 정교한 소통을 가능하게 한다.

어릴 적부터 글쓰기를 배우는 목적도 여기에 있다. 말하기는 어려서부터 구체적으로 배우지 않는다. 말하기는 아이가 듣기를 시작하면서 자연스럽게 행하는 행위로 받아들인다. 그러나 글쓰기는 표현에서부터 문장의 사용, 내용의 구성과 표현에 대해 구체적으로 배운다. 이는 글쓰기가 다른 소통수단보다 더 중요하다는 사실을 방증한다고 해도 무리는 아니다.

어린 시절 쓰는 일기나 학생들이 주로 작성하는 자기소개서, 상대방에게 안부를 묻는 편지글, 학업을 수행하는 데 요구되는 과제물 등은 모두 글쓰기이다. 이때 글쓰기를 제대로 하지 못하면 온전한 평가를 받지 못하고 아무리 뛰어난 능력을 지니고 있다고 하더라도 표현하지 못한다면 아무 소용이 없다.

현 사회를 보아도 어떤 행동이나 행위를 하더라도 글쓰기가 적지 않게 동반되고, 글쓰기를 하지 못하면 개인의 능력을 표현하기 어렵다. 글쓰기를 얼마나 잘하느냐에 따라 다른 사람에게 주목받게 된다. 그리고 자신의 가치를 대외적으로 알리기 위해 행하는 것이 글쓰기이다. 주변에서 글쓰기의 중요성을 강조하는 것도 이러한 부분을 고려한 측면이 크다. 결국 글쓰기는 인간이 갖춰야 할 중요한 기본능력이라고 할 수 있다.

(4) 학문수행에 필수적이다

글쓰기는 대개 학교생활에서 기본적이고 꾸준히 행해진다. 수업의 내용을 필기하거나 과제를 수행할 때에도 글쓰기가 기본적으로 동반된다. 모든 수업은 글쓰기의 연속이라고 해도 무리는 아니다.

글쓰기 교육이 학교생활에서 본격적으로 행해지고 있는 것은 글쓰기와 학업수행이 밀접한 관계를 갖기 때문이다. 수업의 과제를 수행한다고 하자. 과제의 결과는 최종적으로 글쓰기를 통해 생산된다. 글쓰기를 하지 않으면 과제를 수행할 수 없고, 글쓰기가 없는 과제는 그다지 많지 않다. 학교에서 수시로 치르는 시험도 글쓰기가 기본적으로 행해지는 경우가 많다.

글쓰기는 학업이나 학문수행을 위해 필수이다. 글쓰기는 학문수행에서 필연적으로 동반된다고 할 수 있다. 학교에서 공부하거나 과제를 수행할 때에는 으레 글쓰기가 동반되고, 글쓰기를 제대로 하지 못하면 적지 않은 어려움을 겪는다. 쉬운 예로 시험을 치른다고 하자. 객관식 시험은 글쓰기가 동원되지 않지만 주관식 시험은 글쓰기를 해야 한다. 여기서 글쓰기를 잘하지 못하면 온전한 점수를 받기 어렵다. 답안의 내용은 물론 표현에서도 적지 않게 신경을 써야 한다.

학업에서 과제 수행을 할 때에도 글쓰기가 매우 중요하다. 일부 과제는 발표 형식으로 수행되기는 하지만 대부분의 과제는 글쓰기를 해야 한다. 이때 글쓰기를 잘하지 못하면 좋은 과제 점수를 받을 수 없다. 연구를 할 때에도 모든 결과물이 글쓰기로 생산된다. 아무리 훌륭한 연구를 했다고 하더라도 결과를 최종적으로 표출하는 글쓰기를 제대로 하지 못하면 그 연구는 빛을 발할 수 없고 사장되기 쉽다. 글쓰기를 잘하면 그

연구는 다른 사람과 공유할 수 있고 더욱 발전적인 연구로 이어질 수 있다. 결국 학업수행에서는 글쓰기가 필연적으로 동반된다고 할 수 있다.

(5) 사회활동의 핵심이 된다

흔히 글쓰기는 학교생활에서만 필요하고 사회생활에서는 필요하지 않다는 생각을 하는 경향이 있다. 그러나 글쓰기는 학교생활 못지않게 사회활동에서 핵심적인 역할을 한다. 사회생활을 하면 기본적으로 의사소통이 중요하다. 사회생활에서 업무적인 일을 수행할 때에는 글쓰기가 매우 중요한 역할을 한다.

한 예로 사업을 한다고 하자. 사업에 대한 전반적인 기획을 하거나 사업의 내용에 대한 구체적인 부분을 도출하고 다른 사람을 설득하려면 글쓰기가 필수적으로 행해져야 한다. 이때 글쓰기를 어떻게 하느냐에 따라 사업의 수주 여부가 결정된다. 어떤 업무든 다른 사람을 설득하는 것이 중요하다. 다른 사람을 설득하려면 글로써 그 내용을 어떻게 표현해야 하는지가 관건이 된다. 사회생활을 하려면 다른 사람과의 의사소통이 필수이고, 특히 글쓰기는 의사소통에서 핵심적인 역할을 한다.

사회생활에서 단순히 교류를 위한다면 굳이 글쓰기를 할 필요는 없다. 그러나 직업적으로나 사업상으로 거래를 할 때에는 글쓰기가 반드시 행해진다. 이때에는 글쓰기를 어떻게 하느냐에 따라 거래가 성사되는지 여부가 결정된다. 또한 직장생활을 하게 되면 글쓰기는 더욱 중요해진다. 직장인의 하루 업무가 글쓰기로 이뤄진다고 해도 과언이 아니다. 물론 일부 직종에서는 글쓰기를 그다지 하지 않지만 대부분의 직장인은 글쓰기를 통해 능력에 대한 검정을 받는다. 특히 직장생활에서 글쓰기는 과시적으로 드러나는 평가수단이 된다.

글쓰기를 어떻게 하느냐에 따라 개인의 능력이 평가된다. 직장에서는 사소한 문서라도 글쓰기가 수행된다. 직장인이 문서작성을 하는 이유는 글쓰기가 회사활동의 중요한 근거자료가 되기 때문이다. 직장생활의 초기에는 글쓰기를 그다지 하지 않아도 되지만, 직급이 높아질수록 글쓰기는 더욱 중요해진다.

직장인의 모든 서류는 글쓰기를 통해 결제되고 평가된다. 특히 글쓰기는 개인의 능력을 평가하는 중요한 수단이 된다. 직장에서는 모든 행위가 증거로 남겨지는 경향이 있다. 그 증거로 남기는 모는 것이 글쓰기로 이뤄진다. 물론 일부 직장에서는 글쓰기를 하지 않는 일도 있지만, 대부분의 직장에서는 글쓰기가 기본 업무이자 중요한 작업이라고 할 수 있다.

3) 좋은 글의 요건

글쓰기는 사고의 복합체이다. 글쓰기는 개인이 생각하거나 평소 갖고 있는 의견을 도출하는 방법이지만, 글쓰기에는 모든 사고 작용이 동시에 동반된다. 개인이 다양한 경험을 갖고 있으면 그 경험들이 글쓰기에 우러나올 수 있고, 높은 지식적인 수준을 갖고 있다면 그 지식수준이 글쓰기에 그대로 표현된다.

글쓰기는 말하기와 달리 어떤 내용을 어떻게 썼느냐에 따라 글쓴이의 수준을 그대로 드러낸다. 말하기나 글쓰기는 동일한 의사소통 행위이고, 내용의 구성이나 전개에서는 큰 차이점이 없다. 그러나 말하기와 글쓰기의 차이는 표현에 있다. 흔히 말하기는 구어적인 표현을 사용하고, 글쓰기는 문어적인 표현을 사용해야 한다. 글쓰기에서 구어적인 표현을 사용하는 것은 글의 질을 떨어뜨릴 수 있다. 물론 어떤 유형의 글인가에 따라 다르지만, 일반적으로 글쓰기는 문어적인 표현을 하는 것이 기본 원칙이다.

또한 글쓰기는 말하기와 달리 지적 수준을 그대로 드러내준다. 글쓰기에서 표현을 어떻게 하느냐에 따라 글쓴이의 지적 수준이 그대로 드러난다고 할 수 있다. 글쓰기를 할 때 다른 사람으로부터 좋은 글이라는 평가를 받고 싶어 하는 마음이 기본적으로 깔려 있다. 어차피 한 편의 글을 쓰는 것이 쉬운 일은 아니고 쓴다고 하면 제대로 쓰고 싶은 욕망은 누구나 갖게 된다. 좋은 글의 요건은 접근법에 따라 다양하게 제시될 수 있지만, 글쓰기를 할 때 꼭 적용해야 할 부분을 고려하면 좋은 글을 쓸 수 있다.

(1) 주제가 명료하게 도출되어야 한다

글쓰기는 무턱대고 하고 싶은 대로 하는 것이 아니다. 글쓰기를 할 때에는 의도하든 하지 않든 간에 뭔가를 담고자 하는 내용이 존재한다. 그 내용을 얼마나 그리고 어떻게 담아내느냐가 중요하다. 하나의 메시지에는 다양한 내용이 포함되지만, 내용의 중심적인 역할을 하는 것이 주제이다. 주제는 흔히 글의 중심 내용 또는 사상을 의미한다. 하나의 메시지는 주제를 중심으로 구사되고 그 주제를 얼마나 명료하고 효율적으로 드러내느냐에 따라 좋은 글로 판가름이 난다.

흔히 무엇에 대한 글인가라고 할 때 여기서 '무엇'은 주제를 말한다. 모든 메시지는 주제를 지닌다. 주제가 없는 메시지는 제대로 된 메시지라고 할 수 없다. 누군가와 이야기를 한다고 하자. 이때 상대방이 뭔가를 전하려고 말한다면 상대방에게 귀를 기울이며 어떤 메시지를 전할까 집중한다. 그러나 상대가 주제가 없는 메시지를 마구 전한다면 아무리 들어도 이해되지 않을 뿐만 아니라 마음속으로는 답답함만 호소한다. 이는 메시지를 구사할 때 주제를 명료하게 도출해야 함에도 불구하고 주제가 없는 메시지의 전달에서 비롯되고 있다고 할 수 있다.

한 편의 글에서 주제는 초에 심지가 박혀 있듯이 박혀 있다. 초의 심지는 초를 녹이는 핵심역할을 하면서도 초가 끝까지 잘 타도록 하는 구실을 한다. 초의 심지가 제대로 박혀 있지 않으면 그 초는 끝까지 타지 못하고 버려지게 된다. 글쓰기에서 주제 또한 글의 핵심적인 역할을 한다. 흔히 뭔가에 대해 구사할 때 여기서 '뭔가'가 바로 주제가 된다. 한 편의 글도 주제를 중심으로 쓰이며, 주제가 얼마나 명료하고 확실하게 도출되었는가에 따라 글의 질이 좌우된다.

물론 글에서 주제가 없으면 그것은 맹탕이라고 할 수 있다. 글의 중심이 없으면 메시지를 구사할 때 어디에 중점을 두고 전개할 것인지 판단이 서지 않을 뿐만 아니라 아무리 진행해도 제대로 된 글이 될 수 없다. 글을 쓸 때에는 주제가 무엇이며 그 주제가 명료하게 도출되고 있는지를 판단해야 한다.

글의 내용은 주제와 밀접하면 할수록 주제가 제대로 도출되었다고 할 수 있다. 글쓰기는 주제를 중심으로 내용을 담게 된다. 여기서 주제와 관련된 내용을 담아야만 주제가 명료하게 도출된다. 한 편의 글을 쓸 때 주제를 중심으로 +@라는 내용을 동원한다고 하자. 만약 그 글의 +@가

주제와 동떨어진다면 글의 주제가 무엇인지 알 수 없다. 한마디로 어떤 글을 썼는지가 판단되지 않는다. 글의 내용이 주제에서 벗어날수록 주제가 무엇인지 알 수 없고, 글의 내용이 주제와 밀접할수록 글의 주제가 명료하게 도출된다. 글쓰기를 할 때 주제와 상관이 없거나 불필요한 내용은 과감히 버려야 한다. 이들 내용을 잘못 동원하면 제대로 된 글쓰기가 아닌 이상한 글이 된다.

(2) 내용이 타당하고 충실해야 한다

좋은 글은 주제를 얼마나 명료하고 설득력 있게 도출했느냐에 직결되지만, 주제를 명료하게 도출하려면 내용 또한 타당하고 충실해야 한다. 내용이 타당하지 않으면 그 글은 설득력을 잃게 된다.

하나의 주장을 한다고 할 때 그 주장이 타당하려면 내용이 타당해야 한다. 내용이 타당하지 않은 글은 타당성을 상실하게 된다. 어떤 주장을 하더라도 합당하고 타당성이 있어야 상대가 수용하게 된다. 그렇지 않으면 그 주장이 상대에게 전달될 수 없고 수용될 수도 없다. 글쓰기에서도 주장을 펼치든 정보적인 내용을 전달하든 일차적으로 내용이 타당성을 지녀야 한다.

그리고 내용에서 중요한 것은 충실성이다. 글에서 내용은 알맹이와 같다. 어떤 알맹이로 내용을 채울 것인가와 직결된다고 할 수 있다. 그러나 내용을 전개할 때에는 충실하게 하는 것이 기본이다. 어떤 내용을 펼치다가 그만두거나 생략하게 되면 수용자는 내용을 충분히 파악할 수 없다. 그렇게 되면 글의 내용을 완벽히 파악하기 어렵다.

말하기가 청자를 중심에 두고 행하듯이 글쓰기는 독자를 중심에 두고 수행해야 한다. 말하기는 화자와 청자가 동일한 공간에 존재하다 보니 청자의 표정이나 태도 등을 고려해 메시지를 구사하지만, 글쓰기는 독자와 필자가 동일한 공간에 존재하지 않는다. 그로 인해 글쓰기는 필자가 일방적으로 내용을 담아내는 경향이 있다. 따라서 글쓰기를 할 때에는 독자가 궁금해하는 것이 무엇인지를 고려하고 그것을 중심으로 담아내야 한다.

글쓰기에서는 필자의 기준으로 독자를 판단하는 것도 좋지 않다. 글의 내용을 전개할 때 독자가 어느 정도 알고 있겠지 하는 막연한 추측으로 접근하는 것은 옳지 않다. 독자는 글을 쓰고 있는 내용에 대해 완전히 무지하다고 판단하는 것이 좋다. 그것이 결국 독자의 궁금함이 무엇인지에 대한 판단으로 작용해야 한다.

글쓰기에서 내용의 충실성은 독자로 하여금 내용을 충분히 파악하도록 하는 구실을 한다. 어떤 내용을 전개하다가 중도에 생략하거나 불필요하다고 판단해 추가로 서술하지 않는 것은 좋지 않다. 독자가 그 내용에 대해 충분히 숙지할 수 있는지를 판단하고 내용을 전개하는 것이 중요하다. 독자가 그 내용에 대해 어느 정도 알고 있겠지라는 판단으로 글쓰기를 하는 것은 바람직하지 않다. 하나의 내용을 가능한 한 충실하게 전개하는 것이 중요하다.

(3) 완결성을 갖춰야 한다

글쓰기는 하나의 메시지를 조직하는 것이다. 글쓰기는 하나의 주제를 중심으로 내용을 전개하지만, 그 주제에 대한 메시지를 문자로 담아내는 형식이라고 할 수 있다. 메시지는 기본적으로 서두와 본문, 결말로 구성된다. 하나의 메시지가 서두와 본문, 결말로 조직되는 것은 메시지의 완결성을 위한 방법이다. 그리고 이들 부분은 메시지에서의 역할 또한 각기 다르다. 서두는 도입부이고, 본문은 핵심부이며, 결말은 마무리부이다. 하나의 메시지는 도입에서부터 핵심 내용, 그리고 마무리짓는 방식으로 조직된다고 할 수 있다. 그렇다면 이들 부분은 어떻게 전개해야 하는가?

서두는 말 그대로 시작하는 부분인 만큼 핵심 내용을 전달하는 데 있어서 관심을 갖게 하고 흥미를 유발하는 내용을 전개하면 된다. 글쓰기는 핵심 내용을 중심으로 담아내야 한다. 핵심 내용을 전달하기 위해 우선적으로 관심을 유도하고 흥미를 유발하게 하는 것이 무엇인가를 고려하면 어느 정도 해결된다.

그리고 본문은 핵심 내용으로 논리적으로 담아내면 된다. 본문은 메시지에서 가장 중요한 내용이 된다. 이들 내용이 무엇인지를 파악하고 전개하면 된다. 결말은 메시지를 마무리하는, 즉 닫는 부분이다. 여기서는 본문에서 전개한 핵심 내용을 종결하는 역할을 한다. 결말에서는 본문의 내용을 토대로 핵심 내용을 강조하거나 새로운 방향성을 제시하는 구실을 한다. 결국 하나의 메시지는 서두와 본문, 결말로 조직되는 것이 완결성을 갖게 한다. 이들 세 부분 가운데 하나라도 생략되면 완결된 메시지 조직이 될 수 없다.

예를 들어 메시지의 조직에서 서두가 없고 본문이 바로 전개된다면 수용자 입장에서는 메시지를 수용할 자세가 되지 못할 뿐만 아니라 갑작스럽게 핵심 내용을 전달하면 상당히 당황하게 된다. 이러한 부분을 방지하고 메시지를 수용할 준비를 하도록 하는 것이 서두의 역할이다. 그리고 결말 또한 생략하면 메시지는 완결되지 않는다. 핵심 내용을 전달한 다음에는 결론적으로 어떠하다는 내용을 추가해 종결을 지어야 한다. 만약 핵심 내용에 대해 종결을 짓지 않으면 수용자는 메시지를 완전하게 수용하지 못하게 된다. 결국 글쓰기에서는 어떠한 한 요소도 생략되지 않고 완결하여 조직되어야 한다.

(4) 표현은 간결해야 한다

글쓰기에서 표현을 어떻게 하느냐에 따라 글의 수준이 달라진다. 표현은 기본적으로 명료하게 해야 하며, 장황하고 복잡하게 하는 것은 좋지 않다. 표현은 가급적 간결하게 하는 것이 바람직하다.

글쓰기에서 표현은 단어를 중심으로 행해진다. 그러나 단어를 사용할 때에는 설명적으로 펼치기보다 함축적으로 하는 것이 수준 높은 글이 된다. 설명적인 표현은 틀린 것은 아니지만 문장을 복잡하게 하거나 길어지게 하는 경향이 있다. 글쓰기에서든 말하기에서든 명료한 의사소통을 하려면 기본적으로 갖춰야 할 것이 짧고 간결한 문장이다. 이러한 문장은 문장의 의미를 명료하게 파악하도록 하는 데 중요한 역할을 한다. 문장이 길고 복잡하면 문장의 의미를 파악하기 어려울 뿐만 아니라 문장을 읽기에도 부담스럽다.

흔히 대중적인 글쓰기의 기준은 누구나 읽기 쉽고 이해하기 쉬워야 한다. 누구나 읽기 쉽고 이해하기 쉽게 하려면 기본적으로 문장을 짧고 간결하게 표현해야 한다. 그리고 내용 또한 어렵지 않게 전개해야 한다.

글쓰기는 의사소통의 한 방법이다. 글쓰기에서 명료한 의사소통을 하려면 우선 문장이 간결해야 한다. 하나의 문장을 수용한다고 할 때 문장이 길면 그 문장의 의미를 파악하는 것이 쉽지 않다.

글쓰기에서 좋은 문장은 기본적으로 짧고 간결한 문장이다. 독자가 한 문장을 읽었을 때 그 문장의 의미를 바로 파악해야 한다. 문장의 의미를 바로 파악하지 못해 다시 읽는 것은 좋은 문장이 아니다. 말하기를 보면 문장을 길게 펼치지 않는다. 말하기에서 문장을 길게 펼치면 수용자가 문장의 의미를 파악하는 데 적지 않은 고통이 따른다. 그래서 대개 말하기에서는 문장을 짧게 전개한다. 글쓰기도 마찬가지이다. 글쓰기에서 문장이 길면 비문이 될 확률이 높고, 문장의 의미 또한 바로 파악하기 어렵다. 결국 글쓰기는 문장을 가급적 짧게 하고 표현은 간결하게 하는 것이 이상적이라고 할 수 있다.

4) 글쓰기를 잘하려면

글쓰기가 하나의 고된 작업으로 생각되는가 하면 재미있거나 흥미롭다고 생각하는 경우도 있다. 그러나 글쓰기를 잘하려면 다양한 요소가 요구된다. 글쓰기는 쓰기 자체만을 고려하면 단순한 작업 같지만, 글에 담고자 하는 내용을 생성하거나 파악해야 하고 그것을 어떻게 글이라는 틀에 담아야 하는지를 알아야 한다. 그리고 그 내용을 어떻게 표현해야 하는지에 대한 고민도 해야 한다.

글쓰기의 방법은 개인적인 성향이나 태도에 따라 다양하다. 일부에서는 글쓰기를 쉽게 하는가 하면, 또 일부에서는 글쓰기를 매우 어렵게 하는 경우도 있다. 현재 글쓰기는 온라인상에서 수행하는 것이 대부분이다. 그리고 워드작업으로 수행하는 것이 일반적이다. 글쓰기가 도구적인 이용 면에서는 과거보다 훨씬 수월해진 것은 자명하다.

글쓰기는 쉽고 단순하게 생각한다면 그다지 고려할 부분이 많지 않을 것 같지만 뭔가 그럴듯한 글쓰기를 하거나 대내외적으로 공개하는 글쓰기를 할 때에는 글쓰기에서 요구되는 여러 가지 요소를 충분히 고려해 작업해야 한다. 글쓰기 방법이 수월하더라도 글쓰기를 제대로 하려면 기본적으로 고려해야 할 사항은 체크하는 것이 좋다.

(1) 왜 글쓰기를 하는지를 생각한다

일반적으로 글쓰기를 할 때 왜 글쓰기를 하는지 생각하지 않는 경향이 있다. 글쓰기는 자신이 원해서이기도 하지만 다른 사람의 부탁이나 의무적으로 어쩔 수 없이 해야 하는 경우가 적지 않다. 자신이 원하든 다른 사람에 의하든 글쓰기는 기본적으로 어떤 목적으로 해야 하는지를 생각해야 한다. 어떤 행위를 하든 간에 목적을 갖는 것이 기본이다. 좋은 것이든 나쁜 것이든 목적이 동반되고 그 목적을 잘 파악해야 행위도 올바르게 할 수 있다.

글쓰기도 하나의 행위이다. 글쓰기는 대상이나 내용에 따라 다양한 목적을 지닐 수 있지만, 기본적으로 세 가지 목적을 지닐 수 있다. 하나는 사실을 알리는 정보전달의 목적이고, 또 하나는 다른 사람을 설득하기 위한 설득의 목적을 지닌다. 그리고 나머지 하나는 즐거움을 제공한다는 목적을 지닌다. 정보전달은 사실을 있는 그대로 전달하는 데 초점이 맞춰진다. 여기에는 글쓴이의 의견이나 생각이 추가되지 않고 오로지 사실만을 전달하게 된다. 설득은 다른 사람으로 하여금 자신의 의견이나 생각에 동참해주거나 수용하기를 바라는 의미에서 시작된다. 여기에는 사실을 중심으로 전달하지만 글쓴이의 생각이나 의견이 강하게 담긴다. 즐거움을 제공하는 것은 말 그대로 수용자에게 유흥 등의 즐거움을 제공하는 것을 목적으로 한다.

글쓰기는 이들 목적에 따라 달라진다. 정보전달은 사실을 중심으로 전개되고, 설득은 의견이나 주장을 중심으로 내용이 전개된다. 즐거움 제공은 흥미를 중심으로 내용이 전개된다. 글 유형으로 접근하면 정보전달을 위한 글은 설명문이 해당하고, 설득을 위한 글은 비평문이 해당한다. 즐거움을 제공하는 글은 소설이나 콩트가 해당한다.

글쓰기를 할 때에는 어떤 목적으로 글을 쓰는지를 우선적으로 고려하고, 그 목적에 합당하게 내용을 담아내야 한다. 그리고 글쓰기의 목적이 분명하면 글쓰기를 위한 자료를 찾거나 내용을 전개할 때 어디에 중심을 두어야 하는지를 파악하게 된다. 그리고 글쓰기 또한 목적에 맞게 행할 수 있다.

(2) 어떤 유형의 글쓰기를 하는지 파악한다

글의 유형은 다양하다. 글은 하나의 유형만 존재하는 것이 아니라 어떤 내용을 어떻게 전개하느냐에 따라 유형이 달라진다.

글의 유형은 기본적으로 문학글과 비문학글로 나눌 수 있다. 문학글은 문학작품의 글을 말하며, 비문학글은 문학작품 글 이외의 모든 글을 의미한다. 문학글은 대개 시와 소설, 희곡, 수필로 크게 나눌 수 있으며, 비문학글은 흔히 일상에서 주로 쓰는 실용글이 해당한다. 실용글은 일상생활에서 실용적으로 활용하는 글을 의미하지만 세부적으로 접근하면 생활글과 학술글, 비즈니스글로 나눌 수 있다. 생활글은 생활 주변의 이야기를 담는 글을 말하는데 일기나 자기소개서, 편지, 감상문, 비평문, 기사문 등이 해당한다. 학술글은 학문적 연구의 결과물을 담아내는 글이며, 대학에서 주로 쓰는 과제 리포트나 연구논문, 학위논문이 해당한다. 비즈니스글은 사업상의 목적으로 쓰는 글이며, 직장인이 주로 쓰는 공문서나 제안서, 기획서, 보고서 등이 해당한다. 결국 글은 다양한 유형이 존재하고 글을 쓰고자 할 때에는 수많은 글 가운데 어떤 글을 쓰는지 또는 써야 하는지를 우선적으로 파악해야 한다.

내용 또한 글의 유형에 따라 다르다. 예를 들어 수필은 개인의 체험을 중심으로 내용을 전개하지만, 그 체험을 어떻게 해석하느냐가 중요하다. 동일한 체험을 하더라도 일상적인 관점으로 해석하기도 하지만 매우 새로운 관점으로 해석하는 경우도 있다. 남들과 다른 관점에서 체험을 해석한다면 그것은 좋은 수필이 된다. 감상문 또한 마찬가지이다. 감상문은 대상에 대한 감상 또는 느낌을 적은 글이다. 대상에 대해 독특하게 해석한다면 좋은 감상문으로 인정받을 수 있다. 결국 글쓰기를 할 때에는 어떤 유형의 글을 쓰고자 하는지를 우선적으로 파악하고 시작해야 한다.

(3) 글 구성을 제대로 취한다

글의 구성은 글의 내용을 어떻게 담을 것인가에 대한 부분이다. 글 구성은 내용을 담아내는 그릇이다. 그 그릇에 내용물을 담아내는 것이 글쓰기라고 할 수 있다. 글 구성은 어떤 내용을 담아내느냐에 따라 달라진다.

글의 유형이 다양하다는 것은 글의 내용이 다양하고 그 내용을 담고 있는 틀도 다양하다는 의미이다. 글쓰기를 할 때에는 어떤 유형의 글을 쓰는지, 그리고 그 글의 틀이 어떠한지를 먼저 파악해야 한다. 글쓰기에서는 내용의 전개나 표현도 중요하지만 일차적으로는 글 구성이 제대로 취해져야 한다. 글 구성이 제대로 취해지지 않으면 그 글을 쓰고 난 다음 수없이 반복적으로 수정하더라도 좋은 글이 될 수 없다.

글 유형을 구분하는 것은 그 유형에 따른 글 틀이 따로 존재한다는 의미이다. 예를 들어 수필을 쓴다고 하면 수필이라는 글 틀에 맞춰 내용을 전개해야 한다. 그리고 비평문을 쓴다고 하면 비평문의 틀에 맞춰 내용을 전개해야 한다. 글 틀은 그 글에 해당하는 내용을 가장 효율적이고 이상적으로 담아내는 그릇이다. 글쓰기를 할 때에는 어떤 유형의 글을 써야 하는지를 파악하고 그 글에 맞는 내용을 동원해 그 글의 틀에 맞게 담아내야 한다.

(4) 글의 내용을 충분히 파악한다

글쓰기에서 중요한 것은 내용을 충분히 파악하는 일이다. 글쓰기는 내용을 얼마나 정확히 파악하고 있느냐에 따라 글쓰기의 수월성이 달라진다. 내용을 충분히 파악하면 글쓰기가 수월하고, 그렇지 않으면 글쓰기는 고통이 된다.

우리가 누군가와 이야기를 한다고 하자. 이때 자신이 잘 알고 있는 내용이 화두가 되면 서슴없이 장황하게 이야기한다. 그러나 자신이 잘 알지 못하는 내용이면 자신의 이야기는 전혀 하지 못하고 다른 사람의 이야기를 듣는 데만 급급할 수밖에 없다. 이는 글쓰기를 할 때 쓰고자 하는 내용을 얼마나 충실히 그리고 완벽히 알고 있느냐와 동일하다. 만약 글의 주제가 주어지고 그 주제에 대해 완벽하게 파악하고 있다면 글쓰기를 쉽게 할 수 있지만 그렇지 않으면 글쓰기를 쉽게 할 수 없다.

또 하나는 쓰고자 하는 내용을 충분히 파악하면 자신의 주장을 펼칠 수 있다. 내용을 완벽히 파악하지 못하면 자신의 주장을 제대로 펼치지 못하고 다른 사람의 주장을 자신의 주장인 양 펼치게 된다. 그것은 자신의 글이 될 수 없다. 글쓰기에서 중요한 것은 자신의 글을 쓰는 일이다. 다른 사람의 주장이나 의견을 참조할 수는 있어도 그것이 자신의 주장이 되어서는 안 된다.

그리고 글을 쓰고자 할 때 내용을 완벽히 파악하면 문장이나 표현에서도 자연스러움이 배어난다. 문장도 짧게 쓸 수 있으며 접속부사의 사용 또한 줄일 수 있다. 예를 들어 일기를 쓴다고 하자. 일기는 하루 일과에 대한 반성을 담는다. 하루의 일과 중에 문제가 있으면 그것을 중심으로 서술하고 반성적인 내용을 담게 된다. 일기를 쓸 때 내용을 어렵게 쓰거나 문장을 길게 쓰지 않는다. 접속부사의 사용도 거의 없다. 무엇보다 일기에서 쓰고자 하는 내용을 완벽히 파악하고 있기 때문이다. 일기에서 어떤 내용을 쓸 것인지를 완벽히 알고 있어 가능하다. 결국 글쓰기를 잘하려면 쓰고자 하는 내용을 완벽히 파악하는 것이 선결조건이라고 할 수 있다.

좋은 글은 글쓰기의 기본적인 조건을 갖추고 내용을 서술하는 데 있어서 명료하고 충실해야 하지만, 주제를 얼마나 명료하게 잘 드러내는지도 중요하다. 글의 유형 또한 담고자 하는 내용에 적합한지도 확인할 필요가 있다. 글쓰기는 다양한 유형으로 행해지지만 주장적인 글쓰기는 주장이 명료하게 도출되어야 하는 것이 중요하다. 다음의 글을 보면 쉽게 알 수 있다.

다음의 글은 밸런타인데이를 맞아 다른 나라의 문화를 맹목적으로 수용하는 것이 문제가 있다는 주장을 편다. 그 주장에 대해 근거를 충분히 마련하고 전체적인 내용의 흐름 또한 자연스럽게 전개하고 있다. 글의 주제에 대한 내용 파악 또한 제대로 하고 쓴 글이라고 할 수 있다.

다른 나라의 문화를 맹목적으로 받아들여서는 안 된다

최근 들어 우리 사회에서 서구의 문화를 적지 않게 받아들이고 있다. 서구의 사소한 문화는 물론 보잘것없는 문화까지 수용하는 데 주저하지 않는다. 그래서인지 서구의 문화인지, 우리의 고유문화인지를 분간하기 어렵다. 아니 심하게는 서구의 문화이지만 우리가 더욱 즐기는 듯한 인상도 준다.

지난 2월 24일 발렌타인데이도 예외는 아니다. 발렌타인데이는 엄격하게 말하면 우리의 문화가 아니라 서구의 문화이다. 그러나 어느새 우리의 고유문화인 듯한 착각을 불러일으킨다. 어느 해를 막론하고 이날이 되면 성인은 물론 젊은이, 어린아이들까지 동참해 초콜릿을 선물하는 진풍경이 벌어진다. 빵가게는 물론 슈퍼마켓에는 초콜릿을 팔기 위해 좌판까지 벌이기도 하고 가게에 들어서면 초콜릿을 사라고 호객행위도 서슴지 않는다. 그러다 보니 초콜릿을 사지 않으면 이상한 사람이 되고 초콜릿을 선물

할 남성이 없는 여성의 경우에는 문제가 있는 듯한 착각을 불러일으킨다. 심지어 어린 초등학생들조차 반 친구들에게 선물한다며 수개의 초콜릿을 사가는 모습은 좀 지나치지 않나 하는 생각이다.

문화란 그 나라의 고유한 풍습이나 생활습관에서 생겨난다. 발렌타인데이도 서구인들의 풍습이나 생활습관에서 생겨났다. 그럼에도 불구하고 우리의 문화인 양 호들갑을 떠는 것은 결코 바람직하지 않다. 발렌타인데이의 경우 문화적인 순수함보다는 기업의 상술이 교묘히 결합된 형태를 띤다. 과자 제조회사가 초콜릿과 사탕을 판매하려는 목적이 적지 않게 작용한다. 그러나 아무리 기업체의 선동적인 부분이 작용했다고 하더라도 우리의 문화에 대한 정체성은 한번쯤 생각해봐야 한다. 특히 다른 나라의 문화를 맹목적으로 수용한다는 것은 문화사대주의를 지향한다고 해도 과언이 아니다. 서구의 문화는 무조건 좋고 우리의 문화는 좋지 않다는 인식과 무관하지 않다.

문화는 그 자체의 고유한 가치가 있지만 서구의 문화라고 하더라도 우리가 본받아야 할 문화가 있고 본받지 말아야 할 문화가 있다. 서구의 문화를 맹목적으로 받아들인다는 것은 서구지향적인 삶을 추구하고 있음을 의미하고 우리의 고유한 가치를 상실하는 결과가 된다.

물론 서구의 좋은 문화는 수용하는 것도 나쁘지 않다. 그러나 우리의 고유한 문화가 있음에도 불구하고 다른 나라의 문화를 맹목적으로 수용하는 것은 결코 바람직하지 않다. 아무리 국제화가 되고 세계화가 된다고 하더라도 우리나라의 고유문화가 보존할 가치가 있다면 우리 스스로 그 문화를 지키도록 노력해야 한다. 가장 한국적인 것이 가장 세계적이라는 말이 있다. 세계와 경쟁하기 위해서는 우리의 장점 또는 고유한 가치문화를 살려 세계에 알리는 역할이 중요하다. 현재 우리나라도 선진국 문턱에 다가서고 있다. 자존심이 강한 것으로 유명한 프랑스의 루브르박물관도 한국어 안내를 한다고 한다. 이는 달리 말하면 우리의 위상이 그만큼 높아졌다는 사실을 의미한다.

세계화가 될수록 우리의 고유한 가치를 지키고 발전시켜 나가는 것이 중요하다. 이미 지구사회는 글로벌화되고 있다. 경제적으로 경쟁할 뿐만 아니라 문화적으로도 경쟁하는 시대가 되었다. 현재 모든 것이 경제논리에 따라 선점되고 후퇴되는 양상을 만들어낸다. 문화도 후진국일수록 세계 사회에서 살아남기가 어려워진다. 우리의 정체성을 위해서도 다른 나라의 문화를 맹목적으로 받아들이기보다는 그들의 문화를 이해하는 데서 그쳐야 하지 않나 싶다.

(황성근, 문화평론가)

2.
글쓰기의 과정

1) 글 구상하기

(1) 글감이란

글쓰기는 무턱대고 할 수 있는 것이 아니다. 우선 글감을 찾고, 글감 내에서 어떤 주제를 잡고 쓸 것인지 고민해야 한다. 글감은 말 그대로 글의 재료를 말하며, 글의 실마리를 제공한다. 한마디로 글감은 어떤 글쓰기를 할 것인지 단초 역할을 한다고 할 수 있다.

일반적으로 개인이 알아서 쓰는 글이 아니라면 글감이 미리 정해지는 경우가 많다. 이때는 별로 고민할 필요가 없다. 하지만 글감이 따로 정해져 있지 않거나 큰 글감만 제시되고 세부적인 글감을 정해야 할 경우에는 신중하게 선택해야 한다. 어떠한 글감을 선택하느냐에 따라 글의 내용과 질이 달라지기 마련이므로 글감은 신중하게 선택해야 한다.

글감에 따라 주제가 달라질 수도 있다. 훌륭한 글감이라면 훌륭한 주제가 잡힐 확률이 높고 훌륭한 글쓰기가 될 확률은 더 높다. 결국 훌륭한 글감은 훌륭한 주제를 낳고, 훌륭한 주제는 훌륭한 글을 생산한다는 논리가 될 수 있다. 글감이 좋은 글은 독자들이 관심을 갖고 읽을 가능성이 높다. 그리고 뭔가 색다른 메시지도 제시할 수 있다. 글감을 찾을 때는 무성의하게 접근하지 말고 좀 더 신중히 생각하는 것이 바람직하다.

일상에는 수많은 사건이 벌어진다. 주변 사람들과의 갈등은 물론 사회적 사건, 경제적 문제가 수시로 발생한다. 하지만 자신과 직접적인 연관이 없는 일에는 별 관심을 두지 않는다. 관심을 두거나 참견하려면 머리가 복잡해지고 불편해질 수 있다. 하지만 글쓰기를 위해서는 주변에서 일어나는 사건이나 사물을 단순히 보는 데 그치지 말고 관찰하는 것이 필요하다.

보는 것과 관찰은 엄연히 다르다. 보는 것은 사물에 단순히 표면적으로 접근하지만, 관찰은 사물에 깊이 있게 접근하도록 유도한다. 단순히 보는 것은 사물이나 대상을 아무 생각 없이 접하는 꼴이 된다. 하지만 관찰은 사물이나 대상을 달리 보게 만든다. 관찰은 사물이나 대상이 어떤 모습과 형태이며 어떻게 움직이는지 알게 만든다. 달리 말해 관찰은 사물이나 대상의 실체를 파악하도록 만든다. 글쓰기는 결국 사물이나 대상의 실체를 파악해야 한다.

좋은 글감을 찾으려면 메모도 중요하다. 일상의 모든 일을 기억한다면 굳이 메모할 필요가 없다. 하지만 지난 일은 잊기 쉽고 반드시 기억할 일도 일정한 시간이 지나면 잊는다. 메모하는 것은 언젠가 다시 활용하기 위해서다.

어떤 사건이나 정보를 접하면 바로 활용하는 부분도 있지만 나중에 활용하는 경우도 있다. 메모는 나중에 활용하기 위해 하는 것이다. 메모는 간단히 적는 데 불과하지만 메모량이 많이 쌓이면 하나의 큰 자산이 된다. 번역가이자 시인 이하윤은 〈메모광〉이라는 수필에서 닥치는 대로 메모하는 자신의 버릇을 소개했다. 심지어 목욕탕에 있을 때는 메모를 하지 못하여 불안감을 느낄 정도였다고 한다. 이러한 메모들이 이후 좋은 글감으로 발전했음은 물론이다.

메모는 글감을 제고하기도 하지만 생각의 깊이를 더하는 역할을 한다. 평소 메모하는 습관을 갖는 것은 글쓰기에서 매우 중요하다. 글쓰기에서 중요한 배경지식은 단순히 읽기만으로 쌓아지는 것이 아니다. 배경지식은 대상에 대해 읽고 생각하고 그것을 자기 것으로 만들어야 가능하다. 글감을 찾을 때 단순히 대상을 보지만 말고 관찰을 하면서 메모를 하는 것이 좋다.

(2) 글감 선정

어떤 글감이 좋을까. 글감은 일상 주변에 무궁무진하게 있다. 개인의 일상부터 세상사, 사회 현상, 사건 등 모든 것이 글감이 될 수 있다. 하지만 좋은 글감을 선택하는 것은 또 다른 문제이다. 수많은 글감 중에서 평소 내가 관심을 가지고 있는 것이 무엇인지 고민해보아야 한다. 글쓰기는 말하기와 똑같다. 평소 관심도 없는 연예인이나 정치 문제를 가지고 20분 이상 대화할 수 있을까. 의미 있는 글쓰기를 하려면 일차적으로 자신이 관심을 가진 글감을 선택해야 한다. 또 내 능력으로 다룰 수 있는지도 검토해야 한다. 내가 가장 잘 알고 있어야 글로 쓸 수 있다. 과학 지식이 부족한 사람이 '원자력 발전의 미래'와 같은 묵직한 주제를 다룰 수 없을 것이며, 뜨개질을 한 번도 해본 적이 없는 사람이 뜨개질의 매력을 다루는 글을 쓸 수 없을 것이다. 글감이 주어진 경우, 자신이 잘 모르는 내용이라면 이에 대한 세밀한 자료조사가 우선 필요할 것이다.

다른 사람의 마음을 끌어 좋은 결과를 얻고자 하는 글쓰기의 경우, 글감을 선택하는 과정에 각별히 신경 써야 한다. 자신이 관심이 있고 다룰 능력이 되는지와 함께 참신한지 여부를 검토해야 할 것이다. 글감이 참신해야 글쓰기가 참신하다는 인상을 줄 수 있기 때문이다. 식상한 글감을 가지고 좋은 글을 쓰기는 어렵다. 그리고 자신의 주장을 뚜렷하게 내세우는 논증문의 경우에는 이 글감이 논의할 만한 가치가 있는 것인지, 근거 자료들로 충분히 뒷받침할 수 있는 것인지를 검토하는 것이 필요하다.

2) 주제 정하기

(1) 주제란

주제란 글을 쓰는 이유이자 독자에게 전달하고 싶은 글쓴이의 메시지이다. 또한 글 전체를 관통하는 핵심 내용이다. 주제가 없는 글은 좋은 글이라고 할 수 없다. 글을 쓰는 사람이 글을 통해 자신이 하고 싶은 말이 무엇인지 명확하게 인지하고 있지 않으면 좋은 글을 쓰기 어렵다. 그런데 놀랍게도 글 쓰는 사람 중 상당수가 글을 쓰는 과정은 물론이고 글을 다 쓴 후에도 자신이 독자에게 또는 사회에 말하고 싶은 메시지가 무엇인지 모르는 경우가 꽤 많다. 만약 글쓴이 자신도 어떤 말을 하고 싶은지 또는 어떤 말을 하고 있는지 모른다면 그 글을 처음 읽는 독자가 글에서 핵심 내용을 파악할 수 있을까? 글쓴이조차 말하고자 하는 메시지가 명확하지 않다면 독자가 글의 핵심을 정확히 이해하기란 거의 불가능한 일이다.

다음으로 주제가 없는 글은 산만하다. 글에 좋은 내용을 아무리 많이 담고 있다고 하더라도 필자가 독자에게 전하고자 하는 핵심 메시지가 없는 상태라면 결과적으로 좋은 글이 아니다. 주제가 명확한 글은 응집성이 높다. 글의 각 부분에 있는 내용들이 하나의 주제로 집약된다. 아무리 많은 소재와 내용이 펼쳐진다고 하더라도 그 각각은 글 전체를 관통하는 하나의 주제를 뒷받침하기 위해 존재해야 한다.

예를 들면 주제가 없는 글은 초등학교 저학년 일기에서 흔히 볼 수 있다. 글쓰기에 미숙한 아동들은 아침부터 저녁까지 무엇을 했고 무엇을 했고 무엇을 했다는 식의 일기를 자주 쓴다. 그런데 이러한 글은 단순히 많은 소재들을 백화점식으로 나열하고 있는 것에 불과하므로 명확한 주제를 지니지 못하여 좋은 글이라고 할 수 없다. 같은 일기라고 하더라도 하나의 주제를 중심으로 여러 소재들이 응집되어 있다면 좋은 글이 될 수 있다. 가령, 오늘 일기의 주제를 '우정'이라고 정했다면, 오늘 있었던 우정과 관련한 사건을 서술하고 그 사건을 통해 우정을 어떻게 느낄 수 있었는지와 우정에 대한 글쓴이의 생각과 느낌을 글에 담을 수 있다.

(2) 주제의 유형

주제의 유형은 상위 주제와 하위 주제로 나눌 수 있다. 상위 주제와 하위 주제를 참주제와 가주제라고 부르는 이들도 있다. 상위 주제는 잠정적인 주제로, 글을 쓰는 사람의 외부에서 글쓰기 과제가 주어지는 경우에 사용하게 된다. 하위 주제는 상위 주제의 범위를 좁히고 내용을 구체화한 주제로, 글을 쓰는 사람이 직접 구성하는 경우가 대부분이다. 상위 주제가 다루는 범위가 넓고 포괄적이라면, 글을 쓰는 사람의 생각도 일반적이고 추상적일 수 있다. 따라서 상위 주제는 아직 주제에 대한 글쓴이의 생각이 명확하거나 구체화되지 않은 상태로 이야기할 대상이나 논제에 해당한다. 반면 하위 주제는 글쓴이의 대상에 대한 생각의 범위가 축소된 형태로 상위 주제가 구체화된 형태이다.

예를 들면 학교에서 '사랑'이라는 주제로 글쓰기 과제가 부여되었다면, '사랑'은 상위 주제라고 할 수 있다. 글쓰기 과제를 부여받은 학생은 상위 주제인 '사랑'에 대해 생각해보다가 '부모님의 사랑', '친구의 사랑', '이성 간 사랑' 등을 떠올릴 수 있다. 부모님의 사랑에 대해 글을 쓰기로 결정했다면, 하위 주제는 '부모님의 사랑'이 될 수 있다. 부모님의 사랑에 대해 생각하다가 '자식을 위한 희생', '아버지의 속 깊은 사랑', '어머니의 따뜻한 사랑' 등으로 생각을 확장할 수도 있다. 이 경우 "아버지의 속 깊은 사랑과 어머니의 따뜻한 사랑은 자식을 위한 희생을 통해 빛을 발한다"라고 구체적이고 명시적인 문장으로 표현할 수도 있는데, 이 문장은 '주제문'이 된다.

주제문은 상위 주제와 하위 주제를 거쳐 구체화되며, 명확하고 완결된 하나의 문장으로 구성된다. 주제문에는 하위 주제가 담고 있는 키워드들이 포함된다. 주제문은 글의 방향을 제시하는 등대와 같은 역할을 한다. 주제문에 포함된 키워드는 글에서 한 문단 이상의 글로 풀어지면서 글의 내용을 생성하는 역할을 하기도 한다. 또한 주제문은 글쓴이 자신도 누구에게 어떤 메시지를 전하고 싶은지를 인지할 수 있게 해주므로 가급적 명확하고 구체적으로 작성하는 것이 좋다.

문학적인 글(시, 소설, 수필 등)은 소재에서 주제로 발전시켜나가지만, 정보전달 글이나 설득적인 글은 상위 주제에서 하위 주제로, 다시 하위 주제에서 주제문으로 생각의 범위를 좁혀나가면서 생각의 깊이를 발전시켜나가면 좋을 글을 쓸 수 있다. 학업 목적의 글이나 직장생활에서 요구되는 글은 외부에서 상위 주제가 주어지는 경우가 많지만, 글을 쓰는 사람의 관심사와 의도를 반영하여 상위 주제를 하위 주제와 주제문으로 좁혀나가는 과정에서 글쓰기 동기를 높일 수 있다.

물론 주제의 유형을 다른 관점에서 분류한다면, 글의 유형이 곧 주제의 유형이라고 할 수 있다. 글의 유형은 크게 문학적인 글과 비문학적인 글로 나눌 수 있다. 쉽게 이해하자면, 문학적인 글은 문학작품(시, 소설, 수필 등)을 지칭하고, 비문학적인 글은 문학작품이 아닌 대부분의 글이라고 할 수 있다. 비문학적인 글도 글쓰기 목적에 따라 글의 유형과 주제의 유형을 나눌 수 있다. 가령, 비문학적인 글을 정보전달을 목적으로 하는 글과 설득을 목적으로 하는 글로 나누는 것이다. 문학적인 글과 비문학적인 글은 주제 유형이 다르며, 정보전달 글과 설득적인 글도 주제 유형이 매우 다르다.

(3) 좋은 주제의 요건

주제를 정하는 일은 매우 중요하다. 어떤 주제를 정하느냐에 따라 글쓰기 과정과 결과가 달라지기 때문이다. 어떤 글이 나올 것인가는 주제를 정하는 시점에 정해진다고 해도 과언이 아니다. 좋은 주제란 명확한 메시지를 전달할 수 있는 주제이며, 해당 글에서 충분히 논의할 수 있는 주제이다.

① 메시지가 분명해야 한다

글을 쓰는 이유는 독자 또는 사회에 글쓴이의 목소리를 내기 위함이다. 특정 주제에 대한 자신의 의견을 피력하기 위해서나 특정 대상에 대한 정보를 전달하기 위함 등 다양한 이유를 지니고 있지만, 공통적인 이유는 필자의 생각을 머릿속에서 꺼내 표현하고자 하는 목적을 지니고 있다. 따라서 주제에 대한 필자의 깊이 있는 탐구와 숙고 과정이 필요하다. 어쩌면 글을 쓰고 있는 사람조차 자신이 글을 통해 하고 싶은 말이 무엇인지, 어떤 주제로 글을 쓰고 싶은 것인지 인지하지 못할 수도 있다. 그렇다고 하더라도 글쓰기를 유지하는 것이 좋다. 글을 쓰다 보면 머릿속에 존재하는 비가시적인 생각이 문자언어를 통해 가시화되어 필자 스스로도 자신이 어떤 생각을 갖고 있고 어떤 목소리를 내고 싶은지 명확히 인식할 수 있기 때문이다.

② 논의할 가치가 있어야 한다

주제를 정할 때는 글을 쓰는 사람이 잘 알고 있거나 현재는 잘 알지 못하더라도 궁금하고 알고 싶은 대상에 대한 주제를 정해야 한다. 글쓰기 주제를 선정하는 데 있어 흔히 존재하는 편견은 자기가 잘 아는 주제에 대해서만 글을 쓸 수 있다는 생각이다. 그러나 글쓰기를 시작하기 전에는 주제에 대해 아는 것이 없어도 글의 주제로 선정할 수 있다. 왜냐하면 글쓰기 과정에서 주제에 대해 많은 자료를 찾아 읽고 학습할 것이기 때문이다. 따라서 읽으면서 쓰고 학습하면서 쓰고 쓰면서 학습하게 되는 것이 글쓰기라고 할 수 있다. 특히 대학에서 쓰게 되는 글은 '쓰기를 배우기 위한 학습'이라기보다 '학습하기 위해 쓰는 쓰기'인 경우가 많다. 이런 쓰기를 범교과적 쓰기, 학습을 위한 쓰기, 쓰기를 배우기 위한 쓰기라고 한다. 따라서 글쓰기 전에는 주제에 대해 잘 모른다고 하더라도 주제에 관해 조사하는 과정에서 해당 주제가 논의할 가치가 충분한지는 검토할 필요가 있다.

(4) 주제 정하기

주제는 여러 단계로 정할 수 있다. 주제를 구성하기 위해서는 넓은 범위에서 시작해서 글에서 다룰 주제의 범위를 좁혀가는 것이 좋다. 넓은 범위에서 가능성 있는 주제를 검토하기 위해서는 '이 글을 왜 써야 할까?', '이 글은 누가 읽을 것인가?', '이 글은 어떤 사람에게 어떤 도움을 줄 수 있는가?', '내가 전달하고자 하는 바는 무엇인가?', '이 글은 어떤 의미와 가치가 있는가?' 등의 질문을 스스로 떠올려보는 것이 좋다. 이러한 질문은 넓은 범위의 주제를 정할 수 있도록 도움을 주고, 어떤 종류의 자료를 수집하는 것이 좋을지와 자료 수집 방향을 설정할 수 있게 한다는 점에서 도움이 된다. 또한 힘든 글쓰기를 유지시켜줄 동기를 부여할 것이다.

다음 단계는 넓은 범위의 주제를 하나의 문장으로 표현할 수 있을 정도로 좁힌다. 예를 들면, 넓은 범위의 주제가 '부모가 아이의 학업 성취도에 미치는 영향'이라면 '아버지의 학력 수준이 높을수록 아이의 학업 수행 코치와 관리에 더 많이 참여한다' 또는 '가정에서의 대화 방식과 아이의 학업 성취도의 상관관계' 등의 주제로 더 범위를 좁힐 수 있다. 넓은 주제가 일반적이고 추상적인 내용이라면, 좁은 주제는 구체적이고 명확하게 한 문장으로 표현할 수 있는 것이자 글을 쓰는 궁극적인 이유라고 할 수 있다.

주제를 정하는 방법에 앞서 고려해야 할 것은 주제가 미리 정해져 있는가, 그렇지 않은가이다. 주제가 미리 정해져 있는 경우는 필자의 외부에서 주제가 주어지는 경우다. 가령, 학교나 직장에서 과제로 부여받은 경우, 글의 주제는 필자가 정하지 않아도 미리 정해져 있기 때문이다. 그러나 이 경우에도 필자가 글을 통해 전달하고자 하는 메시지가 무엇인가에 따라 주어진 주제의 범위를 좁힐 수도, 넓힐 수도 있다. 주제의 범위가 좁고 명확할수록 글을 쓰는 필자도 글쓰기가 쉽고 글을 읽는 독자도 필자의 전달 의도를 쉽게 파악하고 글의 내용을 선명하게 이해할 수 있기 때문이다. 주제가 정해져 있지 않은 경우에는 글을 쓸 때 우선적으로 주제를 찾기 위해 적극적으로 노력해야 한다. 이 경우, 필자는 자신이 글을 통해 독자 또는 이 글이 출판될 사회에 전달하고자 하는 바가 무엇인지에 대해 깊이 있는 고민이 필요하다.

필자가 주제를 정할 때 고려해야 할 사항을 크게 두 가지로 나누면, 필자와 독자 측면에서 고려할 필요가 있다.

우선, 필자 측면에서는 이 글을 통해 자신이 하고 싶은 말이 있는지, 전달하고 싶은 메시지는 구체적으로 무엇인지를 고민하고 선명하게 정의 내릴 필요가 있다. 글쓰기를 지도하다 보면, 글을 쓰는 사람도 자신이 어떤 말을 하고 싶은지 명확하게 인지하지 못한 채로 글을 쓰는 경우를 자주 보게 된다. 그런데 필자도 무슨 말을 하고 싶은지, 어떤 말을 하고 있는지 모르는 글이라면, 이 글을 처음 읽는 독자가 글에서 필자가 하고 싶은 말을 파악하기란 현실적으로 불가능하다고 봐야 한다. 따라서 필자는 글을 쓰기 전에 자신이 이 글을 통해 궁극적으로 누구에게, 어떤 메시지를 전달하고 싶은지를 곰곰이 생각해보고 명확히 해둘 필요가 있다.

다음으로 독자 측면에서 내가 쓸 글을 누가 읽을 것인지, 어떤 필요를 지닌 사람이 이 글을 찾아볼 것인지, 이 글이 독자에게 도움이 될지, 도움이 된다면 어떤 측면에서 도움이 될지를 고려하여 구체적인 주제를 정하는 것이 좋다. 좋은 글이란 필자를 위해 쓰는 것이 아니라 독자를 위해 쓰는 것이기 때문이다.

주제 잡기는 평소 관심 있는 대상을 상대로 잡을 수 있다. 하나의 대상에 대한 주제는 엄청나게 많다. 주제는 그 대상을 어떤 관점으로 보느냐에 따라 다르게 잡힐 수 있다. 예를 들어 친구라는 대상에 대해 주제를 잡는다고 하자. 친구라는 대상에 대한 주제는 아주 친한 친구, 나에게 도움이 되는 친구, 학습을 함께하는 친구, 나의 고민을 해결해주는 친구 등의 주제를 잡을 수 있다.

그러나 주제를 좀 더 활동적으로 잡는 방법에는 자유연상법과 마인드맵, 브레인스토밍이 있다. 자유연상법은 말 그대로 자유롭게 생각하면서 주제를 잡는 방법이며, 마인드맵은 생각하고 있는 대상을 지도로 만들어 잡는 방법이다. 브레인스토밍은 하나의 주제에 대해 여러 명이서 자유롭게 아이디어를 발상시켜 잡는 방법이다. 자유연상법과 마인드맵은 혼자서 수행할 수 있지만, 브레인스토밍은 3~5명의 팀을 이뤄 진행하는 방법이다.

그런데 혼자서 주제 잡기를 하려면 자유연상법도 무난하지만 마인드맵을 활용하면 효과적으로 할 수 있다. 특히 주제 잡기에서 마인드맵을 잘 활용하면 참신하고 좋은 주제를 잡을 수 있다. 다음은 인생이라는 대상을 마인드맵을 활용한 사례이다.

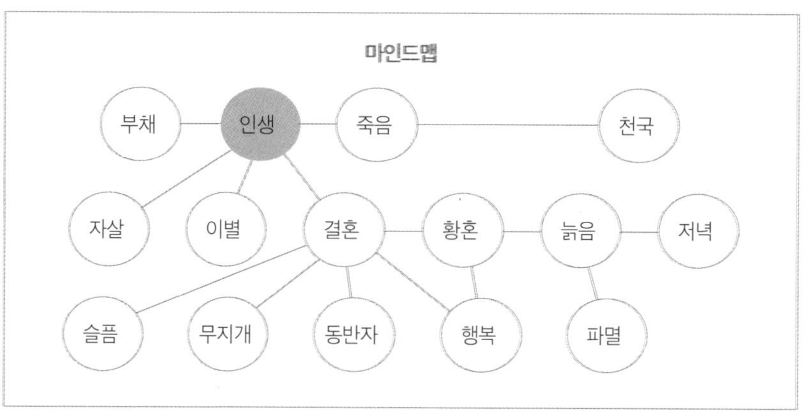

여기서 마인드맵은 인생이라는 단어를 중심으로 한 생각의 지도이다. 인생이라는 단어를 떠올리면 생각나는 단어를 자유롭게 지도를 그리듯이 그림으로 그린다. 그리고 그 단어를 서로 연결해 주제를 잡는 방식이 마인드맵이다. 예를 들면 인생과 죽음, 인생에서의 슬픔, 인생의 동반자, 인생에서의 부채 등의 주제를 잡을 수 있다.

3) 자료 찾기

(1) 자료란

자료란 글을 쓰기 위해 참고하는 문헌이자 정보가 담긴 글이다. 아무리 좋은 정보가 담긴 글이라고 하더라도 주제와 직접적인 관련이 없는 자료라면 글쓰기에 도움이 되지 않는다. 글쓰기를 위해 참고할 자료는 주제와 관련된 개념을 담고 있어야 하므로 주제를 몇 개의 키워드로 구성한 다음 해당 키워드가 포함된 자료를 찾는 방법이 많이 사용된다. 그런데 좋은 키워드는 글의 핵심 내용을 담고 있는 키워드이므로 글쓴이가 주제와 관련된 영역을 체계화할 수 있을 때 선정할 수 있다. 따라서 자료 찾기와 핵심 키워드 선정이 순차적이 아니라 회귀적으로 진행될 수 있도록 글을 읽으면서 핵심 키워드를 선정해보고, 키워드를 선정한 후 자료를 찾아 읽으면서 해당 키워드가 필자가 전달하고자 하는 내용을 전반적으로 담을 수 있는지 확인해야 한다.

그런데 자료가 글쓰기에서 차지하는 의미와 역할은 글의 유형에 따라 다를 수 있다. 글이 어떤 영역에 속하는지에 따라 다르다. 가령, 과학 분야의 보고서를 쓴다면, 글을 쓰기 위해 검토하는 자료는 실험 연구 결과가 된다. 소설이나 시를 분석하는 글을 쓴다면, 글쓰기를 위한 자료는 문학작품 자체이다. 설문조사 연구에 속하는 글이라면, 글쓰기의 자료는 설문조사 결과 수집된 항목별 데이터일 수 있다. 물론 쓰고자 하는 글이 어떤 유형이든 해당 주제와 관련하여 미리 작성된 글을 수집하여 읽고 참고할 수 있다.

또한 글쓰기를 위한 자료는 단일 문서인 경우도 있지만, 좋은 글을 쓰기 위해서는 복합 문서를 검토해야 한다. 예를 들면, '커피가 현대인의 정서 안정에 미치는 영향'에 대한 글을 쓴다면, '우리나라 국민의 하루 커피 소비량에 관한 조사 연구'를 참고하여 글을 쓸 수 있지만, 이외에도 '직장인이 하루 중 커피를 마시는 시간'에 대한 설문조사나 '커피를 마시기 전후의 정서상태 차이 검증'에 대한 연구물을 함께 참고하면, 글의 내용이 풍부해질 뿐만 아니라 논리적이고 타당한 내용을 구성할 수 있다.

그런데 복합 문서를 읽고 각각의 내용들을 종합하여 자신이 쓰고 있는 글을 뒷받침할 수 있는 내용을 생성하기란 쉬운 일이 아니다. 특히 글쓰기가 디지털 공간으로 이동하면서 글쓰기를 위한 참고자료 조사와 수집이 수월해졌고, 이로 인해 다문서를 종합한 글쓰기 전략의 중요성이 점점 부각되고 있다. 복합 문서를 종합하기 위해서는 우선 개별 문서를 읽으면서 내용을 요약해두는 것이 좋다. 각 문서를 요약한 내용은 문서 간 공통점과 차이점을 찾는 데 도움이 된다. 다문서 간 공통점은 하나의 내용으로 뭉쳐서 자신의 글쓰기 아이디어로 발전시킬 수 있다. 다문서 간 차이점 또한 글쓴이의 생각과 비교 분석하면서 새로운 내용으로 발전시킬 수 있다.

(2) 자료의 유형

현재 쓰고 있는 글과 관련 있는 읽기 자료를 찾는 방법은 여러 가지이다. 여기에서는 전통적인 자료 찾기 방법인 도서관 활용 방법과 인터넷 검색 방법에 대해 설명하고자 한다.

우선, 도서관에서 읽을 자료를 찾는 방법은 전통적이면서도 친숙한 방법이다. 도서관을 활용하는 방법의 단점은 시간과 에너지가 많이 요구된다는 점이고, 장점은 여러 책을 펼쳐놓고 볼 수 있어 정보 종합에 도움이 될 수 있고 어떤 책을 찾아야 할지 모를 때 서가에 비치된 책들을 살펴봄으로써 아이디어를 얻을 수 있다는 점이다. 도서관 활용에 시간과 에너지가 많이 드는 이유는 도서관을 직접 방문해야 하고, 실물 책을 대출하는 데 한계가 있기 때문이다. 바쁜 세상에 도서관에 방문하는 것만으로도 쉽지 않은 일이지만, 인근 도서관에 간다고 해도 내가 원하는 책이 바로 주어지는 것이 아니다. 수많은 책들 사이에서 내가 글을 쓰는 데 적합한 책을 찾아야 한다. 도서관 검색 프로그램을 이용하여 내가 필요한 책의 청구 번호(도서관에서 책 정리를 위해 부여하는 고유 번호)를 찾았다고 하더라도 도서관에 있는 수많은 책들 사이에서 책을 찾아다니는 과정에도 많은 시간이 소요된다. 또한 원하는 책을 찾았다고 하더라도 개인이 대출할 수 있는 도서의 권수는 한정되어 있으며, 한두 권의 책이 아닌 이상 대출한 책을 집으로 옮겨오는 것도 쉬운 일은 아니다.

그럼에도 불구하고 도서관에 직접 방문하여 책을 접하는 것은 글쓰기에 도움이 되는데, 도서관 방문을 통한 자료조사의 이점은 크게 두 가지라고 할 수 있다. 하나는 여러 텍스트를 동시에 비교 대조할 수 있다는 점이고, 또 하나는 글쓰기를 위해 어떤 책을 읽어야 할지 모를 때, 즉 대출 목록을 가지고 있지 않을 때 서가에 꽂혀 있는 책들을 둘러봄으로써 어떤 책을 참고해야 하는지 알 수 있다는 점이다.

여러 개의 책을 펼쳐놓고 한눈에 볼 수 있는 점은 다문서를 종합할 때 장점이 된다. 여러 문서를 종합하기 위해서는 우선 시각적으로 인지되는 단계를 거쳐야 하기 때문이다. 그러나 한눈에 여러 문서를 파악할 수 있다고 해서 성공적으로 다문서의 내용을 통합할 수 있는 것은 아니다. 다문서의 내용을 종합하여 내가 쓰는 글의 주제와 관련된 내용으로 종합하는 것은 매우 고차원적인 읽기 전략이기 때문이다. 따라서 여러 문서를 읽고 종합할 수 있는 읽기 능력뿐만 아니라 내가 쓰고 있는 글의 주제와 관련하여 새로운 정보로 통합하는 능력은 내용 생성 장에서 좀 더 구체적으로 다루기로 한다. 여기에서는 자료를 찾는 방법 중 도서관 활용 방법의 장점 차원에서 여러 문서를 펼쳐놓고 한눈에 파악할 수 있다는 수준에서 다루기로 한다.

자료를 찾는 데 있어서 인터넷을 활용하는 방법 또한 단점과 장점을 모두 갖고 있다. 우선 인터넷에서 얼마나 양질의 정보를 찾을 수 있는가는 디지털 매체 활용 기술과 디지털 문식 환경에 대한 친숙도에 달려 있을 정도로 많은 영향을 받는다. 평소 디지털 매체를 활용한 읽기와 쓰기가 능숙한 사람은 글쓰기에 필요한 정보를 얻기 위해 다양한 전략을 활용한다. 가령, 같은 정보를 찾고 있는 경우라고 하더라도 어떤 검색어를 생성하느냐에 따라 산출되는 정보의 범위와 질은 천차만별이다. 또한 산출되는 정보의 질을 높이기 위해 다양한 조건을 부여할 수 있는데, 여기에도 디지털 매체 활용 기술 수준과 활용 경험이 영향을 미칠 수 있다.

인터넷을 활용한 읽기 자료 검색의 장점은 매우 다양하다. 우선 도서관에 직접 방문하지 않으므로 시간과 에너지를 아낄 수 있다. 또한 온라인 환경이 구축돼 있어 이제는 전 세계 어디에 있는 자료라도 인터넷을 통해 접근할 수 있다. 물론 모든 정보가 무료는 아니지만, 과거 인쇄 매체 기반에 비해 상대적으로 적은 비용과 노력으로 원거리에 존재하는 정보에 대한 취득 가능성이 매우 높아졌다고 할 수 있다. 또한 부수적으로 대출한 도서를 집으로 옮겨야 하는 수고로움도 덜 수 있다.

인터넷 정보 가운데 자료를 찾는 방법에서 사용할 수 있는 전략은 다양하다. 주제와 관련된 검색어를 생성하여 정보를 찾는 방법, 주제와 관련된 인터넷 동호회에서 정보를 수집하는 방법, 정보를 공개하고 있는 주제와 관련된 정보를 제공하는 연구소나 정부기관의 사이트에서 정보를 수집하는 방법, 위키피디아나 나무위키와 같이 많은 사람들이 함께 정보를 모아둔 곳에서 글의 주제와 관련된 정보를 찾는 방법 등 여러 방법을 활용할 수 있다. 자신의 글쓰기에 필요한 정보가 무엇인지 지속적으로 떠올리면서 해당 정보를 가장 효과적으로 수집할 수 있는 방법이 무엇인지 생각해보는 전략이 필요하다.

자료를 1차 자료와 2차 자료로도 나눌 수 있다. 1차 자료와 2차 자료로 구분하는 중요한 이유가 표절을 피하기 위함임을 기억한다면, 다른 사람의 글을 가져오는 실수를 범하지 않을 수 있다.

1차 자료는 원자료이다. 즉 연구자가 연구 목적에 부합하는 자료를 직접 조사, 수집하고 읽은 자료이다. 자료를 조사하기 위해서는 계획을 잘 세워야 한다. 자료 조사에 많은 시간과 노력이 들어가기 때문이다. 자료 조사 전에 '연구 문제를 해결하기에 가장 적합한 자료는 무엇이며, 어디에 존재하며, 어떻게 자료를 확보할 수 있을지 등'에 대한 고민이 필요하다.

2차 자료는 다른 사람이 조사하고 수집하고 읽고 분석한 자료를 의미한다. 2차 자료를 찾을 수 있다면 자신의 연구 문제 해결을 위한 자료 조사 시간을 단축할 수 있고, 방대한 자료의 분포 상태를 쉽게 이해할 수 있다는 장점이 있다. 그러나 장점이 큰 만큼 단점도 매우 크다는 점에 유의해야 한다.

2차 자료 활용 시 유의할 점은 두 가지이다. 하나는 인용을 명확하게 표현하는 것이고, 또 하나는 자신의 연구 문제에 맞추어 2차 자료를 재조합하는 것이다. 우선, 인용 표현과 관련하여 2차 자료를 명확한 인용 표시 없이 사용한다면 1차 자료로 오인받을 수 있다는 문제점이 발생한다. 즉, 다른 사람이 조사하여 분석하고 정리한 내용을 내가 직접 조사하고 나의 시각으로 재정리한 것으로 보일 수 있다. 따라서 2차 자료를 사용할 때는 인용을 명확하게 해야 한다. 다음으로 연구 문제와 목적을 고려하여 2차 자료를 재조합하는 문제이다. 2차 자료는 그 자료를 작성한 필자의 연구 문제에 가장 적합한 자료로 구성되었기 때문에 나의 연구 문제에 그대로 사용한다면 내용의 타당성이 부족할 수 있다. 따라서 나의 연구 문제에 맞게 재조합하여 활용해야 한다.

(3) 좋은 자료의 요건

글을 쓰기 위해 자료를 찾아 읽을 때 많이 읽을수록 좋다고 생각해서 많은 문서를 읽는 경우가 있다. 그러나 많이 읽기만 하면 좋은 글을 쓸 수 있을까? 이 질문에 대한 대답은 우리가 먹는 음식으로 생각해볼 수 있다. 건강하기 위해서는 잘 먹어야 한다. 그러나 어떤 음식이나 많이 먹을수록 우리 몸이 건강해질까? 그렇지 않다. 패스트푸드 같은 음식들은 많이 먹을수록 건강에 악영향을 미친다. 단백질과 무기질 같은 영양가가 풍부한 음식을 선별하여 먹어야 우리 몸은 건강해질 수 있다. 글을 쓸 때 참고자료 읽기도 마찬가지이다. 쓰기 주제와 관련된 키워드에 해당한다고 무조건 읽을 자료 범위에 포함시킨다면, 패스트푸드와 같이 좋지 않은 글도 읽게 될 것이고, 이러한 자료들을 읽는 데 너무 많은 시간과 에너지를 낭비해버려 정작 글쓰기에 도움이 되는 중요한 정보를 읽지 못할 수도 있다.

글을 쓰기 위해 참고자료를 찾아 읽을 때는 세 가지를 고려하면 좋다. 쓰기 목적과 직접적으로 관련 있는 정보를 찾아 읽을 것, 정보의 출처에 따라 정보의 질이 다를 수 있음을 고려할 것, 글로만 이루어진 정보뿐만 아니라 복합양식을 활용한 다양한 정보 유형을 종합적으로 활용할 것 등이다.

우선 쓰기 목적과 직접 관련이 있는 정보를 찾아 읽어야 좋은 글을 쓸 수 있다. 간혹 글쓰기를 위해 관련 자료를 찾아 읽을 때, 쓰기 주제와 다소 거리가 먼 글을 읽기도 한다. 쓰기 주제와 관련이 적은 글을 읽더라도 자신이 쓰고 있는 글의 주제와 관련된 내용으로 재생성하거나 글의 주제에 적합하도록 새로운 내용을 창출할 수 있는 경우는 글쓰기에 도움이 될 수 있지만, 그런 경우는 매우 드물다. 해당 주제에 대해 풍부한 배경지식이 있는 필자라면 가능할 수도 있겠지만, 주제에 대해 잘 모르므로 글을 쓰기 위해 자료를 조사해서 읽는 대부분의 경우에는 쓰기 목적과 관련이 먼 텍스트는 글을 쓰는 데 도움이 되지 않는다.

또한 기본적으로 읽는 것을 좋아한다면 쓰기 주제와 다소 관련성이 적은 글을 읽으면 글쓰기에 큰 방해가 될 수 있다. 새로운 지식을 접하는 것이 마냥 즐겁고 신기한 학생들은 자신이 써야 할 글은 까맣게 잊고 현재 읽고 있는 자료에 너무 몰입한 나머지 정작 자신의 글을 써야 할 귀한 시간을 많이 허비하게 된다. 특히 글을 쓸 시간이 한정적이라면, 쓰기 목적과의 관련성을 고려하여 읽기 자료를 선택해야 한다. 대부분의 생산적인 글, 가령 대학에서 요구하는 학업적 글쓰기나 직장에서 요구하는 사무적 글쓰기는 일반적으로 글을 완성해야 하는 시점이 정해져 있어서 시간을 무한대로 사용하는 것이 불가능하다. 따라서 생산적인 글쓰기 과제에서는 시간을 아끼기 위해 쓰기 목적과 읽기 자료의 내용 간 관련성을 지속적으로 고려하면서 읽기 자료를 선택해야 한다.

그리고 내 글에 필요한 정보가 어떤 정보인가에 따라 정보 검색할 곳을 선정해야 한다. 검색 사이트 간 특성을 미리 알고 있다면 정보를 어느 사이트에서 찾을지 수월하게 결정할 수 있다. 여기서 찾고 싶은 정보의 유형에 따라 정보의 출처를 달리하는 이유는 사이트별로 제공하는 정보의 성격이 약간씩 다르기 때문이다. 일상생활과 관련된 정보는 네이버 지식인 사이트에서 쉽게 찾을 수 있고, 전문적인 내용은 네이버 안에서도 백과지식 사이트나 구글 스칼라와 같이 논문을 전문적으로 제공하는 사이트에서 정보를 찾는 것이 효율적이다. 예를 들면, 친구와 만날 장소를 정하려고 우리 동네 맛집의 상호명과 위치를 알기 위해 정보를 찾는다면, 네이버 지식인에서 찾을 수 있다. 그러나 수업에서 부여한 과제가 윤동주와 그의 시에 대한 글쓰기라면 전문적인 내용을 찾기 위해 네이버 지식인을 검색 사이트로 설정하는 것은 적절하지 않다. 네이버 지식인은 누구나 답변할 수 있으므로 거기에 게시되어 있는 글들의 신뢰성과 타당성을 확인하기 어렵기 때문이다. 만약 사회적 이슈에 대한 자신의 의견을 쓰기 위해 국외 상황을 조사하고 싶다면, 국내 포털 사이트보다는 글로벌 포털 사이트인 구글에서 내용을 검색할 필요가 있을 것이다.

또 하나는 정보가 생산된 날짜를 고려하는 것도 좋은 전략이다. 주제에 따라 해당 글이 언제 쓰였는지가 중요한 기준이 될 수 있다. 예를 들어 난민법을 주제로 찬반 논의를 하는 글을 쓴다면, 난민법이 마련된 시점을 고려하여 자료를 읽어야 한다. 난민법이 제정되기 전과 후는 서로 다른 맥락을 지니므로 같은 내용이라도 상황 맥락에 따라 서로 다른 의미를 지닐 수 있다. 다른 예로 과학 상식이나 테크놀로지에 대한 글을 쓴다면, 최근에 생산된 정보를 중심으로 자료를 조사해야 질 높은 글을 쓸 수 있다. 과학의 발전 속도가 빠르므로 오래전에 생산된 글을 참고하여 글을 쓴다면, 진부한 내용을 담을 뿐만 아니라 사실에 위배되는 내용까지 포함할 수 있다. 이에 반해, 역사적 사건에 대해 설명하는 글을 쓴다면, 최신 정보가 아니라 역사적 사건이 일어난 시점에 생산된 자료를 찾아 읽을 필요가 있다.

마지막으로 문자기호인 글로만 이루어진 텍스트뿐만 아니라 사진, 그림, 그래프 등과 같이 시각적 이미지를 포함하여 정보를 수집할 필요가 있다. 최근에는 읽고 쓰는 환경이 인쇄매체에서 디지털 환경으로 옮겨오면서 시각적 이미지에 대한 수요와 생산이 증가했다. 테크놀로지의 발전으로 사진을 찍어서 인터넷에 업로드하는 작업이 이전보다 더 용이해지고 있으며, 정보를 찾아 읽을 때 글뿐만 아니라 바로 사진이나 그림을 찾아볼 때도 많다. 특히 '디지털 네이티브'라고 불리는 현재의 청소년 세대는 학업적 글쓰기 상황에서 참고자료를 찾아 읽는 단계에서 문자 기호로 이루어진 글이 아니라 그래프나 도표 같은 시각적 이미지를 바로 검색해서 읽는 경향이 많음이 연구되기도 했다.

표나 그래프는 많은 정보를 압축적으로 담고 있으므로 참고자료로서 효율성이 높다. 글자로 서술되어 있는 텍스트보다 핵심 정보를 바탕으로 압축되어 있는 표나 그래프가 읽는 데 시간이 덜 걸리기 때문이다. 또한 통계 수치는 일정 양 이상의 데이터를 바탕으로 작성되었으므로 정보의 신뢰성도 확보할 수 있다는 장점이 있다. 또한 문자 기호에서 시각적 이미지로, 최근에는 시각적 이미지에서 한 발 더 나아가 동영상도 참고자료로 많이 활용되고 있다. 예를 들면 유튜브 같은 매체는 글로벌 매체로서 전 세계 각지에 있는 정보를 확인할 수 있으며, 새로운 형태인 동영상 형식으로 정보가 제작되어 있어서 새로운 정보 소비 형식으로 떠오르고 있다.

그러나 동영상 매체를 읽기 자료로 사용할 때 유의할 점이 있다. 그것은 인용 표기의 문제이다. 글로 이루어진 텍스트를 참고자료로 읽고 글을 썼을 경우에는 인용 표기를 해야 하며, 인용 표기 방법도 잘 알려져 있어서 지식인이라면 다른 사람들의 글을 읽고 글을 쓸 경우 반드시 인용을 하게 된다. 그것이 아이디어 수준의 내용이라고 하더라도 인용은 필수이다. 그런데 유튜브 같은 영상을 보고 아이디어를 얻어 내 글에 쓸 내용을 생성한 경우라면, 인용 표기를 어떻게 해야 할지 아는 사람은 많지 않다. 그 이유는 학계에서도 사회에서도 아직 합의가 되지 않았을뿐더러 논의도 되지 않았기 때문이다. 앞으로 문장 표현의 수준이든지 아이디어 수준이든지 다른 사람이 제작한 영상을 보고 그 영상의 일부를 자신의 글에 포함하려면 어떻게 인용해야 하는지에 대한 논의가 학계에서 선행되어야 할 것이다. 우선 일반인의 입장에서 유튜브 같은 영상을 참고하여 자신의 글에 썼다면, 각주를 활용하여 웹사이트 주소와 영상을 본 날짜를 기입하는 정도로 자신의 정보 활용 내역을 글에서 상세하게 밝힐 필요가 있다.

(4) 자료 활용의 방법

① 발췌독한다

즐거움을 위한 책 읽기 상황이라면, 책 한 권을 오롯이 읽고 느끼는 감동은 독자에게 매우 큰 만족감을 줄 수 있다. 그러나 글을 쓰기 위해 자료를 찾아 읽는 경우라면, 두꺼운 책의 첫 장부터 마지막 장까지 읽고 글을 쓴다면, 펜을 들고 나서부터 글의 마지막 글자를 써 넣기까지 매우 많은 시간이 소비된다. 가령 학생들이 즐겨 쓰는 학업적 글쓰기라든가 직장에서 쓰는 보고서 쓰기 등은 무한정 시간이 주어지는 것이 아니라 제한된 시간 내에 효율적으로 글을 쓰는 능력이 필요하다. 따라서 특정 주제에 대해 글을 쓰기 위해 자료를 찾아 읽는 상황이라면, 책 전체를 다 읽는 방법보다는 자신의 글쓰기 주제와 관련 있는 특정한 부분만 발췌해서 읽는 것이 훨씬 효과적일 수 있다. 시간과 에너지 사용 측면뿐만 아니라 글의 응집성이나 일관성을 확보하기 위해서도 정독보다는 발췌독이 효과적일 수 있다.

필요한 문서를 찾았다면 문서의 제목, 저자, 찾은 곳 등의 정보를 목록화해 정리해두는 것이 좋다. 참고자료에 대한 정보를 잘 정리해두면 추가로 찾아야 할 문서를 알 수도 있고 삭제해야 할 목록도 알 수 있게 된다. 목록을 구체화하여 정리한다면, 문서의 내용을 요약하여 적어두고 읽고 난 다음 자신이 느낀 점이나 생각거리 등을 함께 메모해두면, 자신의 글을 쓸 때 내용 생성에 많은 도움을 얻을 수 있다.

참고자료를 읽고 난 후와 읽는 중에 글에 쓸 내용을 마련할 수 있다. 즉, 참고자료를 다 읽고 나서 글에 쓸 내용을 마련하는 경우와 참고자료를 읽으면서 떠오르는 생각을 메모해두는 방식으로 글에 쓸 내용을 마련하는 경우가 있다. 보통 전자의 경우를 더 많이 사용하나 후자의 방법도 나쁘지 않다.

참고자료를 다 읽고 나서 글의 내용을 마련하는 것도 나쁜 방법은 아니나, 읽는 도중에 떠오르는 좋은 생각들이 사라져버릴 수도 있다는 단점이 존재한다. 그러나 자료를 읽으면서 자신이 쓰고 있는 글의 주제와 관련하여 내용을 떠올려보고 생각나는 내용을 바로바로 메모해둔다면, 더 풍성한 내용을 마련할 수 있다. 떠오르는 생각을 메모하는 방법은 따로 노트를 마련하여 적어두는 방법과 읽기 자료 여백에 메모하는 방법이 있다.

노트를 마련하여 생각을 정리해두면 글을 쓸 때 좀 더 편리하게 이용할 수 있지만, 원자료인 읽기 자료의 어떤 문맥에서 이러한 생각을 해냈는지에 대한 정보가 사라진다는 단점도 있다. 반면 읽기 자료 여백에 메모를 해두면, 원자료를 다시 읽어볼 수 있어 읽기 자료에서 맥락을 파악하기 쉽지만, 읽기 자료의 수가 많다면 방대한 자료에서 메모한 부분을 찾아내기가 쉽지 않을 수 있다. 따라서 필자가 상황과 쓰기 목적에 따라 적절한 방법을 선택하는 것이 좋다.

또한 디지털 매체에서는 읽기 자료 안에서 특정 부분에 메모를 해두었다고 하더라도 메모한 부분만 추출하여 확인할 수도 있으므로 디지털 도구를 활용하는 것도 하나의 방법이다. 특히 최근에는 엔드노트(EndNote) 같은 서지사항 프로그램이 많이 개발되어 있으니 프로그램을 활용하여 읽기 자료에서 얻은 아이디어를 정리하여 자신의 글쓰기에 참고하는 것도 추천한다.

참고자료를 읽으면서 글의 내용을 생성할 때 필수적으로 메모해두어야 할 부분은 원자료의 정보이다. 읽기 자료의 문장을 그대로 자신의 글에 가져온 경우가 아니고, 읽기 자료를 읽으면서 새로운 내용을 떠올려서 자신의 글에 옮겼다고 하더라도 아이디어 수준에서 또는 아이디어를 촉발시킬 수 있는 수준에서 원자료가 도움을 준 것은 분명하다. 출처를 밝혀주는 것이 정직한 글쓰기가 될 수 있다. 일부에서는 내용만 메모해두고 출처 정보는 최종 원고를 작성할 때 한꺼번에 찾아서 쓰겠다고 하는 경우도 있으나, 참고자료를 읽는 순간 즉각 출처 정보를 기록해두지 않는다면 나중에는 찾기가 매우 어렵게 된다. 따라서 읽기 자료에서 아이디어를 얻어 메모해둘 때는 아이디어와 함께 원자료의 정보를 반드시 적어두는 습관을 들이도록 한다.

② 자료를 읽은 후 써 본다

얼른 쓰기 방법은 글에 쓸 내용을 생성하거나 고쳐 쓰기에서도 가장 좋은 방법이다. 얼른 쓰기는 생각이 떠오르는 대로 무조건 많이 쓰는 것이며, 정교하게 생각하지 않고 떠오르는 대로 생각을 글로 옮기는 것이다.

얼른 쓰기 방법은 자유로운 글쓰기로 여러 가지 장점이 있다. 생각이 풍성해진다는 점, 쓰기 불안을 감소시키고 쓰기 동기를 향상시킬 수 있다는 점, 글쓰기 목적과 방향을 더욱 분명하게 할 수 있다는 점, 필자 스스로 글을 쓰는 이유를 내면적으로 들여다볼 수 있다는 점 등 다양하다.

얼른 쓰기 방법은 생각을 모두 글자로 옮기다 보면 생각이 계속해서 꼬리를 물고 생성될 수 있다는 장점이 있다. 또한 자유롭게 글을 쓰다 보면 글쓰기에 대한 두려움을 떨쳐낼 수도 있다. 어떤 글을 쓸지, 어떤 표현으로 쓸지 고민하기보다는 생각을 멈추지 않고 글을 쓰기 때문이다. 다음으로 자유로운 글쓰기는 감정이 배출되는 느낌을 받기도 하여 글쓰기 과정에서 스트레스가 풀리기도 한다. 따라서 쓰기에 재미를 느끼고 쓰기 동기가 향상되므로 글쓰기에 긍정적인 영향을 미칠 수 있다. 마지막으로 자유 연상에 따라 계속 글을 써나가다 보면 자신이 어떤 주제에 대해 관심이 있는지, 어떤 내용에 대해 더 연구하고 싶은지, 어떤 전달

의도를 지니고 글을 쓰고 있는지 등 스스로 글쓰기 과정에서 중요한 목표와 방향성을 인지하게 되기도 한다. 스스로 질문을 던지고 글을 써나가는 과정에서 답을 찾을 수 있으므로 오히려 주제에 대해 통찰력을 높일 수 있고, 주제에 대한 집중력이 증가할 수 있다. 의식적인 생각의 흐름에서 멈추는 것이 아니라 자신만의 목소리를 담을 수 있게 된다.

결국 생각의 흐름을 놓치지 않고 글자로 옮겨가는 얼른 쓰기 작업은 글을 두서없게 만드는 것이 아니라 글의 초점을 찾기 위한 하나의 방법이 될 수도 있다. 아이디어가 최대한 많이 생성되므로 그중 좋은 아이디어가 생산될 확률도 자연스럽게 높아진다.

③ 자료의 내용을 작성한다

카드 작성 방법은 읽기 자료마다 한 장 분량으로 읽은 내용을 카드에 정리하는 방법이다. 카드에는 책의 내용뿐만 아니라 자신의 글에 도움이 될 만한 부분, 인용할 부분, 자신의 생각을 기록하는 것이 나중에 글쓰기에 활용할 때 도움이 된다. 하나의 카드에 읽은 자료에서 중요한 정보를 대부분 기록해두므로 원자료 상태로 존재하는 정보보다 글쓰기에 훨씬 도움이 된다. 또한 읽은 책 외에도 글쓰기에 활용할 수 있는 내용이나 다음에 찾아 읽을 책도 계획하여 기록해둘 수 있다.

④ 자료를 종합하여 브레인스토밍한다

브레인스토밍은 글에 쓸 내용을 생성하는 강력한 방법이 된다. 이때 중요한 것은 어떠한 아이디어라도 비판하면 안 된다는 점이다. 주제와 관련이 없고 터무니없고 엉뚱한 이야기로 여겨지더라도 우선은 좋은 아이디어가 나올 때까지 끊임없이 아이디어를 생성해야 그중에서 좋은 아이디어도 찾을 수 있다. 브레인스토밍은 혼자서도 할 수 있는데, 가능하다면 친구들과 여럿이 함께한다면 더 좋은 아이디어를 생산할 수 있다. 특히 어떠한 검열도 허용하지 않는 브레인스토밍 상황에서는 창의적인 사고가 많이 생성될 수 있다. 창의적인 사고는 비판적인 사고와 반대되는 사고로 알려져 있지만, 사실 이 두 사고는 연결되어 있다.

창의적인 사고를 많이 해야 비판할 수도 있는 최소한의 내용을 마련할 수 있고, 비판적 사고가 있어야 기존의 사고에 문제가 있는 점을 발견하고 해결하여 창의적인 사고를 할 수 있다. 따라서 브레인스토밍을 할 때는 창의적 사고에서 비판적 사고로 나아갈 필요가 있다. 우선 생각나는 아이디어를 모두 끄집어내어 문자적 표현인 글로 적은 다음 글의 주제와 거리가 먼 내용부터 삭제하거나 수정하는 방식으로 내용을 다듬어 갈 수 있다. 처음에 내놓은 아이디어가 비판적 사고 단계에서 삭제되거나 수정될 수 있다는 가능성이 존재하는 만큼 아이디어를 생성할 때 발생하는 어려움이 감소된다.

특히 브레인스토밍을 통해 계획한 양보다 더 많은 아이디어가 나오면, 비판적 사고를 할 수 있는 대상이 더 많아져 더 정교한 비판적 사고가 가능할 수도 있다. 비판적 사고 과정에서도 새로운 내용 생성이 가능하므로 오히려 비판적 사고가 창의적인 내용을 만들어낼 가능성도 있다. 이러한 연습이 지속되다 보면 창의적 사고와 비판적 사고를 동시에 할 수 있는 기술을 습득할 수도 있다.

4) 글 구성하기

(1) 글 구성이란

서울에서 부산까지 가는 방법에는 어떤 것이 있을까. 일정이 충분하지 않다면 기차나 비행기를 이용할 것이며, 짐이 많은 가족 단위의 여행이라면 승용차가 편할 수도 있다. 모험을 즐기는 여행가들은 자전거나 도보로 이동하기도 한다. 여행의 목적에 따라 이동하는 방법이 달라지는 것처럼 글을 쓰는 목적에 따라 글의 구성 방식도 달라지기 마련이다. 어떤 이야기를 할지 주제를 정했다면 그다음에는 어떤 구성 방식으로 독자에게 주제를 전달할지도 고민해야 한다.

구성은 글의 큰 밑그림이라고 할 수 있다. 글의 밑그림은 글 내용을 담을 틀을 만드는 작업이며, 그 틀 안에 내용을 채워 넣는 작업이 바로 실제 글쓰기이다. 그렇기 때문에 글쓰기 단계에서 구성을 먼저 잡아나가는 것이 필요하다. 글쓰기를 할 때 구성 잡기 단계를 간과하는 사람들이 많다. 하지만 글을 잘 쓰는 사람들을 보면 구성을 잡을 때 심혈을 기울이는 것을 알 수 있다.

밑그림 없이 백지에다가 글을 처음부터 써내려간다면 글은 쉽사리 중단되고 만다. 무작정 글을 쓰면 어떤 내용을 어떻게 쓸지 모르게 되고 흘러가는 대로 하다 보면 나중에 다시 쓰는 일이 벌어진다. 그리고 많은 분량의 글을 쓰다 보면 구성상 어느 부분이 문제이고 어떤 내용이 담겨야 할지 판단도 서지 않는다. 필력이 좋은 사람이라도 밑그림이 없다면 자신의 이야기를 정리해서 독자에게 전달하기 어렵다. 아이디어가 훌륭하고 문장력이 뛰어나다고 하더라도 그것을 배치하는 밑그림이 없다면 제대로 글에 담아내기 어렵기 때문이다. 본격적으로 글을 쓰기 전에 어떤 구성을 마련할지 고민하는 시간을 갖도록 하자. 글의 구성을 먼저 생각한다면 어렵지 않게 글을 쓸 수 있다.

(2) 글 구성의 방법

구성은 따로 고정된 틀이 있는 것이 아니다. 구성을 잡아나갈 때는 기존의 형식에 맞추는 것이 아니라 주제를 어떻게 펼쳐낼 것인지 본인이 생각하는 논리의 흐름에 맞춰서 하는 것이 좋다.

그럼에도 글쓰기가 서툰 사람들은 글쓰기의 가장 기본적인 구성을 이해하고 넘어가야 할 필요가 있다. 글쓰기의 기본 구성은 서두－본문－결말의 3단 구성을 들 수 있다. 글쓰기는 자신의 메시지를 던지는 방식이다. 3단 구성은 수용자에게 이 메시지를 효과적으로 전달하기 위한 방법이다. 일상에서 대화를 나눈 경험을 떠올려보자. 우리는 인사나 마무리 없이 느닷없이 본론만 이야기하고 대화를 끝내버리는 사람을 무례하다고 생각한다.

한 편의 글을 쓰는 것도 마찬가지이다. 독자가 글을 읽을 준비를 하고, 작자의 메시지를 한 번 더 되새겨볼 수 있는 시간을 마련해주어야 한다. 특히 대상을 설득하는 글쓰기의 경우 서두와 결말을 더욱 여유 있게 마련해야 자신의 메시지를 더욱 설득력 있게 전달할 수 있다.

서두－본문－결말의 각 해당 부분을 쓸 때 아래의 유의점을 기억해두자.

① 서두

보통 글쓰기에서 가장 어려움을 호소하는 부분이 서두 부분이다. 글의 서두 부분은 글의 전체 인상을 좌우하는 만큼 신경 써서 작성해야 한다. 독자는 대체로 인내심이 없다. 독자는 첫 문단 몇 개를 읽어보고는 이 글이 흥미롭다, 그렇지 않다는 평가를 하게 된다. 따라서 서두 부분은 독자가 이 글에 대해 궁금하게 하고 계속 읽고 싶게 만들어야 한다. 시작부터 지루하거나 엉성한 글은 독자에게 호감을 전달하기 어렵다. 특히 논술, 공모전에 출품하는 글쓰기는 좋은 첫인상을 전달해야 하므로 서두 부분이 매우 중요하다.

하지만 그렇다고 해서 서두 부분을 어떻게 쓸까 너무 주저하게 된다면 글의 진도가 나가기 힘들다. 서두 부분에서 핵심적으로 들어가야 할 내용이 무엇인지, 어떠한 방법들이 있는지 먼저 이해하고, 본인이 이야기하고 싶은 내용들을 자연스럽게 구성해보자.

서두는 전체 글의 방향을 제시해주는 부분이다. 본격적인 이야기에 앞서 내가 하고 싶은 이야기가 무엇인지, 어떻게 이야기할 것인지의 계획을 독자에게 전달하는 부분이다. 학술적 글쓰기의 경우에는 무엇을, 왜, 어떻게 연구하겠다는 방향이 서두 부분에서 분명히 제시되어야 한다. 즉 연구 대상, 연구 목적, 연구 방법이 서두에 충분히 제시되어야 한다.

기행문, 관람평, 시론이나 사설 등 다소 무게감이 가벼운 글쓰기의 경우 좀 더 인상적으로 글을 시작하여 독자의 흥미를 자극할 필요가 있다. 아래는 서두를 흥미롭고도 효과적으로 시작할 수 있는 다양한 방법이다.

• **화제나 주장 제시하기**

화제와 주장을 제시하며 전체 글에서 이야기하는 방향을 분명히 보여주면서 시작하는 유형이다. 가장 무난한 서두라 할 수 있다. 개성적인 글이 되기는 어렵겠지만 글의 방향을 분명히 하여 독자의 이해를 도울 수 있다.

> 요즘 사람들은 모이기만 하면 영화 〈보헤미안 랩소디〉 이야기를 입에 올린다. 〈보헤미안 랩소디〉는 900만 관객을 돌파하며 그야말로 신드롬을 일으키고 있다. 친구와 가족끼리 '싱어롱 상연관'에 가서 영화를 보며 노래를 함께 따라 부르는 새로운 문화가 형성되기도 했다. 퀸과 프레디 머큐리를 기념한 방송이 방영되고, 관련 서적 판매도 급증하고 있다. 오늘날 우리 사회에 불고 있는 퀸 열풍을 어떻게 이해해야 할까.

인용문은 서두의 전형적인 방식이다. 서두부터 본격적으로 이 글에서 다루는 화제인 '보헤미안 랩소디'를 제시하면서 오늘날 '퀸 열풍'을 어떻게 이해해야 하는지 글의 방향을 명료하게 보여주고 있다. 독자는 처음부터 글쓴이가 어떤 이야기를 하려는지 초점을 이해하며 글을 읽어 내려갈 수 있다.

• **질문 던지기**

조금 더 인상적으로 시작하고 싶다면 화제와 관련한 질문을 던지면서 글을 시작해보자. 이러한 방법은 독자의 관심을 환기시키면서 적극적인 읽기를 하는 데 도움을 준다. 서두에서 질문을 던지고, 본문에서 해당 질문에 대한 답을 모색하고, 결말에서 이 질문에 대한 답을 종합적으로 내리는 방식을 사용한다면, 글이 더욱 짜임새가 있다는 인상을 줄 수 있다.

> 행복이란 무엇인가. 행복의 개념과 조건은 시대와 공간에 따라 다양한 편차가 존재한다. 이러한 이유로 행복은 역사적 · 문화적 견지에서 다루어질 만한 의미가 있다.

위의 글은 '행복'이라는 화제를 다루고 있는데, 먼저 큰 질문을 던지는 방식으로 글을 시작하고 있다. 독자들에게 일반적으로 알고 있는 '행복'의 통념에서 벗어날 것을, 행복은 시대와 공간에 따라 다르다는 사실을 환기시키고 있다.

• 개념 정의하기

글 안에서 중요하게 다루어지거나 생소한 개념, 혹은 자신이 새롭게 정의내리고자 하는 개념은 글 서두에서 먼저 정의하면서 시작하는 것이 좋다. 독자가 그 개념을 이해하면서 글을 읽는 데 도움을 줄 수 있다. 다만 상식적인 개념을 장황하게 정의하는 방식은 오히려 글을 따분하게 만들 우려가 있다.

> 요즘 '소확행'이라는 말이 유행한다. 작지만 확실한 행복이라는 의미를 가진 이 신조어는 오늘날 삶에 대한 이해가 달라지고 있음을 보여준다. 어떤 이들은 '소확행'에서 직장, 집 등 큰 목표를 성취할 가능성을 상실한 젊은 시대의 절망을 읽어내기도 한다.

'소확행'은 최근에 유행하는 신조어이다. '소확행'의 뜻을 정확히 모르는 독자를 배려하여 이에 대한 정의를 먼저 제시함으로써 독자의 이해를 돕고 있다.

• 격언이나 속담 인용하기

칼럼 같은 글에서 흔히 쓰는 방식이다. 유명한 사람의 말을 인용함으로써 자신의 주장에 더욱 설득력을 확보할 수 있다. 좋은 인용구를 활용하고 싶다면 평소 독서를 하면서 메모를 해두는 것이 좋다. 글쓰기를 할 때 갑자기 생각날 리가 없기 때문이다. 그리고 인용만 하고 넘어간다면 인용의 의미가 없다. 인용한 문구를 자신이 어떻게 이해하는지 이에 대한 해석을 덧붙여야 한다. 또 "시간은 금이다", "실패는 성공의 어머니"처럼 익히 알려진 속담이나 격언을 활용하는 것은 오히려 글이 진부하다는 인상을 줄 수 있으니 주의하자.

• 인상 깊은 장면 묘사하기

조금 더 개성적인 글을 쓰고 싶다면 인상 깊은 장면을 묘사하면서 시작하는 방법도 가능하다. 독자의 흥미와 관심을 자연스럽게 이끌어낼 수 있는 전략이다. 기행문, 관람평 같은 글은 물론 논설문에서도 활용할 수 있다.

> 여기 한 남자가 있다. 그는 이어폰으로 한 여성과 대화를 나누면서 해변을 거닐고 있다. 사랑에 빠진 그의 얼굴에 행복한 미소가 가득하다. 하지만 그는 그녀가 사랑하는 641명 중 한 명일 뿐이었다. 영화 〈그녀(her)〉

의 한 장면이다.

이제 컴퓨터의 인공지능 OS와 대화는 낯선 일이 아니다. 핸드폰, 스피커, 심지어 밥솥과 대화를 하는 시대가 되었다. 인공지능 OS와 사랑에 빠지는 것도 영화 속 이야기만이 아니게 될 세상이 도래할지도 모른다.

위의 글은 인공지능 OS 기술을 다룬 것이다. 어떤 독자들에게는 전문적이고 무거운 주제로 이해될 수 있으므로 좀 더 편안하게 시작하는 방법을 선택했다. 즉, 본격적으로 논의를 진행하기 전에 영화 〈그녀(her)〉의 인상적인 장면으로 글을 시작하면서 독자의 흥미를 이끌어내고 있다.

• 경험이나 주변 일화 끌어들이기

글의 논점을 해치지 않으면서 공감을 획득할 수 있는 개인적인 경험으로 글을 시작한다면, 독자는 더욱 친근감을 느끼며 글을 읽을 수 있다. 예컨대 영화, 전시 비평문을 쓸 때 직접 관람한 경험, 주변의 대화로 글을 시작하면서 논의를 점차 확장하는 것도 한 가지 방법이라고 할 수 있다. 주의할 점은 본문의 내용과 연결된 경험이나 일화여야 한다는 점이다. 서두의 내용이 본문과 동떨어진 듯한 인상을 주어서는 곤란할 것이다.

글의 성격에 따라 이상의 유형을 자유롭게 선택하여 사용할 수 있다. 다만, 서두 부분에서 유의해야 할 점이 있다. 너무 장황하게 길어지면 안 된다는 것이다. 서두 부분은 글의 5분의 1 정도로 간결하게 구성하는 것이 좋다. A4 한 장 내외의 글쓰기의 경우 두 단락 정도면 충분하다.

또 핵심적인 내용과 주장을 미리 서술하는 경우도 피해야 한다. 특히 논문의 경우 본문의 구체적인 내용을 서두에서 먼저 언급하는 것은 금물이다.

> 많은 사람들은 SNS나 블로그에서 평가되는 맛집에 관한 내용을 대부분 사실로 판단하고 심지어 외식을 할 때 일부러 블로그에 있는 소비자의 평가를 보고 찾아가는 경우가 흔하다. 하지만 직접 답사해본 결과, 가격과 서비스, 음식의 질 등 많은 부분에서 일치하지 않는 오류가 있었고 기업들이 웹사이트의 인지도를 이용해 이를 상업적으로 이용하는 경우가 많음을 알 수 있다. 그래서 본고는 지금까지 웹사이트의 맛집 홍보에 대한 소비자의 긍정적인 평가와 달리 비판적인 시각으로 웹에서의 무분별한 맛집 홍보의 실태와 문제점을 파헤쳐보려고 한다.

인용문은 서두에 해당하는 부분인데, 본문에 들어갈 내용인 조사 결과가 먼저 제시되었다. 독자는 세부적인 내용을 이미 읽었으므로 이 글을 계속 읽어야 할 이유가 없다. 서두는 어디까지나 맛보기로, 이야기를 살짝 제시하며 독자가 계속 이 글을 읽게 붙들어두는 부분이라는 점을 잊지 말자. 성급하게 본문에서 할 이야기를 꺼내서는 안 된다. 중심이 되는 이야기는 아껴두자.

서두는 말 그대로 글의 가장 처음 부분에 해당하지만, 본문과 결말에서 해야 할 말들을 어느 정도 암시하고 포괄하는 부분이라 할 수 있다. 따라서 서두를 처음부터 완성하는 것보다는 글의 초고를 다 쓴 다음 전체 내용을 잘 이끌어내고 있는지를 다시 한번 살펴보는 것이 좋다.

② 본문

본문은 이야기의 핵심을 서술하는 부분이다. 어떠한 글을 쓰는가에 따라 본문의 형태가 확장되고 다양한 구성이 나올 수 있다. 짧은 편폭의 글이라면 본문의 구성을 따로 짤 필요는 없겠지만, 편폭의 길어진다면 세부 구성을 고민해야 한다. 앞서 말했듯이 구성은 일종의 논리적 흐름이다. 본문 역시 자신의 논리에 맞게 구성을 먼저 치밀하게 짜야 수월하게 글을 써내려갈 수 있다. 몇 가지 대표적인 구성 방식에 대해 알아보자.

• **이동식 구성**

시간과 공간의 변화에 따라 글을 구성하는 방식이다. 기행문, 관람평, 소설 같은 서사식 서술 방식을 많이 활용하는 글에서 쓸 수 있는 구성 방식이다. 우리가 평소 쓰는 일기 역시 이동식 구성을 취하는 경우가 많다.

• **나열식 구성**

글을 전개할 때 주제를 뒷받침하는 소항목을 비슷한 비중으로 병렬하여 서술하는 것을 말한다. 정보를 제공하는 글쓰기나 설득하는 글쓰기에서 유용하다. 각 항목은 대등하고도 단순하게 나열되므로 글의 매력은 다소 떨어지나 독자들을 쉽게 이해시킬 수 있는 장점이 있다. 나열식 구성은 각 항목의 비중이 대등하므로 세부 단락 구성도 비슷한 형태로 나열하면 좋다.

한류문화의 파급 효과

- 경제적 효과
- 국가 이미지 제고
- 관광산업 발전

위의 예시는 한류문화가 발전함에 따라 얻을 수 있는 효과를 경제 · 국제 · 관광 등의 분야로 나누어 분석하고자 하는 글의 구성이다. '경제적 효과' 부분을 '통계자료-대표사례-향후 전망'으로 구성했다면, 나머지 부분도 비슷한 형태로 구성하는 것이 좋다.

세부적으로 어떤 현상의 원인을 분석하거나 어떤 상황에서 유래된 결과를 설명하는 인과관계 구성도 나열식 구성을 활용할 수 있다.

어린이 비만 증가 원인

- 인스턴트 음식 소비 증가
- 실내 활동의 증가
- 학업 스트레스의 증가

식습관, 운동습관, 심리적 요인으로 어린이 비만 인구 증가 원인을 분석하고자 하는 글이다. 각 항목은 대등하게 나열되며 전체 글의 주제를 뒷받침한다.

이외에도 유사한 현상을 비교 · 대조할 때, 그 속성들을 나열하는 구성 방식을 취할 수 있다. 예컨대 한국 로맨스 영화와 일본 로맨스 영화를 비교 · 대조한다고 할 때, 각 영화의 특징들을 나열하면서 살펴보는 방식을 활용할 수 있다.

• 문제 해결식 구성

논술이나 칼럼에서 많이 활용하는 구성이다. 문제 해결식 구성은 현상 → 원인 → 해결책으로 진행된다. 각 해결책은 해당 현상, 원인에 상응해야 한다. 현상은 글의 서두 혹은 본문의 처음 부분에 서술한다. 해결책은 본문에서 논하는 것이 일반적이나 참신하지 않거나 구체적이지 않은 경우 결말에서 논할 수 있다.

• 점층식 구성

중요성이 덜한 것에서부터 더한 것으로 점차 나아가는 방법인데, 가장 강조되거나 중시되는 부분이 말미에 온다. 주제를 심화할 때 활용할 수 있는 방식이다. 앞서 언급했던 어린이 비만 문제를 다시 예로 들어보자. 그 원인으로 먼저 식습관, 운동습관 문제를 먼저 거론한 다음, 무엇보다 심각한 것은 바로 정서적 문제라는 논의를 진행하고자 한다. 이런 경우 점층식 구성을 선택할 수 있다. 각 항목은 균등하게 나열되지 않고, 후반부로 갈수록 어조가 점차 강해진다.

• 반론식 구성

반론의 여지가 있는 경우, 상대의 견해를 논리적으로 반박하면서 자신의 견해를 전개하는 구성이다. 우선 상대 견해의 주장과 근거를 제시하고, 이어서 그 주장의 문제점을 반박하고, 자신의 주장과 주장의 근거 제시 순으로 서술하면 된다.

예를 들어 사형제 반대 주장을 글로 쓴다고 할 때 먼저 찬성 의견의 근거, 즉 흉악 범죄를 예방할 수 있으며, 사회적 비용을 감소시킬 수 있다는 근거를 조목조목 반박하는 것이 좋다. 그런 다음 사형제를 철폐해야 하는 이유, 판결의 오판 가능성, 인권 문제 등을 차례로 거론할 수 있다.

③ 결말

결말은 이야기를 정리하면서 자신의 메시지를 강조하는 부분이다. 글쓰기는 연애와 같다. 끝이 좋아야 모든 것이 좋다. 데이트 상대가 아무리 달콤하고 자상했다고 하더라도 매너 없이 헤어진다면 그 사람에 대한 기억이 나쁘게 남기 마련이다. 글쓰기도 마찬가지이다. 독자들이 자신의 메시지를 다시금 기억할 수 있게 강렬하게 여운을 남기면서 마무리해 보자.

• 서술 내용 요약하기

가장 기본적인 마무리 방식이지만, 요약에만 치중하는 것은 금물이다. 더구나 서두나 본문에서 논의한 것을 그대로 다시 반복하는 것은 중언부언한다는 느낌을 준다. 특히 짧은 편폭의 글에서 본문의 내용을 다시 요약하며 마무리하는 것은 의미가 없다. 조금 더 자신의 주장을 강조하면서 맺는 것이 좋다.

우리는《유한집》의 시들을 차례로 읽어가면서 시인으로 성장하는 과정을 함께 목도하게 된다. 당대 최고 권력과 문예를 누렸던 가문에서 성장하여 한시를 능숙하게 창작했던 홍원주의 모습은 우리 한문학사에서 낯설지만, 19세기 변모하는 여성 작가상이기도 하다. 그녀의 시들은 어린 시인으로서 가졌던 원대한 포부, 형제에 대한 그리움, 그러면서도 여성 시인으로서 느꼈을 소외감과 단절감, 그리고 단념 등 다채로운 목소리가 뒤섞여 있다. 아버지에게 여성 시인으로서의 꿈을 부여받아 그것을 성실히 준행했던 그녀가 그 꿈과의 거리감을 인식하고 단념하는 과정은 결국 여성 한시 작가의 존재가 남성이라는 기반에 의해서만 증명될 수 있었던 것을 보여준다고 하겠다.

(하지영, 「시인의 꿈과 단념, 유한당 홍원주」, 『이화어문논집』 37, 이화어문학회, 2015.)

위의 글은 홍원주라는 조선 시대 여성 시인의 문학 세계에 대한 본문의 분석을 요약한 것이다. 아울러 한국 문학사에서 홍원주라는 문인이 가지는 위상에 대해 한 번 더 정리하면서 마무리하고 있다.

• 문제 해결 방안이나 전망 제시하기

문제 해결 방안이 본격적인 경우 본문에서 논의해야겠지만, 살짝 언급하고 가거나 방안이 참신하지 않은 경우에는 결말 부분에서 제시하는 것이 좋다. 전망은 본문에서 다룬 화제가 앞으로 어떻게 변화할 것인지에 대해 자신의 견해를 제시하는 것이다.

• 여운 남기기

자신의 메시지를 강조하면서 독자들에게 한 번 더 관심을 유도하는 방식이다. 특히 서평이나 관람평, 기행문 같은 문학적 글쓰기에서 문학적 표현력을 발휘하면서 여운을 남긴다면 독자에게 강한 인상을 남길 수 있다.

> 영화 〈그녀(her)〉는 인간, 사랑에 대한 성찰이다. 스파이크 존슨은 이 작품에서 영화만이 할 수 있는 방식으로 미래에 대한 화두를 던지고 있다.
>
> 그리고 어쩌면 당신은 이제 곧 현실에서 '그녀(her)'를 만날지도 모른다.

위의 예시는 영화 〈그녀(her)〉에 대한 비평문이다. 영화의 매력을 정리하며, 독자들의 관심을 다시 환기하고 있다.

• 던진 질문 받아주기

서두에서 질문을 던지고, 본문에서 이에 대한 답안을 모색하며, 결말에서 답안을 확정하는 구성이다. 자신의 주장을 명료하게 드러내는 데 유용한 방식이다.

> 이제 다시 사랑의 문제로 돌아가 본다. 이들은 정말 사랑했을까. 대화를 나눈다 했지만 이들의 대화는 조금씩 초점이 빗나가 있다. 우선 윤제규가 혜사의 답을 대신하고 있는 구조여서 그러하겠고, 무엇보다도 사랑한다고 하지만 서로 목적이 다르기 때문이다. 그러나 이들의 사랑이 사랑이 아니라고 할 수는 없을 것이다. 우리는 타인을 사랑한다고 하지만, 많은 경우 사랑의 목적은 스스로의 욕망을 성취하기 위한 것일 터. 《혜담

집》은 바로 이 사랑의 이면을 있는 그대로 보여주기에 오늘날 우리에게도 흥미롭게 다가온다.

(하지영, 「혜담집 읽기」, 174쪽, 『문헌과 해석』 81, 태학사, 2017.)

이 글의 서두에서는 《혜담집》이라는 시집에 나타난 남녀의 사랑이 가진 진실성에 대한 의문으로 시작했다. 결말에서는 이 질문에 대한 답을 최종적으로 정리하면서 글을 마무리했다.

(3) 개요 잡기

개요 잡기는 말 그대로 목차 잡기이다. 글을 쓸 때 우선적으로 내용을 어떻게 전개할지에 대한 아우트라인을 잡는 것을 의미한다. 글쓰기를 할 때 무턱대고 접근하기보다 내용을 어떻게 전개할지 고민하고 그것을 바탕으로 내용을 전개하면 수월하게 할 수 있다. 짧은 글을 쓸 때는 굳이 개요 잡기를 할 필요는 없지만, 긴 글을 쓸 때는 반드시 개요 잡기가 필요하다.

짧은 편폭의 글은 개요 짜기 과정을 생략하고 구성 짜기로 대신할 수 있다. 그러나 학술논문과 같이 긴 편폭의 글에서는 반드시 개요를 작성해야 한다. 구성의 전체적인 밑그림이라고 한다면 개요는 일종의 세부적인 설계도 역할을 한다. 보통 논문을 쓸 때 개요가 나오면 글을 다 썼다고 말한다.

개요가 필요한 이유는 여러 가지이다. 첫째, 글의 통일성에 기여한다. 개요 없이 글을 쓰다 보면 글이 다른 곳으로 새기 마련이다. 개요는 이를 단단하게 잡아주는 역할을 한다.

둘째, 글 전체의 균형과 긴밀성에 기여한다. 예컨대 나열식 구성을 취했다면, a, b 다음에 자연스럽게 c를 배치해야 한다는 것을 알 수 있으며 세부적으로는 분량 조절까지 계획할 수 있다. 또 사전에 내용이 중복될 염려도 방지할 수 있다.

셋째, 글의 논리적 흐름을 미리 잡아준다. 문제점을 이야기했다면 해결 방안이나 원인이 나오는 것이 자연스럽다. 개요는 이러한 논리적 흐름을 미리 고려하여 배치할 수 있다. 본격적으로 글을 쓰기 전에 개요를 세부적으로 고민해보는 시간을 가져야 한다. 개요는 자세하면 자세할수록 좋다.

넷째, 필요한 자료를 미리 안배할 수 있다. 개요를 상세히 작성하면 활용할 자료를 어디에 배치할 것인지 미리 계획할 수 있다.

글쓰기는 어렵지 않게 해야 한다. 많은 내용을 쓰고자 할 때 개요를 잡지 않으면 내용이 중복되고 불필요한 내용을 담아내는 경우가 적지 않다. 이때는 반드시 개요 잡기가 필요하다. 특히 적지 않은 분량의 글을 쓸 때는 개요 잡기를 하지 않으면 효율적인 글쓰기를 할 수 없다. 다음은 혁신학교의 문제점과 개선방안에 대한 개요 잡기이다.

혁신학교 교사들이 직면하는 혁신학교의 문제점과 개선방안

1. 머리말

혁신학교란

2. 서울지역 혁신 중 · 고등학교 교사들이 직면하는 혁신학교의 문제점

(1) 공개수업에 대한 부담

(2) 교사에 대한 보상 미흡

(3) 학생 · 학부모의 입시 지향적인 교육과정 운영 요구

3. 혁신학교의 문제점 개선방안

(1) 수석 교사 인원 확충과 공개수업 예외 인정

(2) 교사에 대한 보상 확충

(3) 입시에 활용 가능한 수업 기획과 학생 · 학부모와의 소통 병행

4. 맺음말

위의 개요는 문제 해결식 구성에 기반을 두어 작성한 것이다. 글에서 쓰고자 하는 문제점과 이에 대한 개선방안이 논리적으로 잘 안배되어 있다. 우선 개요만 보아도 어떤 이야기를 전개해나갈 것인지 예상할 수 있을 정도로 짜임새 있게 구성되어 있다고 할 수 있다.

흔히 말하는 목차는 개요를 깔끔하게 정리하면 된다. 학술적 글쓰기를 할 때 목차를 우선적으로 제출해야 할 때가 있다. 이때 목차의 제목은 내용을 반영하여 일목요연하게 달아주어야 한다. 또 목차를 짤 때는 목차만 보아도 논지의 흐름도 명확하게 파악할 수 있게 하는 것이 좋다. 끝으로 각 제목의 층위는 유사하게 만들어 통일성을 부여해야 한다.

5) 글쓰기

(1) 시작하기

기본적인 글 구성이 끝난 다음 진행해야 하는 것은 실제 글쓰기이다. 글 구성에서 기본 골격이 짜이면 내용을 채워 넣어야 한다. 이때 내용을 어떻게 전개하고 표현하며, 세부적으로 문장과 단어를 어떻게 써야 하는지에 대한 접근이 필요하다. 글쓰기 단계는 내용물을 실제 한 편의 글로 만들어내는 과정인 셈이다.

본격적으로 글쓰기를 하기에 앞서서 다음의 과정을 다 거쳤는지 다시 한번 확인해보자. 우선 내용을 완벽하게 소화했는가. 글쓰기는 준비단계가 중요하다. 내용을 제대로 이해하지 않은 상태에서 단락과 문장을 쓸 수는 없다. 내용 이해가 미흡하다면 다시 자료조사를 하고 충분히 읽어보는 시간을 가질 필요가 있다.

하나의 대상이 있다면 그것에 대해 완벽히 아는 것과 그렇지 않은 것은 엄청난 차이가 있다. 그 대상을 완벽히 아는 상태에서 타인에게 전달하려고 한다면 무엇을 어떻게 해야 할지 정확히 알 수 있다. 그러나 대상에 대해 완벽히 알지 못하면 그 대상을 어떻게 전달해야 할지 몰라 난감해진다. 글쓰기도 마찬가지다. 쓰려는 내용을 완벽히 파악했다면 쉽지만 그렇지 않으면 고역이 된다.

흔히 글에서 무엇을 말하려는지 알 때까지 쓰지 말라는 말이 있다. 무엇을 쓸지 정확히 모르는 상태에서 글쓰기를 한다고 생각해보자. 이때 글 쓰는 사람이 무엇을 말하려 하는지 모르고 쓴다면 내용은 횡설수설 서술되기 쉽고 독자도 글 내용을 알지 못한다.

또 본격적으로 글을 쓰기에 앞서서 구성을 제대로 취했는지 확인한다. 대략적인 구성만으로는 본격적인 글이 나오기 어렵다. 세부적인 개요 구성까지 진행하고, 각 개요 항목당 어떤 내용을 담을지 판단하고 시작한다. 세부 구성들을 통해 내가 말하고자 하는 주제가 충분히 독자들에게 전달될 수 있는지 여부를 검토한다.

실제 글쓰기를 시작할 때는 단락의 구성에 대해서도 충분히 알아둘 필요가 있다. 글쓰기는 낱말이 모여 문장이 되고, 문장이 모여 단락이 되며, 단락이 모여 하나의 글이 된다. 단락은 글의 내용을 어떻게 전개할지와 연관된다고 할 수 있다.

(2) 단락 구성하기

① 단락의 구성

한 편의 글 안에 담는 주제는 세부 주제들로 나뉠 수 있다. 우리는 구성, 개요를 작성하는 과정을 통해 세부 주제를 배치한다. 또 세부 주제는 다시 각각의 하위 주제로 나뉠 수 있는데, 곧 각각의 단락이 된다.

단락은 가장 기본적인 구조적 단위라고 할 수 있다. 구조적 단위라는 말은 그 자체로 완결성을 지니고 있다는 뜻이다. 매우 짧은 글은 하나의 단락으로도 구성될 수 있다. 3단 이상의 구성을 취할 경우, 서두 – 본문 – 결말로 총 3개 이상의 단락이 필요하다.

하나의 단락에는 하나의 주제만이 담겨 있어야 한다. 주제가 바뀔 때마다 엔터키를 눌러서 단락을 구분한다. 이렇게 하면 독자들은 단락이 나뉠 때마다 자연스레 글의 화제가 바뀐다는 것을 인식하게 된다.

단락은 핵심 내용이 담긴 '소주제문'과 이를 뒷받침하는 '부연 문장'으로 구성된다. 부연 문장은 소주제문을 구체화하거나 합리화하는 역할을 한다. 또 소주제들이 모여서 전체 주제를 뒷받침하는 역할을 한다.

예컨대 사형 제도에 관한 논설문을 쓴다고 하자. 사형 제도를 폐지하자는 주장에 아래의 근거를 제시하고자 한다.

주장: 사형 제도를 폐지해야 한다.

근거 1 – 사형은 또 다른 살인행위이다.

근거 2 – 인간의 판단력은 불완전하다.

근거 3 – 사형선고 과정에서 억울한 사람이 생길 수 있다.

큰 이야기는 주제가 될 수 있고, 나머지 근거는 각각 소주제가 될 수 있다. 이 소주제에 살을 붙이고 각각을 분리하면 독립적인 단락이 된다. 예컨대 근거 3에 사형선고 과정에서 억울한 사람이 생길 수 있다는 구체적인 사례로 역사적인 사건을 가지고 와서 논증한다면, 이것이 바로 부연 문장이 되는 셈이다.

난민에 대한 국민적 정서가 반감을 넘어 혐오로 증폭되고 있다. 하지만 난민 수용은 국가 성장의 원동력이 될 수 있다. 실제로 난민 출신 사람들이 뛰어난 업적을 이루어내는 경우가 많이 있다. 로마 제국이 멸망한 후 이탈리아 등 유럽으로 건너간 그리스인은 르네상스 시대의 원동력이 되었다. 미국을 세운 청교도들도 영국의 산업혁명에서 밀려난 경제 난민이었고, 아인슈타인은 독일 난민, 스티브 잡스도 시리아 난민 후손, 버락 오바마는 케냐 난민 후손이다. 우리가 수용하는 난민이 미래에 국가를 성장시킬 수 있는 가능성이 될지도 모르는 것이다.

난민 수용을 주장한 글이다. 인용문에서 두 번째 문장 "난민 수용은 국가 성장의 원동력이 될 수 있다"가 바로 이 단락의 소주제문 역할을 한다. 글쓴이는 여러 가지 사례를 근거로 삼아 소주제를 부연하고 마지막 부분에서 소주제를 한 번 더 강조하면서 마무리했다.

② 단락의 조건

단락을 쓸 때 단락 내의 주제가 동일한지, 소주제문과 부연 문장이 자연스럽게 연결되는지를 고려해야 한다. 단락은 일종의 생각의 단위이다. 단락에는 하나 혹은 그 이상의 소주제문이 있다. 소주제문은 각각 다른 이야기를 해서는 안 된다. 다른 이야기를 하고 있는 소주제문이 있다면 단락을 나눠서 써야 한다. 또 뒷받침 문장은 소주제문과 관련된 내용이어야 한다.

'독립출판'은 제작, 인쇄, 유통, 홍보, 판매 등 출판의 모든 과정을 개인이 담당하는 것을 말한다. 이에 따라 자연스럽게 개인이 총괄할 수 있는 범위에서 출판이 이루어지면서 소량생산 체제를 띠고, 소수 수용자를 공략하는 시장을 갖추게 되었다. 이런 시장의 형태는 자본으로부터의 독립뿐만 아니라 대중 콘텐츠로부터의 독립을 위한 적절한 발판을 마련해주었다. 일반적인 기성 서적에 요구되는, 많이 팔기 위해 대중 다수가 관심을 두고 구매할 주제로 제한하는 틀에서 자유로워진 것이다. 생산자와 취향을 공유하는 극소수의 소비자만 공략해도 되므로 생산자는 자신의 취향을 온전히 반영한 '독립출판물'을 출간한다. 독립출판서점은 단순히 책을 판매하는 서점의 역할뿐 아니라, 새로운 문화공간으로 자리를 잡고 있다. 독립출판서점은 일반 대형 서점과 달리 취급하는 출판물의 특수성 때문에 그 공간 자체에 어떤 독특한 정체성이 부여되기도 한다. 서점은 이런 특수성과 정체성을 바탕으로 정기적인 공연, 상영회 등의 다양한 이벤트는 물론 카페, 펍, 콘서트장 등의 용도로 활용되고 있으며, 책을 기획해보는 워크숍 프로그램 등 다양한 활동이 이루어지고 있다.

독립출판의 특징을 다룬 글이다. 위의 예문에서 "독립출판서점은 단순히"를 기준으로 이전은 독립출판의 정의, 이후는 문화 활동을 다루고 있다. 소주제가 달라지므로 이런 경우 단락을 나누어주는 것이 좋다.

단락 내 통일성뿐 아니라 단락과 단락의 연결, 단락 내 문장 간의 연결이 자연스러운지를 고려해야 한다. 이를 '유기성'이라고 한다. 문단 그리고 문장 간의 유기성을 유지하는 방법은 크게 세 가지가 있다. 우선, '이', '그', '저' 같은 지시어를 사용하는 방법이다. 이러한 지시어를 사용하면 바로 앞 문장과 유기적으로 연결된다. 다음으로 핵심어를 반복하는 것이다. 인용문을 예시로 들면, '서점', '독립출판'이 바로 핵심어라고 할 수 있다. 이를 반복함으로써 문장 사이를 자연스럽게 연결하고 있다, 셋째, 접속어를 적절히 사용하는 것이다. '그러나', '그래서', '따라서' 같은 접속어를 사용하면 문장, 문단이 논리 흐름에 따라 연결된다. 하지만 접속어를 너무 많이 사용할 경우 문장의 힘을 떨어뜨리므로 꼭 필요한 경우에만 사용하자.

③ 단락의 유형

단락의 구성 방식 역시 글쓴이의 의도에 따라 다르게 나타날 수 있다. 단락은 소주제문이 어디에 위치하는가에 따라 여러 방식으로 나뉠 수 있다. 소주제문이 가장 앞에 있는 것을 '두괄식', 소주제문이 단락의 앞과 끝에 있을 경우 '양괄식', 단락의 중간에 있는 것을 '중괄식', 단락 마지막에 있는 것을 '미괄식'이라고 한다.

• 두괄식 단락

화제가 가치중립적이거나 큰 반론이 예상되지 않을 때, 독자의 빠른 이해를 도와야 할 때, 즉 설명문에서 많이 쓴다. 각 단락의 시작을 첫째, 둘째, 셋째……로 소주제문을 명료하게 제시하는 글쓰기는 독자들이 쉽게 이해할 수 있다. 또는 이와 반대로 자신의 의견을 강력하게 피력할 때도 두괄식 단락을 쓴다. 역대 유명한 정치 연설문을 생각해보라. 대부분 두괄식으로 이루어져 있다. 노무현 전 대통령은 연설문을 쓸 때 다음과 같이 말했다고 한다. "핵심 요리는 앞에 나와야 해. 두괄식으로 써야 한단 말이지. 다른 요리로 미리 배를 불려놓으면 정작 메인요리는 맛있게 못 먹는 법이거든"(강원국, 《대통령의 글쓰기》 23쪽). 연설문에 해당하는 이야기이지만 일반적인 글쓰기를 할 때에도 충분히 참조할 수 있다.

• 양괄식 단락

두괄식이 발전된 형태라고 생각하면 된다. 소주제문을 앞에 제시했는데, 단락이 너무 길어지면 독자는 글쓴이가 어떤 이야기를 하려고 하는지 방향을 놓치게 된다. 이에 자신의 의견을 한 번 더 강조하려는 목적에서 소주제문을 뒤에서 한 번 더 제시하는 것이 좋다.

• 중괄식 단락

소주제문이 중간에 놓인 형태로, 낯선 소재나 개념에 대해 이야기할 때 효과적으로 사용할 수 있다. 앞뒤로 부연 문장을 배치하는 형태이다. 하지만 소주제문이 명료하지 못하면 독자들이 단락의 주제를 놓치기 쉽다는 단점이 있다.

• 미괄식 단락

소주제문이 단락의 마지막에 놓이는 유형이다. 독자의 궁금증을 유발한 후 끝에 가서 핵심 정보를 제시하는 형태이다.

과거의 인테리어 방송들은 정보 제공 위주의 시사교양 프로그램에 가까웠다. 예를 들어, 대표적인 인테리어 방송 '홈 스토리' 채널은 전문가들의 인테리어 공간을 구경하고 토론하는 구성이었다. 그러나 최근의 '집방' 은 달라지고 있다, 〈헌집줄게 새집다오〉는 '먹방'으로 유명한 프로그램인〈냉장고를 부탁해〉의 '집방' 버전이다. 연예인의 방을 세트로 옮겨오고, 두 팀이 방을 각자의 스타일로 고쳐서 경쟁하는 방식이다. 서바이벌을 중계하는 김구라의 진행, 출연진의 어리숙한 모습 등은 시청자의 웃음을 자아낸다. 〈내방의 품격〉은 매주 다른 게스트를 초대하여 MC들과 인테리어에 관해 이야기하는 구성이다. 진행자 박건형과 노홍철은 재치 있는 입담으로 시청자를 즐겁게 한다. 〈렛미홈〉에서는 인테리어 디자이너, 정리수납 전문가, 가족 상담사 등 8인의 홈 마스터가 사례자의 사연과 공간에 맞춰 해결책을 제시하고 집을 개조해준다. 자칫하면 무거워질 수도 있는 프로그램이지만, MC 김용만, 이태린, 소진, 이천희가 감초 역할을 하며 분위기를 잘 이끌어간다. 최근의 '집방'은 예능과의 결합을 통해 정보 제공과 오락의 성격을 둘 다 지니고 있다고 평가할 수 있다.

위의 예문은 과거 집방 관련 방송과의 비교를 통해 최근 집방의 특징을 분석한 글이다. 마지막 문장이 바로 이 단락의 소주제문이 된다. 위의 사례처럼 경과를 설명하거나 독자들이 잘 모르는 견해를 제시할 때는 미괄식 단락이 효과적이다. 또 박근혜 전 대통령 탄핵 선고문의 사례를 보듯 다른 사람의 의견과 충돌이 예상되는, 즉 반론의 여지가 많은 사안의 경우에는 차근차근 독자를 설득할 필요가 있으므로 미괄식 단락을 사용하기도 한다.

이처럼 글쓴이의 의도에 따라 단락 유형은 달라질 수 있다. 동양 문화권에서는 전통적으로 미괄식 단락을 선호했다. 자신의 견해를 먼저 뚜렷하게 내세우지 않고 말미에 자신의 의견을 붙이는 것을 겸손으로 여겼기 때문이다. 서양 문화권에서는 자신의 의견을 먼저 내세우는 것을 선호한다. 빙빙 에둘러서 이야기하는 것은 논의의 핵심을 제대로 전달할 수 없다고 간주한다. 이러한 문화적 차이로 국내 연구자가 해외 저널에

논문을 투고할 경우, 미괄식을 선호하는 글쓰기 방식 때문에 반려되는 경우가 종종 발생한다고 한다.

각각의 단락은 나름의 장점이 있지만, 글쓰기가 서툰 경우 두괄식을 쓰는 것이 좋다. 《영어 글쓰기의 기본》이라는 책에서는 "주제문으로 단락을 시작하고 그 주제문에 부합하도록 단락을 마무리할 것"을 기본 원칙으로 제시하고 있다. 이는 독자의 이해를 돕기 위한 것으로, 이 방식에 따르면 독자는 한 단락이 시작될 때 단락의 목적을 알게 되고, 그 단락을 끝내면서 그 목적을 다시 한번 기억하게 된다는 것이다.

더구나 공모전이나 논술시험에 제출하는 글, 자기소개서 같은 뚜렷한 목적을 가지고 있는 글, 독자들에게 자신을 어필해야 하는 글은 두괄식이 효과적이다. 이런 글의 독자들은 대체로 인내력이 없어 자신이 하고자 하는 이야기를 먼저 앞에서 제시하고 가는 것이 좋다.

(3) 서술하기

글을 구체적으로 써나가는 과정에서는 어떠한 서술 방식을 사용해야 하는지를 함께 고민해야 한다. 서술 방식에는 크게 서사, 묘사, 설명, 논증의 방식이 있다. 어떤 글을 쓸지, 어떤 독자가 읽는지, 어떠한 내용을 전달할지를 고민하여 적합한 서술 방식을 선택해야 한다.

서사는 이야기가 있고 화자가 있는 서술 방식을 말한다. 시간의 경과에 따른 사건의 변화를 표현하는 서술 방식이다. 묘사는 그림을 그리듯이 세부적으로 표현하는 방식이다. 시각, 촉각, 청각 등 다양한 감각적 이미지를 동원할 때 대상의 특징이 구체적으로 드러날 수 있다.

문장력을 타고난 사람들만이 서사와 묘사를 잘할 수 있다고 생각하기 쉽지만, 글쓰기 연습을 통해 묘사 능력도 신장시킬 수 있다. 평소 주변의 풍경, 사물에 대해 자세히 관찰하고 이를 문장으로 옮겨 쓰는 습관을 가져보자.

그런데 이 서사와 묘사의 방식에도 일종의 '순서'가 있다. 뒤죽박죽 묘사한다면 글의 매력이 떨어지게 된다. 포괄적인 부분, 세부적인 부분을 먼저 나누거나, 공간의 이동 순서대로 서술해보자.

> 옛성 모롱이 저편에 아리숭하게 내다보이는 한 줄기의 바다－마을의 시절은 거기서부터 시작된다. 진하던 바다의 빛이 엷어지기 시작하더니 마을의 가을은 어느덧 깊어졌다. 관모봉은 어느결엔지 눈을 하얗게 썼고 헐벗은 마을은 앙크런 해골을 드러내 놓았다.
>
> (이효석, 《10월에 피는 능금꽃》)

인용문은 시선이 머무는 순서대로 성과 바다, 산의 모습을 세밀하게 묘사한 부분이다. 다양한 이미지와 비유를 사용하여 실감나게 풍경을 재현하고 있다.

설명은 대상에 대한 기본적인 정보를 제공하여 독자의 이해를 돕는 서술 방식이다. 특히 설명은 대상이 어떠하고 어떠한 원리를 지니고 있는지에 대해 세부적으로 전개하는 방법이다. 설명에서는 우선적으로 대상을 어떻게 서술할지를 고려하고 시작하는 것이 바람직하다.

〈리그 오브 레전드〉는 플레이어(player)끼리 5명씩 팀을 이루어 5 대 5 대전 방식으로 즐기는 게임이다. 이 플레이어들은 하나의 맵 안에서 '포탑'이라는 각자의 영역을 표시하는 탑을 지키면서 자신의 영역을 지키고 부수면서 상대의 영역을 장악한다. 각자의 영역 가장 안쪽에는 '넥서스'라는 진영의 중심이 있다.

논증은 논리적인 명제를 통해 특정한 주장을 전개해나가는 방식이다. 이 명제는 위치에 따라 전제와 결론으로 나뉜다. 올바른 논증을 전개해나가려면 다음의 조건을 고려해야 한다. 우선 전제가 모두 참이어야 한다. 전제가 틀리면 결론 역시 신뢰할 수 없다. 둘째, 전제와 결론은 이어져야 한다. 전제와 결론이 따로 논다면 올바른 논증이라고 할 수 없다. 셋째, 전제는 충분해야 한다. 전제가 부실하다면, 그것이 뒷받침하는 결론 역시 부실해질 수밖에 없다. 넷째, 기본 개념이 설정되어 있어야 한다. 낙태나 공인처럼 개념의 수용자에 따라 다양하게 이해되는 경우에는 이에 대한 정의가 별도로 필요하다. 다섯째, 반론에 대비해야 한다. 특히 찬반 의견이 나뉘는 민감한 문제의 경우 반론에 충분히 대비해야 한다.

글쓰기의 형태에 따라 각각의 알맞은 서술 방식이 있다. 논증문의 경우 논증의 방식을 취하고 설명문의 경우 설명의 방식을 취한다. 문학적 글쓰기의 경우 서사나 묘사의 서술 방식을 많이 활용하게 된다. 하지만 그렇다고 해서 논증문이나 설명문에서 묘사나 서사를 활용할 수 없는 것은 아니다. 서술 방식을 다양하게 활용할수록 글쓰기의 색채가 더욱 다채로워진다.

검은 모란이지요. 하지만 검은 모란은 없습니다. 흰 모란과 붉은 모란이 우리가 익히 알고 있는 모란의 색입니다. 어쩐지 매우 낯선 느낌입니다. 그림을 다시 찬찬히 뜯어보니 모란 이외에도 몇 가지 식물과 새 한 마리가 보입니다. 새가 앉아 있는 나무는 목련입니다. 목련과 모란꽃 밑에는 괴석(怪石)이 듬직하게 그려져 있고 오른쪽에는 난초도 보입니다. 목련, 모란, 난초, 괴석, 새를 종이에 먹으로만 그린 꽤 큰 세로형 그림인 것을 알 수 있습니다. 목련 가지가 끝나는 곳을 눈으로 좇아가니 "정해년(1767) 겨울, 먹으로 즐기노라[墨戱]"라고 썼습니다. 작가 나이 61세 때의 겨울에 그렸다는 것을 적은 것이지요. 목련과 모란은 모두 봄에 피는 꽃들입니다. 추운 겨울 작가는 다가올 봄의 꽃들을 상상하며 이 그림을 그렸나봅니다. 꽃과 새, 화초를 그린 그림을 '화조영모화(花鳥翎毛畵)'라고 부르는데, 여기에 난초와 괴석이 더해진 셈입니다. 난초는 사군자에 속하는 주제이고 괴석도 문인, 사대부들이 애호하던 주제였습니다. 심사정은 문인 신분의 화가였기에 계절감을 보여주는 화사한 꽃과 새를 문인다운 소재와 함께 조화시켜서 수묵으로만 그린 것 같습니다. 목련은 꽃눈이 붓과 같다 하여 '목필(木筆)'이라고도 하고 꽃봉오리가 모두 북쪽을 향해 피므로 '북향화(北向花)'라고도 부릅니다. 그래서 군자의 도를 다하는 꽃이라고 했습니다. 임금님은 북쪽에 계시기 때문입니다. 문인화가다운 선택이지요. 조선 후기에는 묵모란도가 크게 유행했는데, 이 그림처럼 여러 가지 소재가 잘 어우러진 큰 그림은 흔치 않습니다. 그러나 이 그림의 주인공은 그림 중간에 화려하게 피어 있는 두 송이 모란입니다. 활짝 피어오른 큼직한 모란은 마치 불꽃이 화려하게 타오르는 것 같이 보입니다. 이렇게 먹을 쓰기란 결코 쉬운 것이 아닙니다. 작가의 먹을 쓰는 솜씨가 대단한 것 같습니다. 타오를 듯 뜨거운 색감의 적모란은 흔히 관능적이고 아름다운 여인에 비유합니다. 먹으로 그린 불꽃같은 모란은 붉은 모란을 표현하고자 한 것일 테지요. 그러나 이 검은 모란은 마치 검은 옷을 입은 지적인 미인처럼 보입니다. 아름답지만 절제되고 세련된 모습입니다. 화려함을 절제한 고급스러운 아름다움을 이 그림은 잘 보여주고 있습니다.

전인지, 〈검은 모란 – 먹으로 피운 꽃〉,
국립중앙박물관 홈페이지(http://www.museum.go.kr, 2018년 2월 28일 검색)

위 인용문은 그림에 대한 세밀한 묘사, 그리고 '화조영모화'에 대한 설명, 상기 그림이 가진 특징에 대한 논증의 서술 방식이 서로 교체하고 있다. 이러한 서술 방식은 단조롭지 않게 그림에 대한 독자의 흥미와 이해를 유도하는 데 효율적이다.

(4) 표현하기

① 명료히 하기

아무리 좋은 논리를 가진 글이라고 하더라도 문장이 좋지 않으면 쉽게 읽히지 않는다. 좋은 문장과 나쁜 문장의 구별은 소리 내어 읽어보면 알 수 있다. 어디서 문장이 꼬여 있는지 명료하게 드러난다. 문장이 길고 복잡할 때 비문이 되기 쉽다.

문장을 길고 복잡하게 쓰는 것을 유식하게 생각하는 사람들도 있다. 하지만 잘 읽히는 글을 쓰려면 단문 위주로 글을 쓰는 것이 좋다. 기사를 쓸 때는 한 문장에 40자 이상 넘기지 말라는 규칙이 있다. 40자 이상 넘어가면 주어와 서술어가 호응관계를 갖기 어렵고 메시지가 복잡해진다. 2줄 이상 길어지거나 복문이 많은 경우 가독성이 떨어진다. 한 문장에는 한 가지 의미만을 담아내자.

간결한 문장을 쓰려면 불필요한 표현을 쓰지 않으면 된다. 문장을 전개할 때 반드시 필요한 내용만 담고 쓸데없고 지엽적인 내용은 붙이지 말아야 한다. "현대사회는 사회적으로 복잡하고 문화적으로 다양화되고 있다"라는 문장에서 '사회적으로'와 '문화적으로'는 불필요하다. 두 표현을 삭제하여 "현대사회는 복잡하고 다양화되고 있다"로 줄여도 충분히 내용이 전달된다.

> 위법행위, 범죄에 대한 처벌만큼이나 그 예방이 중요하다는 의식하에 오늘날 다양한 예방시스템이 구축되고 있는데 정부 및 자치구, 민간의 주

도로 CCTV가 광범위하게 설치되고 있을 뿐 아니라 무인 감시 분리수거함이 설치되기도 했으며, 강력범죄에 대응하기 위해 성범죄알림서비스, 안심귀가서비스가 시행되고 있고 최근에는 정보기술의 발달로 범죄와 관련한 데이터를 수집하여 범죄 발생 가능성을 미리 진단해보는 시스템도 개발하고 있다.

위의 문장은 무려 다섯 행으로 이루어져 있어 가독성이 떨어진다. "~ 예방시스템이 구축되고 있다", "설치되었다", "시행되고 있다"라고 문장을 짧게 끊어주어야 문장이 더욱 명료해진다.

부사어, 관용구, 접속사를 남발할 경우에도 문장의 매력이 떨어진다. 스티브 킹은 《유혹하는 글쓰기》에서 지옥으로 가는 길은 부사로 덮여 있다고 할 정도로 부사어 사용을 경계했다.

"나는 당신을 하늘만큼 땅만큼 영원히 사랑한다."

위의 문장은 많은 부사어를 동원하여 자신의 마음을 전달하고 있지만, "나는 당신을 사랑한다"라는 문장보다 오히려 신뢰성이 떨어진다.

접속부사는 꼭 필요할 때만 쓰자. 접속부사는 '그런데', '하지만', '그리고' 같은 문장과 문장을 연결해주는 부사이다. 문장의 의미를 명료하게 만들어주는 역할을 하지만, 너무 과다하게 사용할 경우 문장의 힘이 빠지게 된다.

독일어에는 ‘슈트라센 킨더(Straßenkinder)’라는 단어가 있다.

우리말로 번역하면 ‘거리의 아이들’이라는 뜻이다. 좀 더 상세히 설명하자면 집 없이 거리를 떠돌아다니는 아이들이라는 의미다. 한마디로 가출한 문제 청소년인 셈이다. 독일의 정서를 감안한다면 부모의 집을 나와 떠돌이 생활을 한다는 해석이 더 정확하다. 아무튼 독일에서는 이 때문에 골머리를 앓는다.

이들은 부모의 집을 나와 허름한 건물에 기거하거나 역전 같은 곳에서 지내는 경우가 많다. 이들 대부분은 혼자서 지내기보다는 친구들과 어울려 함께 지내거나 심지어는 혼숙을 하기도 한다. (중략) 실제로 독일에서 생활을 하다 보면 슈트라센 킨더를 자주 볼 수 있다. 이들은 주로 남루한 차림을 하고 있으며, 다양한 컬러로 염색해 머리 스타일을 독특하게 하고 다닌다. 대부분은 무리를 지어 광장이나 역전을 배회하는 경우가 많고 일부는 전철에서 신문을 팔기도 한다.

한번은 독일에서 길거리를 걷다가 슈트라센 킨더를 만난 적이 있다. 그의 나이는 16세였다. 슈트라센 킨더인 그는 아버지의 집을 나와 친구와 함께 지낸다고 했다. 그가 슈트라센 킨더가 된 것은 자신의 아버지 때문이라고 했다. 그의 아버지는 3년 전에 어머니와 이혼해 자신과 단둘이서 생활했지만, 아버지의 술주정에 못 이겨 집을 나왔다고 했다. (중략) 하지만 그는 슈트라센 킨더의 생활이 고달프다고 했다. 마땅한 거처가 정해져 있지 않고 생활하는 데 드는 비용을 마련하기란 쉽지 않다는 것의 그의 이야기다.

독일에서는 슈트라센 킨더가 적지 않은 수에 이른다. 대부분은 가정적인 문제로 슈트라센 킨더가 된 경우도 있지만, 자발적으로 슈트라센 킨더

> 가 된 경우도 있다. 나는 이들을 볼 때마다 독일의 가족 제도가 문제라는 생각을 떨쳐버릴 수 없었다. 독일에서 슈트라센 킨더가 양산(?)되고 있는 것은 부모의 책임이 가장 크다고 생각하기 때문이다. 독일의 부모가 자식에게 헌신적인 사랑을 베풀기보다는 자라주는 것만으로 만족하는 이기심이 원인이 되지 않았나 싶었다.
>
> (황성근, 《독일문화 읽기》, 북코리아, 57-59쪽.)

인용문에서는 "아무튼"과 "하지만" 외에는 접속부사를 거의 쓰지 않았다. 그렇지만 문장의 의미를 파악하기 어렵지 않다. 오히려 접속사를 생략함으로써 문장의 운치가 더해지는 효과가 생겨났다.

피동 표현을 많이 쓰는 것도 금물이다. 피동 표현은 우리말에 어색할뿐더러 문장의 힘을 떨어뜨리는 결과를 낳는다. 아래 예시를 보자.

> 그는 그녀에 의해 살해당했다.
>
> 그녀는 그를 살해했다.

아래 문장이 훨씬 간결하며 문장의 의미도 명료하게 전달된다.

② 다채롭게 하기

표현은 메시지를 표출하는 수단이다. 표현에 따라 메시지가 명료하게 전달될 수도 있고 아닐 수도 있다. 표현에 따라 글의 질이 달라진다. 표현을 아무렇게나 하면 국어 수준을 의심받을 뿐만 아니라 글쓰기를 제대로 하지 못한다는 인식을 받는다. 이처럼 표현은 의미를 분명하게 하기 위한 기본 역할을 한다.

우선 표현은 명료하게 하는 것이 기본이다. 문장의 의미를 명료하게 하려면 적절한 어휘를 사용해야 한다. 어휘의 정확성이 결여되거나 모호한 표현이 많아진다면 전체 글의 신뢰도가 떨어지게 된다. 모르는 어휘는 사전에서 찾아보는 습관을 가지자. 지적 수준을 과시하기 위해 불필요한 외래어, 어려운 한자 표현을 자주 사용하는 사람들이 있는데, 이것 역시 지양해야 할 자세이다. 글쓰기는 자신의 생각을 진솔하게 드러내는 작업이다. 글을 쓰면서 과시적인 자세를 보이면 안 된다. 글을 쓰는 자세는 어디까지나 겸손하고 정직해야 한다.

비슷한 어휘가 반복되는 글은 독자에게 단조롭고 지루하다는 인상을 준다. 어려운 단어를 일부러 쓸 필요는 없지만 어휘는 다양할수록 좋다. '생각한다', '말했다'라는 어휘를 반복하는 것보다 '고찰하다', '살펴보다', '언급했다', '강조했다', '밝혔다' 등 다양한 어휘를 활용하자.

> 나는 네 번째로 모바일 어플리케이션 전문가가 되고 싶습니다. 나는 내년에 개발되지 않은 곳의 고객과 직접 연결을 통한 여행 구조를 만들고 싶습니다. 나는 동남아 여행 중 여행사에 착취를 당하는 고산족 친구의 얘기를 듣게 되어서 마음이 불편했습니다. 그리고 스마트폰 사용에 미숙한 지역에서도 쉽게 사용할 수 있는 어플리케이션을 떠올렸으나 저의 능력이 부족했습니다. 나는 이번 년도에 모바일 앱 프로그래밍이라는 과목을 듣고 있고 배운 지식으로 내년 1학기 안에 그 친구에게 선물하고 싶습니다.

인용문은 짧은 편폭의 글인데, '싶습니다'라는 서술어가 세 번이나 반복되어 단조로운 인상을 준다. "꿈을 안고 있습니다", "계획입니다" 등 다양한 어휘로 바꾸는 것이 좋다. 또 이 글은 '나'라는 주어를 반복해서 사용하고 있다. 이럴 경우 주어를 생략할 수 있는 문장은 과감하게 생략하는 것이 좋다.

정확하고 다채로운 어휘를 구사하는 법을 익히는 것은 독서밖에 방법이 없다. 평소 책을 읽다가 모르는 어휘가 있으면 메모해서 사전을 찾아보는 습관을 가져보자.

6) 글 고치기

(1) 고쳐 쓰기란

글의 질은 고쳐 쓰기 횟수와 비례한다는 말이 있을 정도로 고쳐 쓸수록 글의 질이 향상된다. 글쓰기의 난이도를 굳이 쉬움과 어려움 정도로 양분한다면, 쉬운 글쓰기는 일기 쓰기나 독서 감상문 쓰기가 해당할 것이고, 어려운 글쓰기는 보고서나 학술 글쓰기가 해당한다. 그런데 쉬운 글쓰기인 경우에는 고쳐 쓰기가 필요하지 않은 경우도 있다. 일기나 감상문 같은 글은 의식의 흐름대로 두서없이 쓰는 경향이 있기 때문이다. 그러나 일기라고 할지라도 초고를 쓴 다음 글을 다듬으면 더 좋은 글이 될 수 있다. 여기서 말하는 좋은 글이란 독자들에게 잘 읽히는 글, 읽으면서 흥미를 느끼게 되는 글, 공감 가는 글일 것이다. 예를 들면, 일기를 쓸 때, 초고는 그날 있었던 일을 생각나는 대로 순서대로 적었다면, 초고를 전체적으로 훑어보며 고쳐 쓰기를 할 때는 글 전체를 관통하는 주제를 설정하여 주제와 관련되는 내용은 남기고 주제와 거리가 먼 내용들은 과감히 삭제함으로써 글의 응집성을 높이는 방법이다. 따라서 그날 있었던 일들을 순차적 · 나열적으로 기록한 글에서 해당 날에 가장 기억에 남고 이야기할 만한 가치가 있는 주제를 중심으로 내용을 재편성할 수도 있다.

다음으로 일반적으로 어려운 글이라고 여겨지는 글쓰기는 고쳐 쓰기가 필수이다. 쉽지 않은 난이도를 지니고 있는 글쓰기는 글의 양이 많을뿐더러 글의 구조도 복잡할 수 있어 필자가 스스로 초고를 여러 번 읽어보며 적극적으로 고쳐 쓸 필요가 있다. 고쳐 쓰기의 대상은 글 전체에서 문단 간 연결 흐름, 문단 내 구성, 문장 표현 등 다양할 수 있다. 고쳐 쓰기를 위한 추천 전략으로는 체계적 구성이나 내용 간 균형을 고려한 고쳐 쓰기, 초고 완성 후 시간적 간격을 두고 다시 읽어보며 고쳐 쓰기, 다른 사람들에게 피드백을 받으면서 고쳐 쓰기 등이 있다. 특히 이러한 글쓰기는 실제적 목적을 갖고 있는 경우가 많으므로 독자를 고려한 전략을 활성화할 필요가 있다. 필자들도 특정 목적을 달성하기 위해 글을 쓰는 경우가 대부분이므로 어떻게 하면 독자의 읽기 목적이 달성될 수 있도록 도울지에 대한 고민이 필요하다.

(2) 고쳐 쓰기의 방법

고쳐 쓰기에서 중요한 것은 인지적인 전략이 아니고 정의적 반응인 감정이다. 고쳐 쓰기도 초고 쓰기만큼이나 쉽지 않은 작업이므로 필자는 고쳐 쓰기를 시작하기 전에 또는 고쳐 쓰기를 하는 중에도 심리적 부담감을 느낄 수 있다. 따라서 스스로 고쳐 쓰기에 대한 부담감을 내려놓고 임하는 것이 도움이 된다. 특히 고쳐 쓰기를 할 수 있는 시간과 고쳐 쓰기를 해야 할 글의 분량을 고려하여 고쳐 쓰기의 정도와 범위를 결정해야 한다. 예를 들어 과제 글을 제출하기까지 시간이 얼마 남지 않은 상황이나 당장 내일 직장에 보고해야 하는 보고서를 써야 한다면, 글 전체 내용을 고쳐 쓰기보다는 맞춤법이나 띄어쓰기 같은 어문규정에 어긋나는 부분을 고쳐 쓰는 표현 수준의 고쳐 쓰기를 하는 것이 좋다. 아니면 현재 나의 글에서 가장 문제되는 점 한두 가지만 해결하는 방향으로 고쳐 쓰기를 시도해야 시간 내에 글쓰기를 완료할 수 있다. 그러나 글을 고쳐 쓸 수 있는 시간이 많이 남았다면, 글을 문장 표현을 다듬는 피상적 수준에서 벗어나 내용, 구성(조직) 등 거시적이면서도 구체적인 수준에서 고쳐 쓰기를 하겠다는 각오를 갖고 임한다면 적극적인 고쳐 쓰기가 가능하다. 필요하다면, 고쳐 써야 할 내용을 점검한 후 완전히 새로운 글을 쓸 수도 있다는 자세로 임한다면 고쳐 쓰기를 통해 글의 질을 크게 향상시킬 수 있다.

다음으로 고쳐 쓰기를 혼자 해야겠다는 마음을 버리면 더 수월하게 할 수 있다. 글을 쓴 사람의 눈에는 글의 단점과 수정해야 할 점이 잘 보이지 않는다. 따라서 학교에서 부여된 과제 쓰기라면, 동료 학습자들과 적극적으로 글을 교환하여 고쳐 쓰기를 시도하고, 만약 혼자 글을 쓰고 있는 경우라면 가까운 친구나 가족들에게라도 자신이 쓴 글을 읽어줄 것을 부탁하고 독자의 눈으로 잘 이해되지 않는 부분이나 명확하지 않은 부분이라도 그 부분을 수정 보완하면 글의 질을 향상시킬 수 있다.

미시적 쓰기란 맞춤법과 띄어쓰기 같은 한 문장 안에서 일어날 수 있는 오류를 확인하여 고쳐 쓰는 것이다. 그리고 문맥에 맞지 않는 표현이나 어휘 등을 찾아내어 고쳐 쓰는 것도 여기에 해당한다. 이에 반해, 거시적 고쳐 쓰기란 문장 안에서 이루어지는 것이 아니고 글 전체에서 이루어진다. 글 전체의 논리적 전개 흐름이 타당한지 평가하여 문단의 순서를 바꾸는 일이나 내용의 신뢰성을 고려하여 삭제하거나 내용을 추가하는 것이 거시적 고쳐 쓰기에 해당한다. 문장 표현 중심으로 미시적으로 고쳐 쓰는 방법은 글의 내용에 큰 영향을 미치지 않으므로 중요한 고쳐 쓰기가 아니라고 생각할 수 있다. 그러나 미시적 고쳐 쓰기가 중요한 이유는 어문규정 같은 작은 부분이지만 글의 인상을 좌우할 수 있기 때문이다. 아무리 내용이 좋다고 하더라도 띄어쓰기나 맞춤법에 어긋난 부분이 독자의 눈에 먼저 보인다면, 글의 내용 수준이 좋지 않을 것이라는 편견을 갖게 한다. 따라서 미시적 고쳐 쓰기는 얼굴을 다듬는 것이라고 생각하고 맞춤법이나 띄어쓰기 등과 같은 어문규정을 준수하여 글을 다듬을 필요가 있다. 또한 워드프로세서 맞춤법 검사 기능과 같이 어문규정을 확인할 수 있는 컴퓨터 프로그램을 활용하는 것도 좋은 방법이다.

거시적 고쳐 쓰기는 글 전체를 대상으로 글의 내용을 수정 · 보완 · 삭제하는 방법으로, 글의 문단 간 이동과 같이 고쳐 쓰기 범위가 넓어 '거시적 고쳐 쓰기'라고 명명한다. 거시적 고쳐 쓰기 시 특별히 고려해야 할 점은 내용의 풍부성과 균형성과 명확성, 구성의 응집성, 용어의 정확성 등이다.

내용이 풍부해야 하는 이유는 우선 주제에 대해 내용이 충분히 기술되어야 독자들이 이해할 수 있기 때문이다. 또한 독자가 궁금해할 만한 내용은 독자가 충분히 이해할 수 있도록 풀어서 설명해야 하므로 내용의 풍부성이 필수이다. 또한 글의 주제에 대한 내용이 풍부하다면, 내용이 체계적으로 구성되어 있어야 할 뿐만 아니라 각 내용이 균형을 이루어야 한다. 내용의 균형이 전제가 되어야 내용의 체계성도 확보할 수 있기 때문이다. 구성의 응집성을 확인하기 위해 좋은 방법은 초고의 각 문단 내용을 하나의 키워드로 적어본 후 각 키워드의 연결이 자연스러운지, 키워드가 하나의 주제와 직접적으로 관련이 있는지 확인해보는 방법이 있다. 마지막으로 설명하는 글이나 학술적인 글을 쓰는 상황이라면 용어의 개념이 명확한지 확인할 필요가 있다. 용어는 단순한 의미를 내포하는 것이 아니라 여러 상황 맥락에서 중요한 의미를 지니고 있고, 해당 전문 영역에서 개념을 정리하여 정의하고 있으므로 용어를 사용할 때는 해당 영역의 사전이나 선행연구 등을 확인하여 정확한 용어를 사용하도록 한다. 또한 같은 용어라고 하더라도 학문 영역에 따라 서로 다른 의미로 사용되는 경우도 많으므로 자신의 글이 어떤 영역에 포함되는지 확인한 후 해당 영역의 선행연구나 먼저 발간된 자료를 통해 용어의 개념을 명확히 정의하여 기술하는 것이 글의 정확성을 높일 수 있다는 점을 기억할 필요가 있다. 영역에 따른 표현 방식이나 용어의 개념 정의를 '학문적 담화 관습'이라고 한다. 어떤 분야든지 해당 분야의 학문적 담화 관습을 고려하여 기술하면 그 글이 통용되는 사회에서 환영받을 수 있다.

거시적 고쳐 쓰기에서 가장 핵심이 되는 것은 글의 조직이라고 할 수 있다. 글을 조직한다는 것은 글의 주제가 가장 효과적으로 드러나도록 글을 배치하는 것이다. 그런데 거시적 고쳐 쓰기를 하는 동안 학생들이 가장 많이 하는 행동은 글에서 부족한 내용을 보충하는 것이다. 그러나 실제로 글의 질을 가장 드라마틱하게 향상시킬 수 있는 방법은 내용을 추가하는 것이 아니라 주제와 관련성이 적은 내용을 삭제하는 것이다. 필자는 자신이 쓴 글이 부족해 보여서 내용을 첨가하려는 경향을 보이지만, 실제로 글의 질이 낮은 이유는 글의 내용이 부족해서가 아니라 독자에게 필요 없거나 주제와 거리가 먼 내용이 섞여 있어 글의 응집성이 떨어진다는 문제이다. 글의 응집성이 약하다는 것은 주제와 관련 없는 내용이 다수 포함되어 있다는 것으로, 독자의 입장에서는 논리적 이해의 흐름을 방해하고 주제를 명확히 이해하는 데 장애물이 될 수 있다는 말이다. 따라서 글의 응집성을 높이는 방향으로 거시적 고쳐 쓰기를 해야 글의 질이 향상될 수 있는데, 이때 선행되어야 하는 것이 주제와 관련이 없거나 적은 내용은 과감히 삭제하는 것이다.

주제와 관련이 높은 내용만 남겨두었다면, 주제가 잘 드러나도록 문단을 새롭게 배치하는 방법도 도움이 될 수 있다. 문단의 순서가 독자가 이해하기에 적절한지를 검토하기 위해 하나의 문단은 하나의 단어나 문장 등의 키워드로 적어보는 것이 좋은 전략이다. 만약 하나의 키워드로 정리되어 있지 않다면, 여러 문장으로 이루어진 하나의 문단 내용을 파악하는 데 시간이 오래 걸릴 뿐만 아니라 문단 간 내용 전개도 한눈에 파악하는 것이 쉽지 않다. 그 글을 쓴 필자라고 하더라도 말이다. 또한 한 문단을 하나의 키워드로 전환하다 보면, 문단 내 주제를 뒷받침해 주지 못하는 문장이 무엇인지 파악할 수 있다. 불필요한 문장은 삭제하면서 글의 내용을 더욱 압축적으로 고쳐 쓸 수 있다는 장점이 있다. 만약 한 문단의 내용을 하나의 키워드로 전환하지 않는다면 해당 문단은 주제를 중심으로 응집되어 있다고 볼 수 없다. 그 문단은 하나의 키워드를 정해 다시 작성한다면 글의 질을 향상시킬 수 있다. 특히 사고의 흐름에 따라 적은 글은 필자가 글을 쓰는 동안은 재미있겠지만, 독자가 읽을 때는 핵심 주제를 찾을 수 없어 곤혹스러운 글이 된다. 따라서 완성된 초고를 다시 읽어보면서 한 문단을 하나의 키워드로 전환해봄으로써 필자 스스로도 자신의 글이 전하고자 하는 메시지가 무엇인지, 논리적 전개 흐름은 자연스러운지, 독자 입장에서 이해가 잘되는지 등의 평가 기준을 중심으로 글의 부족한 부분을 파악하고 고쳐 쓴다면, 글의 질이 향상될 수 있다.

(3) 고쳐 쓰기 전략

① 소리 내어 읽기

자신이 쓴 글에서 부족한 부분이나 어색한 부분을 찾는 것은 쉬운 일이 아니다. 따라서 고쳐 쓰기의 좋은 방법 중 하나가 자신이 쓴 글을 소리 내어 읽어보는 것이다. 소리 내어 읽다 보면 독자 입장에서 글을 볼 수 있다. 또한 소리 내어 읽다 보면 유난히 편안하게 읽히지 않는 문장이 있을 것이다. 그 부분을 독자에게도 잘 읽히는 표현으로 고쳐 쓴다면 가독성이 더 높아질 수 있다. 고쳐 쓸 때는 독자가 이해하기 쉬운 표현, 명확한 표현, 구체적인 표현으로 작성하면 글이 한결 유려해짐을 느낄 수 있을 것이다. 또한 아무리 쉬운 내용이라고 하더라도 띄어쓰기나 맞춤법 같은 부분에서 오류를 찾아 수정해야 한다. 문법적 오류가 눈에 띄면 독자들은 실망하고 글의 내용도 저평가하는 경향이 있기 때문이다.

② 주제 고려하기

사람들은 글을 고쳐 쓴다고 하면 현재 글에서 부족한 내용을 더 채워 넣어야 한다는 강박관념을 갖고 있다. 그래서 글로 옮기기 전에 계속 자료를 조사하고 글에 더 넣을 내용을 찾게 된다. 그러나 실제로 초고의 문제점은 내용이 부족해서가 아니라 쓸데없는 내용이 많아서일 수 있다. 따라서 빨리 고칠 수 있는 방법 중 하나가 주제와 상관없는 내용, 주제와 거리가 먼 내용을 삭제하는 것이다. 게다가 주제와 관련이 적은 내용을 삭제하면서 고쳐 쓰는 방법이 효율적이다. 현재 글에 있는 내용을 다른 내용으로 대체하기 위해서는 자료조사와 철학적 사고가 필수이므로 시간이 많이 걸리지만, 주제와 관련성이 먼 내용들만 삭제하고 나머지 내용들의 연결만 매끄럽게 표현해준다면 글의 질이 바로 향상되기 때문이다. 고쳐 쓰기의 범위와 정도에 대한 목표가 높다면, 목표 수준을 조금 낮추는 것도 필자의 쓰기 부담을 줄일 수 있다. 고쳐 쓸 수 있는 시간 내에서 최대한 고치겠다는 마음을 갖고 글에서 없어져야 할 부분을 삭제하는 고쳐 쓰기 방법을 잘 활용해야 한다.

③ 문장 고쳐 쓰기

문장 고쳐 쓰기는 미시적 문자 쓰기에 해당한다. 보통 띄어쓰기와 맞춤법 등에 맞춰 문장 수준의 고쳐 쓰기에 집중하는 경향이 있지만, 일정 수준의 쓰기 능력을 지닌 필자들의 경우에는 어문규정을 준수하는 고쳐 쓰기 범위를 넘어 문장 표현을 유려하게 바꿀 필요가 있다. 예를 들어 문장이 너무 길어서 문장 호흡이 길다면 문장에 힘이 없고 늘어지게 되어 독자들도 글을 읽을 때 지치게 된다. '~하는 것 같다', '~인 듯하다' 등의 표현은 필자의 생각을 단정하게 드러내지 못하고 문장의 힘을 빼는 대표적인 표현이라고 할 수 있다.

고쳐 쓰기 단계에서 문장을 다듬는다면 다음 항목들을 확인해보는 것이 좋다.

- 소리 내어 읽어보기
- 긴 문장을 짧은 문장으로 나누어보기
- 불필요한 문장 삭제하기
- 늘어지는 표현에 긴장감 주기
- 피동 표현, 사동 표현 사용하지 않기
- 감정적인 표현 사용하지 않기
- 불필요한 형용사, 부사 사용하지 않기
- 맞춤법, 띄어쓰기 규정 등을 바탕으로 수정하기

④ 적절한 어휘 선택하기

문맥에 맞는 단어를 쓰는 것이 중요하다. 학문적인 글을 쓸 경우는 사용 어휘의 선택에 더 주의를 기울여야 한다. 가령 대학에서 요구하는 글쓰기는 학문 분야에 따른 개념어를 사용해야 한다. 정확한 용어를 사용하기 위해서는 각 학문 분야에서 일반적으로 통용되는 용어사전을 찾아보고 뜻을 명확히 이해한 후 글을 써야 하며, 글에도 특정 용어의 정의와 개념을 밝히는 것이 독자들의 이해를 도울 수 있다. 용어의 정의나 개념은 글에서 각주나 미주를 활용하여 기술할 수 있다.

⑤ 타인의 도움 받기

글을 쓴 필자의 눈에는 잘 보이지 않는 수정해야 할 부분이 타인의 눈을 빌리면 잘 볼 수 있다. 또한 힘들게 한 번 쓴 글을 다시 읽으며 고쳐야 할 부분을 찾는 것은 쉽지 않다. 그러나 내 글을 누군가에게 보여주고 피드백을 얻을 수 있다면, 고쳐 쓰기에 큰 도움을 얻을 수 있을 것이다. 또한 혼자 고민하는 과정은 외롭고 힘든 작업이지만, 누군가와 함께 이야기한다면 글쓰기 작업에 활력을 얻을 수도 있다. 타인의 눈으로 글을 보므로 필자의 주관성에서 벗어나 독자로서 가질 수 있는 객관성을 갖게 되는 이점도 있다. 필자는 글의 내용에 대해 오랜 시간 동안 생각해왔으므로 독자 입장에서 이상하다고 생각되는 점이나 이해되지 않을 만한 점을 발견하기 어렵다. 논리적으로 문제 있는 부분을 스스로 파악하기도 어렵다. 따라서 주변 친구나 교사에게 자신의 글을 보여주고 피드백을 받거나 함께 이야기해보는 시간을 갖는 것은 고쳐 쓰기 방법 중 매우 좋은 방법이라고 할 수 있다. 자신보다 쓰기 주제에 대해 더 잘 아는 사람이나 쓰기 능력 수준이 더 높은 사람이라면, 글을 어떻게 고쳐 써야 할지에 대한 자문도 얻을 수 있다.

⑥ 피드백 받기

친구나 교사의 피드백을 받아 고쳐 쓰기에 반영한다면, 피드백을 받는 시기도 글의 질 향상에 영향을 미치는 중요한 요인이 될 수 있다. 글을 쓰기 시작한 지 얼마 되지 않은 시점에서는 아이디어 수준의 피드백을 받을 수 있고, 글을 거의 다 완성한 후 피드백을 받는다면 글의 구성과 문장 표현까지 피드백을 받을 수 있다. 많은 사람들은 초고가 완성된 다음 타인에게 피드백을 요청하지만, 글이 어느 정도 완성된 이후에는 고쳐 쓰기가 매우 어렵다. 따라서 피드백을 제공하는 사람도 문장 표현이나 어휘, 어법 정도의 미시적 고쳐 쓰기가 가능한 정도의 피드백을 줄 가능성이 높다. 만약 글의 주제에 대해 피드백을 한다면, 필자는 글을 완전히 다시 써야 한다. 글의 구성이나 조직에 대해 피드백을 한다고 해도 글의 많은 부분을 이동하고 논리 전개의 흐름을 재정립하기 위해 많은 부분 글을 다시 써야 한다. 이로 인해 피드백 제공자도 많은 수정을 요구하는 피드백을 해주기가 어렵다. 이에 반해, 글쓰기 초기 단계의 굵직한 아이디어만 존재하는 시점에서 타인에게 피드백을 받는다면, 구어적 설명과 함께 피드백을 제공하는 사람과 이야기를 하면서 글의 방향을 잡아나갈 확률이 높다. 피드백 제공자에게 글쓰기에 도움 되는 아이디어를 들을 수 있는 가능성이 더 많아진다고도 볼 수 있다. 또한 피드백 제공자 입장에서도 아직 글의 일부분만 완성된 상태이므로 어떠한 피드백을 하더라도 마음이 편해 적극적인 피드백을 제공할 수 있을 것이다. 따라서 피드백 받는 시기를 최대한 뒤로 미루기보다는 아이디어만 있을 때 또는 글의 계획 단계에 있을 때 주변인이나 교사에게 자기가 쓸 글의 내용을 설명하며 독자 입장에서 어떻게 받아들여지는지를 확인하고 상의하는 것이 좋다.

⑦ 다시 쓰기

주변인이나 교사에게 피드백을 받아 고쳐 쓰기를 한다고 하면, 초고는 그대로 두고 지적받은 특정 부분을 고쳐 쓰는 방법으로 시행한다. 이 방법은 초고를 쓴 후에 글을 완전히 다시 쓸 가능성은 배제하는 것이다. 그러나 피드백 받은 내용을 토대로 글을 완전히 다시 쓰는 방법도 있음을 알아두면 좋다. 글의 양이 상당한 경우 새 글을 쓰는 것은 불가능하겠지만, 한두 쪽 분량의 짧은 글이라면 문장 수준에서 고쳐 쓰는 것보다 아예 글을 새롭게 작성하는 것도 글의 질을 향상시키는 데 도움이 된다. 게다가 글을 새롭게 쓴다면, 초고 쓰기 과정에서는 생각하지도 못했던 새로운 아이디어를 글에 포함할 수 있고, 논리적 전개나 구성과 같이 수정하기가 쉽지 않은 부분에 대한 문제도 해결할 수 있다. 따라서 글쓰기 상황, 글을 완료해야 하는 시점까지 남은 시간, 글의 분량, 피드백 받은 분량, 수정할 글의 범위와 수정 정도 등의 상황을 고려하여 초고를 그대로 고쳐 쓰는 방법과 완전히 다시 쓰는 방법 중에서 더 적합한 방법을 선택해야 한다.

(4) 고쳐 쓰기의 사례

다음은 글 고쳐 쓰기의 사례이다. 북유럽 신화의 왕 오딘에 대해 쓴 학생의 글이다. 오딘에 대한 설명적인 글이지만 부분적으로 정확한 표현이 되지 못하고, 그러다 보니 내용이 명료하게 전달되는 부분이 약한 측면이 있다. 글 고쳐 쓰기는 우선 구성에서부터 내용, 표현으로 접근하는 것이 일반적이다. 글에서는 구성과 내용은 그다지 문제가 되지 않고 표현에서 다소 문제가 있다. 특히 문장을 전개하는 데 있어서 단어의 명료한 사용이 부족한 부분이 있고, 표현에서 단어의 추가적인 사용이 필요한 부분이 있다.

원래의 글

오딘은 북유럽 신화의 최고신이자 애시르 신족의 왕이다. 어근인 wod는 '광기, 분노'란 뜻이고 영단어 wode의 어원이 되었다. 이름은 분노한 자 혹은 광기에 차 있는 자라는 뜻으로 오딘의 특성을 잘 보여준다. 그는 북유럽 신화에서 아버지 이미르를 죽여서 세계를 만들고 인간을 탄생시킨 창조주다.

일반적으로 묘사되는 오딘은 챙이 넓은 모자를 쓰고 항상 '후긴'과 '무닌'이라는 두 마리의 까마귀를 양쪽 어깨에 데리고 다니는 모습으로 그려진다.

후긴은 감정, 생각을 의미하고 무닌은 기억을 뜻한다. 이 두 마리의 까마귀는 세계를 돌아다니면서 정보를 수집하고 오딘에게 알려준다. 그 외에도 언제나 발 옆에 '게리'와 '프레스키'라는 두 마리의 늑대를 데리고 다닌다. 늑대들의 이름은 각각 탐욕스러운 자라는 게리와 굶주린 자라는 프레키이다. 두 늑대는 전쟁터에서 죽은 자들의 시신을 먹고, 오딘의 부하로 만든다. 그의 오른손에는 궁니르라는 최강의 창이 있다. 궁니르는 손을 떠나면 확실하게 적의 심장을 꿰뚫는 그의 대표적인 무기이다. 또한 여덟 개의 발이 달린 슬레이프니르라는 말을 타고 다닌다.

오딘은 마법의 신, 시간의 신, 전쟁의 신 등 여러 가지 신이기도 하지만 오딘을 대표하는 것은 바로 지혜의 신이다. 그는 탐욕스럽게 지식을 흡수하고 마술, 시가, 사랑 등 모든 지혜를 배워나갔다고 한다. 그의 지식에 대한 욕망을 보여주는 두 가지 일화가 있다.

오딘은 지혜를 얻기 위해서 거인의 세상 요툰헤임에 있는 지식의 샘으로 여행을 떠나게 된다. 오딘은 이 지혜의 샘의 물을 마시면 엄청난 지식과 마법을 얻을 수 있다는 것을 발견했다. 그러나 지식의 샘은 삼촌인 미미르가 지키고 있었다. 미미르는 오딘에게 너의 눈을 하나 달라고 요구한다. 오딘은 망설임 없이 그 자리에서 눈알 하나를 도려내고 샘에 던진다. 그리고 갈라르호른이라는 잔으로 샘의 물을 마시고 엄청난 지혜를 얻게 된다.

오딘의 지혜에 대한 욕심은 여기서 끝나지 않는다. 더 많은 지혜를 얻기 위해서 오딘은 9일 동안 아무것도 먹지 않고 스스로 자신을 이그드라실에 거꾸로 매단다. 이 나무에 매달린 상태에서 사후세계를 넘나들게 되었고 이승과 사후세계에 대한 모든 비밀을 알아냈다.

오딘은 큰 지진인 라그나로크로 인해 풀려난 로키와 그의 아들들과 싸우게 된다. 오딘은 자신의 전사들과 함께 싸우지만 로키의 아들인 늑대 펜리르와 결투를 벌이다 펜리르에게 잡아먹혀 죽음을 맞이합니다.

고쳐쓴 글

오딘은 북유럽 신화의 최고신이자 애시르 신족의 왕이다. 어근인 wod는 '광기, 분노'란 뜻이고 영단어 wode의 어원이 되었다. 이름은 분노한 자 혹은 광기에 차 있는 자라는 뜻으로 오딘의 특성을 잘 보여준다. (→ 의미이다) 그는 북유럽 신화에서 아버지 이미르를 죽여서 세계를 만들고 인간을 탄생시킨 창조주다.

일반적으로 묘사되는 오딘은 챙이 넓은 모자를 쓰고 항상 '후긴'과 '무닌'이라는 두 마리의 까마귀를 양쪽 어깨에 데리고 (→ 위에 올려놓고) 다니는 모습으로 그려진다.

후긴은 감정, 생각을 의미하고 무닌은 기억을 뜻한다. 이 두 마리의 까마귀는 세계를 돌아다니면서 정보를 수집하고 오딘에게 알려준다. 그 외에도 언제나 발 옆에 '게리'와 '프레스키'라는 두 마리의 늑대를 데리고 다닌다. 늑대들의 이름은 각각 탐욕스러운 자라는 게리와 굶주린 자라는 프레키이다. 두 늑대는 전쟁터에서 죽은 자들의 시신을 먹고, 오딘의 부하로 만든다. 그의 오른손에는 궁니르라는 최강의 창이 있다. 궁니르는 손을 떠나면 확실하게 적의 심장을 꿰뚫는 그의 대표적인 무기이다. 또한 여덟 개의 발이 달린 슬레이프니르라는 말을 타고 다닌다.

무닌에 대한 뜻 풀이가 없음

오딘은 마법의 신, 시간의 신, 전쟁의 신 등 여러 가지 신이기도 하지만 오딘을 대표하는 것은 바로 지혜의 신이다. 그는 탐욕스럽게 지식을 흡수하고 마술, 시가, 사랑 등 모든 지혜를 배워나갔다고 한다. 그의 지식에 대한 욕망을 보여주는 두 가지 일화가 있다.

오딘은 지혜를 얻기 위해서 거인의 세상 요툰헤임에 있는 지식의 샘으로 여행을 떠나게 된다. 오딘은 이 지혜의 샘의 물을 마시면 엄청난 지식과 마법을 얻을 수 있다는 것을 발견했다. 그러나 지식의 샘은 삼촌인 미미르가 지키고 있었다. 미미르는 오딘에게 너의 눈을 하나 달라고 요구한다. 오딘은 망설임 없이 그 자리에서 눈알 하나를 도려내고 샘에 던진다. 그리고 갈라르호른이라는 잔으로 샘의 물을 마시고 엄청난 지혜를 얻게 된다.

오딘의 지혜에 대한 욕심은 여기서 끝나지 않는다. 더 많은 지혜를 얻기 위해서 오딘은 9일 동안 아무것도 먹지 않고 스스로 자신을 이그드라실에 거꾸로 매단다. 이 나무에 매달린 상태에서 사후세계를 넘나들게 되었고 이승과 사후세계에 대한 모든 비밀을 알아냈다.

하지만
오딘은 큰 지진인 라그나로크로 인해 풀려난 로키와 그의 아들들과 싸우게 된다. 오딘은 자신의 전사들과 함께 싸우지만 로키의 아들인 늑대
→가 일어나자 감옥에서 풀려난 로키와 그의 아들들과 싸움을 벌인다.
펜리르와 결투를 벌이다 펜리르에게 잡아먹혀 죽음을 맞이합니다.
→고 만

글 고쳐 쓰기는 우선 문장 하나하나의 정확한 의미전달이 되고 있는지에 초점을 맞추었다. 문장의 의미가 명료한지 그리고 문장의 주술관계와 성분 간의 호응에 대해서도 확인하고 수정했다.

다음은 최종적으로 완성된 글이다. 글에서 〈그는 북유럽 신화에서 ~ 창조주다〉라는 문장을 글의 두 번째 문장으로 옮겼다. 이 부분은 글의 첫 문장과 연결하며 서술하는 것이 내용의 분리를 막을 수 있다.

최종 완성글

오딘은 북유럽 신화의 최고신이자 애시르 신족의 왕이다. 그는 북유럽 신화에서 자신의 아버지인 이미르를 죽여서 세계를 만들고 인간을 탄생시킨 창조주다. 오딘의 어근인 wod는 '광기, 분노'란 뜻이고 영어 단어 wode의 어원이 되었다. 오딘이란 이름은 분노한 자 혹은 광기에 차 있는 자라는 의미이다.

일반적으로 오딘은 챙이 넓은 모자를 쓰고 양쪽 어깨 위에 항상 '후긴'과 '무닌'이라는 두 마리의 까마귀를 올려놓고 다니는 모습으로 그려진다. 두 까마귀는 세계를 돌아다니면서 정보를 수집하고 그 정보를 오딘에게 알려준다. 또한 그는 언제나 '게리'와 '프레스키'라는 두 마리의 늑대

를 데리고 다닌다. 게리란 이름은 탐욕스러운 자, '프레키이'란 이름은 굶주린 자를 뜻한다. 두 늑대는 전쟁터에서 죽은 자들의 시신을 먹고, 그들을 오딘의 부하로 만든다. 그는 또한 오른손에는 궁니르라는 최강의 창을 지니고 있다. 궁니르는 손을 떠나면 정확히 적의 심장을 꿰뚫는 무기이다. 또한 그는 여덟 개의 발이 달린 슬레이프니르라는 말을 타고 다닌다.

오딘은 마법의 신, 시간의 신, 전쟁의 신 등으로 명명된다. 그러나 오딘은 지혜의 신으로 대표된다. 그는 탐욕스럽게 지식을 흡수하고 마술, 시가, 사랑 등 모든 지혜를 배워나갔다.

그의 지식에 대한 욕망을 보여주는 두 가지 일화가 있다. 오딘은 지혜를 얻기 위해서 거인의 세상으로 알려진 요툰헤임에 있는 지식의 샘으로 여행을 떠난다. 오딘은 지식의 샘의 물을 마시면 엄청난 지식과 마법을 얻을 수 있다는 것을 깨닫는다. 그러나 지식의 샘은 오딘의 삼촌인 미미르가 지키고 있었다. 미미르는 지식의 샘물을 마시려면 그 대가로 오딘에게 눈을 하나 줘야 한다고 요구한다. 오딘은 그 자리에서 자신의 눈알 하나를 망설임 없이 도려내 샘에 던진다. 그리고 갈라르호른이라는 잔으로 샘의 물을 마신다. 그 뒤 그는 엄청난 지혜를 얻는다.

오딘의 지혜에 대한 욕심은 여기서 그치지 않는다. 오딘은 더 많은 지혜를 얻기 위해서 굶주림을 자초한다. 그는 9일 동안 이그드라실이란 나무에 거꾸로 매달린 채 아무것도 먹지 않는다. 그는 그 상태에서 사후세계를 넘나들게 되고 이승과 사후세계에 대한 모든 비밀을 알아낸다.

하지만 오딘은 큰 지진인 라그나로크 일어나자 감옥에서 풀려난 로키와 그의 아들들과 싸움을 벌인다. 오딘은 자신의 전사들과 함께 싸우지만 로키의 아들인 늑대 펜리르에게 잡아먹혀 죽고 만다.

II

글쓰기의 실제

1.
설명적 글쓰기

1) 설명적 글쓰기란

일반적으로 설명문은 어떤 사실이나 현상 등을 설명하는 글이다. 알다시피 설명이란 일정한 대상이나 현상, 혹은 이론 등 다양한 대상에 대해 누구든지 알기 쉽게 풀이하는 것을 의미한다. 그러므로 설명적 글쓰기는 독자가 알지 못하거나 궁금해하는 대상에 대해 자세히 밝혀 그것이 무엇인가를 알게 하는 글쓰기를 말한다. 사물이나 견해의 분명한 이해, 인물의 특징이나 사태의 분석, 용어나 개념의 정의, 일의 수행을 위한 지침들이 모두 이에 해당한다.

예를 들어, 기자가 신문이나 잡지에 사건 · 사고에 대해 해설하면서 작성한 기사, 상품을 구입했을 때 동봉되어 있는 각종 사용법(매뉴얼), 공연을 보러 갔을 때 받는 공연 안내서, 모르는 단어를 사전에서 찾을 때 나오는 뜻풀이 등이 모두 설명에 속한다. 이렇듯 우리 삶에 일차적으로 필요하며 가장 보편적인 양식이 바로 설명이다. 대부분의 인간은 자신을 둘러싼 모든 대상을 알고자 하는 본능이 있을 뿐 아니라 자신이 이해한 것을 체계적으로 정리하여 타인에게 알리고자 하는 욕망도 동시에 존재하기 때문이다.

이와 같이 설명의 대상은 무엇이든 가능하지만, 주로 읽는 이들이 높은 관심을 보이는 것이나 그들의 삶에 직간접적으로 도움이 되는 것들이 그 대상이 된다. 그렇지 못할 경우 독자의 관심을 끌기 어렵고, 따라서 의미 없는 글이 되기 쉽다. 그러므로 설명적 글쓰기의 대상은 글쓰기의 목적이 다른 사람의 의문이나 궁금증을 풀어주고 어떤 문제에 관해 이해를 돕는 데 있음을 고려하여 선정하는 것이 좋다. 또한, 설명은 자신의 경험이나 체험, 새로운 이론이나 신념 등을 소개하거나, 어떤 현상이나 역사적 사실에 대해 의미를 재해석하고, 특정한 현상이나 사실을 있는 그대로 서술하거나 묘사할 경우에도 활용된다. 이와 같이 설명적 글쓰기는 가장 널리 쓰이며 성찰적 글쓰기나 비평적 · 학술적 글쓰기에도 필요한 기본적이며 포괄적인 글쓰기라 할 수 있다.

블록은 데이터를 저장하는 단위로, 보디(body)와 헤더(header)로 구분된다. 보디에는 거래 내용이, 헤더에는 머클해시(Merklehash)나 넌스(nounce) 등의 암호코드가 담겨 있다. 블록은 약 10분을 주기로 생성되며, 거래 기록을 끌어 모아 블록을 만들어 신뢰성을 검증하면서 이전 블록에 연결하여 블록체인 형태가 된다. 여기서 처음 시작된 블록을 '제네시스 블록'이라고 부른다. 즉, 제네시스 블록은 그 앞에 어떤 블록도 생성되지 않은 최초의 블록을 말한다.

위의 예시는 블록체인(Block Chain)에 관한 글이다. 어려운 외래어와 전문 용어를 많이 써서 이 분야를 잘 아는 사람이 아니면 무슨 말인지 정확하게 알기 어렵다. 이처럼 알아들을 사람만 읽어보라는 태도로 어렵게 글을 쓰면 설명의 의미 자체가 무색해진다. 특히 요즘처럼 정보가 세분화 · 전문화되어가는 시대에는 이러한 점에 더욱 주의해야 한다. 설명적 글쓰기는 모호하고 어려운 용어를 나열하거나 횡설수설하고 또는 장황하게 글을 늘어놓으면 좋은 글이 될 수 없기 때문이다. 설명을 할 때는 쉽고 명확하며 간결하게 쓰는 것이 가장 좋다.

2) 설명적 글쓰기의 구성

설명적 글쓰기의 구조는 대부분 3단 구성을 이룬다. 서두 – 본문 – 결말이 바로 그것이다. 처음(서두) 부분은 글을 시작하는 단계로, '정의' 등의 방법을 이용하여 화제를 제시하고 글을 쓰는 목적이나 의도 등을 간단하게 소개하면 된다. 중간(본문) 부분에서는 서두 부분에서 언급한 내용에 대해 좀 더 구체적으로 기술한다. 이때 사용할 수 있는 설명 방식은 정의, 예시, 분류, 분석, 설명적 묘사와 서사, 과정 서술, 비교와 대조, 원인과 결과 등 다양하며 이러한 방법들을 통해 상세하게 정보를 제공할 수 있다. 마지막으로 결말에서는 설명한 내용을 요약 및 정리하여 마무리하는 것이 일반적이다.

일반적으로 정보전달을 주된 기능으로 하는 텍스트 유형을 '설명문'이라 하고, 많은 경우 위와 같은 3단 구조를 갖지만 사실 하나의 텍스트가 온전히 설명이라는 목적만 갖고 설명의 기능만 수행하는 것은 아니다. 언급한 대로 '설명'은 성찰적 글쓰기나 학술적 글쓰기 등 다양한 장르의 글 안에 자연스럽게 녹아 정보를 전달하는 기능적인 의미도 있기 때문에 설명적 특성을 주된 기능으로 하는 글 혹은 글의 일부분이 있을 뿐이라고 말하는 것이 옳다. 그러므로 반드시 설명적 글쓰기가 위의 3단 구성을 따를 필요는 없으며, 각자 목적에 맞게 글을 구성하고 경우에 따라 설명적 글쓰기를 수행하면 된다. 이때 효과적인 방법들이 위에서 언급한 정의, 예시, 분류, 분석 따위의 설명 방식이다.

여기서는 우선 설명적 글쓰기에는 어떤 특성이 있는지 간략히 살펴보자. '설명'은 글 쓰는 이가 알고 있는 것을 읽는 이에게 쉽게 이해시키기 위한 목적의 글이다. 따라서 읽는 이의 이해를 돕기 위해서는 자신의 지식이나 정보를 더욱 구체적이고 명료하게 전달하는 것이 중요하며, 경우에 따라서는 과학적 근거를 바탕으로 객관적으로 기술함으로써 사물이나 원리를 쉽게 해명해주는 것이 필요하다.

먼저 설명적 글은 명료해야 한다. '명료하다'는 의미는 글 쓰는 이의 지식, 생각이나 느낌이 읽는 이에게 정확하게 전달될 수 있다는 뜻이다. 글을 쓰는 이유는 읽는 이의 공감을 얻기 위해서이다. 따라서 모호하게 글을 써놓고 읽는 이에게 불친절한 정보를 떠넘겨서 읽는 이의 시간을 낭비하게 하거나 무조건적인 이해를 구하는 일은 글쓰기 자체를 쓸모없게 만든다.

대개 일반어, 추상어, 개념어 등을 무리하게 많이 사용한 경우나 과도하게 비유를 많이 사용할 때 명료성이 떨어진다. 그리고 불완전한 구조로 된 글도 명료성이 부족하다. 반대로 구체어를 주로 사용하며 일반어와 추상어를 적절하게 섞어 상호 보완하는 글은 명료성이 높을 것이다. 비유가 많은 글에서도 읽는 이가 비유의 본뜻을 쉽게 이해할 수 있는 단서를 충분히 제시하는 글쓰기를 한다면 비유가 오히려 글의 내용을 더욱 분명하게 해줄 것이다. 그리고 글의 구조를 전략적으로 통일성 · 간결성 등을 갖추어 완성하면 역시 명료성을 높여줄 수 있다.

둘째로, 설명적 글은 '구체적으로' 에두르지 않고 눈에 보이는 것처럼 표현해야 한다. 명료성과도 연결되는 것으로 모호하고 막연한 표현은 금물이다. 무엇을 말하고자 하는 것인지 사실관계나 글의 내용이 정확하고 분명하게 드러나게 써야 한다. 글은 말할 때와는 달리 읽는 이와 공간이 단절되어 있기 때문에 글 외적인 상황에서는 맥락을 예상할 수 없다. 따라서 글 자체로 완성된 의미 구조를 가져야 한다. 불충분한 표현은 글의 논리성을 떨어뜨려 읽는 이의 이해를 방해한다.

글에서 사용하는 어휘나 표현이 구체적일수록 내용도 정확해진다. 주제 자체가 추상적이거나 관념적일 경우에는 묘사나 서사, 예시 등의 서술 방식을 충분히 활용하여 읽는 이를 구체적으로 이해시켜야 한다. 또한, 글의 내용을 글 쓰는 이가 임의대로 지나치게 생략하여 논리적으로 비약이 생긴다거나 우리말에 잘 쓰이지 않는 어색한 표현을 사용하면 내용 이해에 걸림돌이 될 수 있다. 정확하지 않은 어휘나 용어, '이 정도면 대강 알겠지' 하는 식의 표현 역시 하지 말아야 한다.

이러한 모호성을 피하기 위해서는 간결하고 짧게 설명하고자 하는 대상을 기술하는 것이 좋다. 또한 평소에 자신의 글이 '육하원칙(5W1H)'을 갖추었는지 확인해보는 것도 좋은 방법이다. 특히, 사건이나 사고를 기술하는 기사의 경우에는 첫 문장 또는 첫 문단에 '누가 – 언제 – 어디서 – 무엇을 – 어떻게 – 왜'라는 내용이 정확하게 나오는 것이 좋다.

마지막으로 설명적인 글은 '객관적'이어야 한다. 따라서 설명적 글쓰기에서는 되도록 글 쓰는 이의 감정이나 편견을 배제해야 한다. 물론 아무리 객관적인 태도로 글을 쓴다 해도 설명하는 과정에서 주관이 개입되는 것을 완전히 막을 수는 없지만, 설명적 글쓰기는 읽는 이의 이해를 돕기 위한 것이므로 가능한 한 객관적이고 공정한 입장으로 기술되는 것이 좋다. 특히, 신문 기사나 시사 토론문, 실험이나 실기를 바탕으로 한 논문, 보고서 등은 객관성을 유지해야 읽는 이의 신뢰와 동의를 얻을 수 있다.

3) 설명적 글쓰기의 전략

설명적 글쓰기를 효과적으로 수행하기 위해 몇 가지 기술 방식을 사용할 수 있다. 그러나 무엇보다 중요한 것은 글 쓰는 이가 자신이 설명하고자 하는 대상에 대해 잘 알아야 한다. 즉 대상의 성격과 본질, 그리고 그 대상을 구성하고 있는 여러 요소들 사이의 관계 등에 대해 글 쓰는 이가 깊이 있게 이해하지 못하면 성공적인 설명을 하기 어렵기 때문이다. 이를 위해 글을 쓰기 전에 설명하고자 하는 대상을 중심으로 자료를 수집하되 주변 자료(배경지식)까지 풍부하게 갖추어두는 것이 좋다. 주변 자료의 수집은 일정한 맥락과 배경 속에서 설명 대상을 검토하도록 도와주며, 더욱 객관적으로 설명할 수 있도록 해주기 때문이다.

또 글쓴이는 자신이 알고 있는 지식을 알기 쉽고 조리 있게 표현할 수 있는 기술적인 능력을 갖추어야 한다. 이 두 가지 조건 중 어느 하나라도 부족하면, 글의 대상에 대해 충분하게 설명하기 어려울 뿐 아니라 읽는 이 역시 글의 내용을 제대로 이해할 수 없게 된다. 그러나 대상에 대한 정확하고 풍부한 지식을 확보하는 문제는 글 쓰는 이의 개인적 능력과 성실성에 관련된 문제이므로 여기서 직접적으로 다루지는 않고, 단지 몇 가지 기술 방식에 대해서만 살펴기로 한다.

설명의 기술 방식에는 일반적으로 분류, 분석, 지정, 정의, 대조, 비교, 예시, 묘사, 서사 등이 있다. 우리는 대상을 설명하는 방법을 여러 가지로 생각해볼 수 있다. 우리 가족을 소개하는 글을 쓸 경우에는 가족 구성원을 인물별로 나누어 서로의 성격을 비교하거나 대조해볼 수 있고, 가족의 역사를 연대기 순으로 서술할 수도 있다. 가족들 사이에 있었던 에피소드를 중심으로 예를 들어 설명할 수도 있고, 자신이 좋아하는 가족 구성원을 중심으로 설명할 수도 있다. 어떤 방법을 사용하든 대상을 가장 효율적이고 정확하게 드러낼 수 있는 방법을 선택하여 전략적인 설명이 될 수 있도록 노력해야 한다.

먼저 지정은 '이게 무엇이냐?', '저 사람이 누구냐?' 등의 질문에 대해 가장 간단히 설명하는 초보적인 방법이다. 예를 들어 "저것이 무엇인가?" 하고 물으면 우리는 그 이름을 대거나 용도를 간단히 말한다. 또 친구와 길을 걷다가 지인을 만나 인사를 나눌 경우, 함께 가던 친구가 "아까 그 사람 누구야?" 하고 물으면 그 사람의 이름을 대거나 자신과의 관계를 간단히 설명한다. 이런 간단한 대답이 바로 '지정(指定)'이다. 지정은 간단명료한 대답이 요구되는 것이므로 단순해야 하고, 에둘러 말하지 말아야 하며, 불필요한 수사의 사용을 경계해야 한다. 지정이 실제 글에 적용될 때는 다른 설명 방법, 비교나 대조, 예시, 분류나 구분, 분석 등의 방법과 어우러져 더욱 고차원적이 될 수도 있다.

분석은 어떤 대상을 그것을 구성하고 있는 부분들로 나누는 것을 의미한다. 그러므로 분석의 대상은 여러 부분으로 구성된 복합적 구조를 지니고 있어야 한다. 분석은 대상의 본질과 그것을 이루고 있는 구성요소들 사이의 내적 관련성을 이해하는 데 도움을 줄 수 있다. 그러므로 분석에서는 전체와 부분들의 상호관계, 유기적 연관성을 밝혀내고 전체 구조 속에서 부분들이 가지는 위치와 기능도 명백히 드러내주어야 한다. 그렇지 않으면 대상에 대한 올바른 이해가 불가능해진다. 왜냐하면 전체와의 연관성을 고려하지 않고 구조를 분해하기만 하는 분석은 자칫하면 대상을 단순히 구성요소들로 환원시키고, 그것들의 단순한 총합을 대상과 동일시하는 오류에 빠질 수도 있기 때문이다.

분류는 여러 개의 대상을 어떤 공통된 성질에 따라 나누는 것을 말한다. 분류는 여러 대상들을 정리하고 조직하는 것을 도와주므로 글의 주제를 쉽게 파악할 수 있다. 분류가 여러 대상을 그것들이 지닌 질적 공통성에 따라 나누는 것인 데 비해 구분은 하나의 대상이나 개념을 그것을 구성하는 성분들에 따라 나누는 것이다. 즉, 계층적인 부류 조직의 하위에서 상위로 이행하는 방식을 '분류'라 하고, 그 반대의 경우를 '구분'이라고 한다. 예를 들어 여러 나라의 언어를 비교하여 그들의 질적 공통성에 따라 우랄알타이어족, 인도유럽어족 등의 어족으로 나눈 것이 분류라면, 한국어를 지역적 차이에 따라 몇 개의 사투리로 나누는 것은 구분에 해당한다. 분류와 구분을 나누는 기준은 여러 가지가 있을 수 있지만, 글에서 일련의 대상들을 분류 · 구분하는 기준은 하나여야 하며 반드시 일관성과 통일성을 갖추어야 한다. 그렇지 않으면 글의 주제를 정리하고 논리적으로 전개해나가는 데 도움이 되기보다 오히려 혼란을 초래하기 쉽다.

정의는 어떤 대상이나 개념의 범위를 한정하거나 그 본질을 규정하는 방법이다. 지정이 글 쓰는 이가 말하고자 하는 대상을 가리키는 것이라면, 정의는 그 단어, 대상 자체가 본래 뜻하는 바의 일반적인 의미가 무엇인가를 기술하는 것이다. 일반적으로 글의 단락 맨 첫 번째 문장으로 정의를 사용하면 주제를 효과적으로 나타낼 수 있다.

정의는 대부분 'A는 B이다'라는 형식을 취하게 되는데, 이러한 단순한 정의만으로는 A의 본질을 제대로 정의하기 어렵다. 예를 들면, '결혼'은 "남녀가 정식으로 부부관계를 맺는 것이다"라고 정의할 수 있지만, 이 정의는 그다지 정확하다고 할 수 없다. 왜냐하면 세계 각 지역의 풍습에 따라 결혼은 그 성격이 다르기 때문이다. 어떤 지역에서 미성년자는 부모의 동의가 없으면 결혼할 수 없지만, 어떤 지역에서는 가능하다. 또 어떤 문화권에서는 '일부일처제'가 일반적이지만, 다른 문화권에서는 '일부다처제' 혹은 '일처다부제'가 보통일 수도 있다. 최근에는 '남녀'의 결합만이 아닌 동성 커플도 결혼할 수 있게 되었다. 그러므로 '결혼'이라는 개념을 정확히 정의하기 위해서는 가족 제도의 역사적 발전과 여러 지역의 풍습들에 대한 고찰, 각각의 경우에서 결혼생활이 유지되는 방식과 구성원의 역할 등을 먼저 고려해야 한다. 이런 식으로 이루어지는 정의를 '확장된 정의'라고 한다. 대부분의 개념 정의는 이러한 확장된 정의로 이루어져 있다. 이때 사용되는 여러 가지 용어 사이의 인과관계 및 상하관계 역시 명확하게 드러나야 읽는 이의 이해에 도움이 될 수 있다.

예시는 글에서 설득력을 획득할 수 있는 효과적인 방법이다. 도표, 그래프, 사진, 그림, 글 등 구체적인 예를 들면 읽는 이의 이해를 도울 수 있기 때문이다. 이때 제시하는 예는 앞에서 서술된 내용을 뒷받침해줄 수 있어야 하며, 읽는 이가 복잡한 논리적 사고 과정을 거치지 않고서도 쉽게 이해할 수 있도록 명확하고 구체적인 것이어야 한다. 적절한 예시는 글에 대한 이해뿐 아니라 표면에 드러나지 않는 글의 이면적인 내용까지도 암시해주는 효과를 발휘할 수 있지만, 예시를 너무 빈번히 사용하면 글의 논지를 흐리게 하거나 어수선한 느낌을 줄 수 있으므로 주의해야 한다.

비교와 대조를 명확하게 구분하는 일은 쉽지 않지만, 일반적으로 설명 대상들 사이의 유사성이나 공통성의 다른 정도를 따지는 것이 비교이고, 차이점을 밝혀내는 것이 대조이다. 따라서 비교와 대조는 설명 대상들의 특징을 선명하게 부각시키고 그 동질성이나 차이점을 명백히 하는 데 도움이 된다. 고대로부터 인간은 비교와 대조를 통해 다양한 대상을 동일성과 차별성에 따라 일정하게 분류하거나 구분해왔으며, 이를 통해 주위를 둘러싼 대상 세계의 모든 것을 좀 더 깊이 이해할 수 있는 능력을 발전시켜왔다. 단지 주의해야 할 점은 비교와 대조의 기준이 분명하고 일관되어야 한다는 것이다. 그렇게 해야만 설명 대상들의 본질을 명확히 드러낼 수 있다.

효과적인 비교와 대조를 위해서는 세 가지 방법에 유념하는 것이 좋다. 첫째, 어떤 대상에 대해 설명하고자 할 때 그것을 이미 널리 알려진 사항과 관련시킨다. 예를 들면, 카메라의 기능을 설명할 때는 인간 눈의 기능과 비교 · 대조해본다. 둘째, 두 가지 대상에 대해 설명하고자 할 때는 설명 대상들 자체를 먼저 상호적으로 비교 · 대조해봄과 동시에 독자들에게 널리 알려진 일반 원리와도 관련시켜본다. 과체중인 사람과 저체중인 사람의 건강을 이야기할 때 그 어느 것도 읽는 이들이 전혀 모른다면 읽는 이들이 이미 알고 있을 것이라고 상정되는 보통 사람의 건강 특질에 비추어 비교해보고 대조해볼 수 있다. 셋째, 일반 원리, 이론, 개념 등을 풀어나가기 위해 이미 알려진 여러 사항을 비교 · 대조한다. 예를 들어 종교란 무엇인가를 설명하고자 할 때는 기독교, 불교, 유교, 힌두교 등의 비교 · 대조를 통해 그 개념을 추출해낼 수 있다.

이 밖에도 설명적 묘사, 설명적 서사 등의 방법들도 활용할 수 있다. 글을 쓰다 보면 하나의 글에 특정한 하나의 방법만 사용되는 것이 아니라 위에서 제시한 여러 가지 서술 방법들이 글의 목적과 대상에 따라 혼용되어 나타난다. 그러므로 글을 쓸 때는 글의 주제를 가장 효과적으로 드러낼 수 있는 방법을 그때그때 적절히 택하여 기술하는 전략이 필요하다.

일상생활에서도 설명적 글쓰기가 널리 사용된다. 다음은 설명적 글쓰기의 사례이다.

① 생활 안내서

1. 돼지고기는 키친타월로 핏물을 제거한 후 적당한 길이로 썬다.
2. 겹쳐진 고기를 펼쳐 생강술과 설탕, 다진 마늘, 후추로 밑간을 한다.
3. 분량의 양념(간장 · 고춧가루 4큰술, 고추장 · 다진 마늘 · 맛술 · 설탕 1큰술)들로 양념장을 만든다.
4. 양파와 대파, 새송이버섯은 먹기 좋게 썰고, 상추와 깻잎은 채 썰어 놓는다.
5. 달군 팬에 기름을 살짝 두르고 대파를 볶다가 고기를 넣어 익힌다.
6. 양념장을 넣어 볶는다.
7. 양념이 고루 배었으면 양파, 버섯, 대파를 넣어 볶다가 참기름으로 마무리한다.
8. 접시에 담고 상추와 깻잎으로 장식한다.

위의 글은 제육볶음 조리법의 한 예이다. 최근에는 일반인들도 자신의 일상 경험을 이와 같은 정보글로 만들어 SNS에 공유하는 경우가 많다. 이러한 글들은 누구나 쉽게 접할 수 있고, 또 자유롭게 작성하여 배포할 수 있다. 이때 자신의 글을 다른 사람의 글과 차별화하기 위해서는 더욱 정확하고 객관적으로 작성하여 공감과 설득력을 얻을 수 있도록 해야 한다.

> ㄷ전자는 원칙적으로 소매 구입일로부터 제품 사양에 표시된 기간 동안 제품에 물리적 결함과 제품 제작상의 실수로 인한 결함이 없음을 보증합니다. 제품 및 보증 청구 신청 절차에 대한 특정 보증 정보는 당사 홈페이지를 참조하십시오. ㄷ전자의 모든 책임 및 보증 위반에 대한 유일한 보상은 ㄷ전자의 자유재량에 따른 제품 수리 또는 동급 기능을 갖춘 제품 교체, 제품에 지급한 가격 환불로 국한되며, 환불 시에는 구매 지점 또는 기타 ㄷ전자가 지정한 장소로 날짜가 인쇄된 항목별 영수증과 함께 제품을 반환해야 합니다.

위의 글은 제품 보증서의 예이다. 이러한 글쓰기는 제품에 대한 품질 보증과 함께 결함에 관한 처리 절차를 명시한 경우가 많으며, 때로는 법적인 문제로 번질 수도 있어 보증 정책을 설명함에 혼란이 없도록 명확하게 기술해야 한다. 일반인인 소비자가 이해하기 쉽도록 각종 안내서를 작성하는 것 또한 제품 생산자의 책임이다.

② 사전의 뜻풀이

다음은 국립국어원의 《표준국어대사전》에서 '민족'이라는 표제어의 풀이를 찾아본 결과이다. 정의의 방법을 이용하여 민족을 설명하고 민족의 품사와 용례를 제시하여 읽는 이의 이해를 돕고 있다. 더불어 민족에 관계된 말까지 제시하여 더욱 풍부하게 표제어를 활용할 수 있도록 했다.

> 민족(民族)
>
> 「명사」 일정한 지역에서 오랜 세월 동안 공동생활을 하면서 언어와 문화상의 공통성에 기초하여 역사적으로 형성된 사회 집단. 인종이나 국가 단위인 국민과 반드시 일치하는 것은 아니다.
>
> (용례) ① 민족의 영웅 ② 민족을 위해 목숨을 바치다 ③ 분단은 우리 민족에게 엄청난 시련을 가져왔다.
>
> 민족－적(民族的)[－쩍]
>
> 「관형사 · 명사」 온 민족이 관계되거나 포함되는. 또는 그런 것.
>
> (용례) ① 민족적 동질성 ② 우리들은 동무들을 해방시켜서 통일의 민족적 과업을 완수하려는 유격대들이오.《최인호, 지구인》 ③ 민족적인 색채 ④ 합리적인 구심점을 찾고 서로를 설득해 민족적인 결속을 이뤄 낼 수 있다면 그 결속은 참되고 지속적이 될 것이다.《이문열, 시대와의 불화》
>
> 국립국어원 홈페이지 참고(http://stdweb2.korean.go.kr/main.jsp 2018년 2월 28일 검색)

③ 신문 기사

다음은 신문 기사의 예이다. 이 기사에는 분류 · 분석 · 지정 · 정의 · 대조 · 비교의 서술 방법이 모두 들어 있다.

> 최근 5년간 서울대 수시모집 합격자… 일반고↑ 자사고 · 영재고↓
>
> 서울대 수시모집 합격자 중 일반고 출신 비율이 5년 사이에 가장 높게 증가한 것으로 나타났다. 같은 기간 특목고 및 자율형 사립고(이하 자사고)와 영재고 출신 합격자의 비율이 소폭 하락한 것과 대조된다. 서울대의 수시모집은 내신 성적과 함께 학교생활을 두루 평가하는 학생부종합전형으로 선발한다.
>
> 한 입시기관에서 지난 15일 '서울대 학생부종합전형 시행 5년, 고교 유형별 합격자 현황 분석' 자료를 공개했다. 이 자료는 학생부종합전형 대입이 최초로 실시된 2015학년도부터 2019학년도까지 고교 유형별로 합격자를 분석한 자료이다. 자료에 따르면, 서울대 수시모집 합격자 가운데 일반고 출신 비율은 2015학년도 49.3%에서 2019학년도 50.6%로 1.3% 포인트 소폭 올랐다. 하지만 같은 기간 다른 주요 고교 유형의 합격자 비율은 하락했다. 과학고는 8.7%에서 6.5%로, 자사고는 13.2%에서 12.0%, 외고도 8.4%에서 8.1%로 떨어졌다. 영재고도 7.9%에서 6.5%로 감소했다.
>
> 서울대 수시모집은 모집 대상에 따라 일반 학생들이 지원하는 일반전형과 고교별 우수학생 2명씩을 추천받는 지역균형전형, 정원 외 특별전형인 기회균형전형 등으로 나뉜다. 수시모집 일반전형만 보면 일반고 출신

비율은 더욱 높아진다. 2015학년도 33.2%에서 2019학년도 35.4%로 2.2%포인트 상승했기 때문. 반면 과학고 출신은 10.3%에서 9.2%로, 자사고 출신은 16.6%에서 15.5%로, 외고 출신 역시 12.0%에서 11.4%로 낮아졌다. 영재고도 4.6%에서 3.3%로 떨어졌다.

신문 기사는 특히 과장이나 꾸밈이 없으며 객관적이고 신속 · 정확하게 기록되어야 한다. 신문은 사회에서 중요한 공적인 역할을 담당하기 때문이다. 사회 구성원 모두에게 막대한 영향을 미치는 공공성을 띠기에 신문에는 자유와 책임이 따르며, 기사 또한 공명정대한 태도를 유지하며 작성해야 한다.

④ 작품 해설서

다음은 《사화기략(使和記略)》이라는 역사서에 관한 해설문이다.

《사화기략(使和記略)》은 1882년 제4차 수신사로 일본에 파견된 박영효의 외교 기록이다. '使和記略'의 뜻은 글자 그대로 하면 일본[大和]에 사신으로 간 '간략한' 기록 정도가 되겠지만, 실제로 살펴보면 일본 체류 기간 동안 매일매일의 행적이 기록되어 있으며 사행 중 조정에 보고한 장계(狀啓)를 비롯하여 일본 관료 및 각국 공사들과 주고받은 모든 조회 문서와 書翰、國書、辭 등의 관련 문서가 철저하게 수록되어 있으니 간략하다고만은 할 수 없다.

또한, 이 책은 소위 '개화파'라 널리 알려진 박영효가 남긴 몇 되지 않는 기록 중의 하나로, 긴박했던 임오군란(壬午軍亂)과 갑신정변(甲申政變) 시기의 정세 및 그의 사상, 활동 등을 살펴볼 수 있는 귀중한 자료라 할 수 있다. 박영효에 관하여는 극명하게 다른 여러 평가들이 존재한다. 혁명적 사상가이기도 하지만, 희대의 반역자이기도 하다.《사화기략》은 이러한 그가 실제로 당시 어떠한 활동을 했는지 알 수 있는 거의 유일한 기록이다. 저간의 이야기대로 쿠데타의 자금으로 쓰일 차관을 빌리기 위해 외교활동을 하고, 친청 세력을 무력화시키기 위해 독립국 만들기에 골몰했을지는 모를 일이지만, 근대 국민국가의 시스템이 무엇이고 만국공법시대의 외교에서 필요한 것이 무엇인지를 확실히 인식했던, 당대 보기 드문 '혁신가'였던 것은 사실이다.

이미 잘 알려진 사실이지만, 그가 외교 전면에 내세웠던 조선의 '국기', '국어', '연호'는 인식적 차원의 전환 없이는 사용 불가능한 상징이기 때문이다. (후략)

(이효정, 『사화기략』, 보고사, 2018, 5-6쪽)

위의 글은 지정 및 정의, 분석 등의 방법을 이용하여 제시된 책을 해설함으로써 읽는 이로 하여금 작품을 더욱 깊이 있게 감상할 수 있도록 하고 있다. 미술 및 공연, 문학작품 등의 해설을 위한 이와 같은 종류의 글은 글 쓰는 이가 어느 정도의 일가견을 갖추어야 작성할 수 있다. 설명 대상에 대한 상당한 견식과 배경지식이 전제되어야 자신의 의견을 심도 있게 피력할 수 있기 때문이다.

⑤ 서사적 설명문

다음 글은 제2차 세계대전 중 일어났던 덩케르크 철수 작전을 설명한 글이다.

> 1940년 5월, 독일군은 프랑스와 벨기에의 국경지대에 있던 프랑스의 방어선을 격파하고 그대로 영국해협을 향해 밀고 나갔다. 이 때문에 영국군은 퇴로를 차단당한 채 덩케르크 해안에 고립되고 말았는데, 영국군 사령관이었던 고트 경은 병사들을 구출하는 것이 자신의 사명이라 결론 내린 뒤 철수를 위한 계획을 세운다.
>
> 그리하여 1940년 5월 27일 이른 아침, 영국은 10척의 구축함을 증원하여 프랑스 덩케르크 해안으로 근접시켰으며 갇혀 있던 영국군 수천 명을 구조했다. 그러는 동안 독일의 포위망은 더욱 좁혀졌지만 구출을 결코 포기할 순 없었다.
>
> 다음날인 5월 29일 저녁쯤 독일 공군이 최초로 중폭격을 하기 전까지 약 47,000명의 영국군 병사가 구출되었다. 그다음 날에는 처음으로 프랑스군 병사를 포함하여 총 54,000명이 구조되었다. 5월 31일에는 68,000명 및 BEF 지휘관이 구출되었고, 6월 1일에는 철수를 저지하기 위한 독일의 폭격이 격렬해지기 전까지 거의 64,000명의 연합군 병사가 탈출했다. 6월 2일 밤에는 영국군 후위부대가 60,000명의 프랑스 병사들과 함께 구조되었고. 다음날 밤에는 26,000명의 프랑스 병사가 작전 종료 전에 마침내 철수할 수 있었다. 그러나 프랑스군 2개 사단은 철수를 엄호하기 위해 남겨졌다. 그들은 독일군의 진격을 저지했지만, 얼마 후 포로가 되어

1940년 6월 3일 후위부대의 남은 프랑스군 대부분은 결국 투항했다.

이들은 9일 동안 860척에 달하는 작은 선박들까지 갑자기 동원되어 총 338,226명의 병사(영국군 192,226명, 프랑스군 139,000명)를 프랑스의 덩케르크에서 구출했던 것이다. 이 유명한 '덩케르크의 작은 배들(Little Ships of Dunkirk)'은 여러 화물선, 어선, 유람선 및 왕립 구명정협회의 구명정 등 민간 선박들이었고 긴급히 징발된 이들은 해안에 갇혀 있던 병사들을 바다에서 대기 중인 대형 선박(주로 대형 구축함)으로 운반했다. 이 '작은 배들의 기적'은 영국 국민의 마음에 깊이 각인되어 전쟁 중 사기를 북돋아주었으나, 사실 병사들의 80% 이상은 항구 방파제에서 직접 42척의 구축함 등 대형 선박에 탑승해 철수했다.

이 글은 서사적 설명 방법을 쓰고 있다. 서사는 일반적으로 사건이나 사건의 전말을 시간 순으로 서술하여 독자의 이해를 돕는 기법이다. 소설 같은 장르에서는 사건에 대해 독자가 좀 더 생생하게 느낄 수 있으며, 위와 같은 역사적 사건에서는 사건이나 사건의 진행 과정을 좀 더 쉽게 이해할 수 있다.

2.
성찰적 글쓰기

1) 성찰적 글쓰기란

나는 누구인가? 나는 어떻게 살아야 하는가? 나는 무엇을 위해 존재하는가? 우리는 살아가면서 이러한 질문을 스스로에게 자주 던지곤 한다. 이에 대한 답을 머릿속에서 모색하다가 우리는 종종 글을 쓰고 싶은 욕구에 빠진다. 일기장에 끄적거리거나 SNS에 글을 올리기도 하고, 나아가 에세이 같은 긴 편폭의 글쓰기를 시도하게 된다. 이들 글에서는 '나'가 중심에 놓여 있다.

'나'는 글쓰기에서 가장 가깝고도 중요한 주제이다. 글을 쓰면서 우리는 자신을 돌아보게 되고, 이를 통해 진정한 자신을 발견하는 경험을 한다. 나탈리 골드버그는 《버리는 글쓰기》에서 "글쓰기는 자신의 깊은 내면을 만나고, 우리 안에 흐르고 있는 뭔가 커다란 것과 마주할 수 있는 계기이다. 거친 생각에 직면하고, 우주의 섭리를 이해할 수 있는 기회이다"(p. 56)라고 했다.

자신을 성찰하는 글쓰기는 지극히 개인적인 글쓰기이므로 이를 잘 할 수 있는 특별한 왕도는 없다. 평소 스스로에 대해 진지하게 성찰하고 이를 진솔하게 글로 풀어내는 시간을 많이 가지는 방법밖에 없을 것이다. 하루 일과를 마감하며 일기를 쓰는 습관을 가져보자.

성찰적 글쓰기를 할 때 유의할 점은 자신의 내면을 진실하게 서술해야 한다는 것이다. 성찰적 글쓰기를 하면서도 타인의 눈을 의식하기 마련이다. 여기에 너무 연연해한다면 글은 쉽게 써지지 않는다. 이럴 때 사건을 객관화하면서 재구조화하는 것이 도움이 된다. '내 생애 최고의 순간', '잊을 수 없는 장소', '좋아하는 장소' 등 인상적인 경험을 서술해보자. 또 자신을 3인칭으로 서술하여 자신의 삶을 객관화시켜보는 것도 스스로에 대한 진지한 성찰을 진행할 수 있는 한 가지 방법이다.

2) 성찰적 글쓰기의 구성

성찰이란 ① 과거 경험 돌아보기, ② 과거 경험의 현재 삶과의 연결, ③ 과거와 현재를 통해 미래를 조망하는 순으로 이루어진다. 성찰적 글쓰기도 이와 같은 구성 방식을 따를 수 있다. 과거의 긍정적 · 부정적 경험이 현재 어떤 기억으로 남아 있는지, 미래에 이 경험을 통해 어떠한 비전을 갖게 되었는지를 서술해보자.

다음은 아이디를 가지고 자신의 과거, 앞으로의 지향을 드러낸 글이다.

나는 곧잘 온라인 공간에서 '길위'라는 아이디를 쓴다. 말 그대로 길 위에 있다는 의미이다.

'길위'는 대학 1학년 때부터 사용한 아이디이다. 그 시절 나는 늘 길 위에 서 있는 기분이었다. 그것은 내가 바란 것이기도 했다. 고등학교 이후 집에 있는 시간을 힘들어했던 나는 대학 진학을 '독립'과 동의어로 생각했다. 원하던 독립생활이었지만 외롭고도 막막했다. 친구들이 수업이 끝난 후 삼삼오오 짝을 지어 집으로 돌아갈 때, 나는 캠퍼스 기숙사에 계속 머물러 있었다. 늘 어두운 길 위에 서 있는 기분이었다.

이러한 기분을 떨쳐버리기 위해 교내활동에 활발하게 참여했다. 3학년 때는 해외봉사활동으로 캄보디아로 떠나게 되었다. 캄보디아 학교에서 아이들을 가르치고 학교 환경을 개선하는 활동이었다. 아이들과 보낸 한 달의 시간은 힘들었지만 잊지 못할 행복한 기억으로 남아 있다.

나는 여전히 '길위'라는 아이디를 쓰지만, 길위는 더 이상 나에게 외롭고 막막한 단어가 아니다. 길 위는 많은 사람들을 만날 수 있는 장소이다. 홀로 서 있지 않고 다른 사람들에게 먼저 손을 내밀고 다가갈 때 그 길은 밝은 길이 될 것이다.

짧은 글이지만 자신에 대한 깊은 성찰이 엿보이는 글이다. 첫 단락은 자신의 아이디 소개, 두 번째 단락은 과거의 부정적 경험, 세 번째 단락은 긍정적 경험, 마지막 단락은 현재의 느낌 및 앞으로의 전망을 제시했다.

3) 성찰적 글쓰기의 전략

우리는 살면서 종종 자기소개서를 제출할 상황을 만나게 된다. 자기소개서는 성찰적 글쓰기이자 스스로를 소개하는 목적성을 지닌 글쓰기이다. 엄밀하게 말하면 자기소개서는 자신을 알리기 위한 글이 아니다. 자신이 지원하는 기업, 학교, 재단 등이 추구하는 인재상에 자신이 어떻게 부합하는가를 보여주는 글이다. 따라서 자기소개서를 잘 쓰려면 독자에게 잘 전달될 수 있도록 별도의 전략을 수립할 필요가 있다. 최근에 자기소개서를 작성할 때 교사나 논술 강사에게 지도를 받는 것이 당연하고 유료 사이트를 이용하는 사례도 허다하다고 한다.

그렇지만 다른 이와는 구별되는 자신을 소개하기 위해서는 평소 자신이 어떠한 장점, 어떠한 경험을 지닌 사람인지를 진지하게 성찰하는 과정이 수행되어야 한다. 즉, 자신의 삶에 대한 진정성이 담겨 있어야 한다. 자신의 모습을 진솔하게 드러내거나 읽는 사람의 마음을 움직이는 자기소개서를 작성하려면 자신에 대한 이해가 우선되어야 할 것이다.

자신에 대한 깊은 이해를 바탕으로 자기소개서를 작성해보자. 아래는 자기소개서를 작성하기 위한 몇 가지 팁이다.

(1) 지원 분야의 인재상을 파악한다

무슨 일이든 열심히 하겠다고 서술하기보다는 지원하는 분야의 인재상을 제대로 파악하는 것이 중요하다. 학교라고 한다면 전공 분야의 구체적 교육 과정, 목표가 무엇인지, 회사의 경우에는 창업 정신, 경영,

정확한 정보를 파악하는 것이 필요하다. 자기소개서에는 자신이 이러한 항목에 부합하는 인재라는 것을 밝혀야 심사자에게 좋은 인상을 줄 수 있다.

(2) 다채롭게 표현한다

평면적인 서술은 자신을 드러내기 어렵다. 감각적인 이미지를 활용하여 자신과 경험을 구체화시키는 것이 좋다. "고등학교 3학년 때 교내 합창대회에서 최우수상을 수상했다"에서 그치지 말고, "눈부신 조명 아래 서니 긴장이 멈추지 않았다. 그러나 우리는 서로 바라보며 천천히 호흡을 맞췄다. 노래를 마친 뒤 받았던 박수와 환호가 아직도 귓가에서 떠나지 않는다. 우리는 이 대회에서 최우수상을 받았다. 하지만 더 값진 것은 함께하면 어떤 시련도 극복할 수 있다는 깨달음이었다"라는 식으로 서술해보자.

또 독특한 카피문구를 만들거나 적절한 사자성어나 격언 등을 인용하는 것도 좋은 방식이다. 하지만 "실패는 성공의 어머니", "시간은 금이다"와 같이 일반적으로 많이 쓰는 관용구는 오히려 역효과를 낼 뿐이다.

(3) 스토리텔링으로 구성한다

자기소개서도 일종의 '스토리텔링'이다. 따라서 구체적인 일화를 중심으로 작성하는 것이 좋다. "엄한 아버지와 자상한 어머니 아래에서 성장했습니다"로 시작하는 자기소개서는 아무런 매력이 없다. 엄하면 어떠한 점에서 엄한지, 자상하다면 어떠한 점에서 자상한지 구체적인 일화를 제시하라.

특히 업무, 전공 분야와 관련된 적성을 발견했던 사건을 제시한다면 심사자에게 강렬한 인상을 전달할 수 있다. 기승전결의 구성을 통해 자신이 어떠한 사건을 통해 변화, 깨달음을 얻게 되었는지를 서술해보자.

(4) 단점에서 시작해서 장점으로 끝맺는다

자신의 장단점을 서술하라고 요구하는 경우가 있다. 이때 너무나 솔직하게 단점을 두루 나열하는 것은 금물이다. 단점은 짧게 서술하되 '게으르다', '이기적이다' 같은 치명적인 단점은 피해야 한다. 단점을 그대로 적기보다는 장점으로 승화시켜야 한다. 내성적인 성격은 단점일 수도 있겠지만, "끝까지 자기 자리를 지킨다", "묵묵히 주어진 과제를 완료한다"와 같이 서술한다면 단점이 장점으로 승화될 수 있다. 또 단점을 극복하기 위해 스스로 어떻게 노력했는지를 기술하는 것도 좋다.

장점의 경우도 평면적으로 서술하기보다는 해당 조직에 어떤 긍정적 영향력을 미칠 수 있을지를 염두에 두어 서술하라. 그리고 자신의 장점을 서술하되 '엄청나게', '무척', '상당히' 등과 같은 과장된 표현은 되도록 지양할 필요가 있다. 남들의 평가를 인용하여 자신의 장점을 간접적으로 드러내는 방식도 효과적이다.

(5) 이력서에는 담을 수 없는 내용을 담는다

자기소개서는 이력서와는 다르다. 자신의 경력을 쭉 나열하는 것은 매력적인 자기소개서가 되기 어렵다. 이력서에 담아내지 못하는 경험들을 통해 자신을 어필하는 것이 중요하다. 이력서에 기록하지 못하는 것은 바로 실패의 경험일 것이다. 자기소개서는 자신의 매력, 장점을 드러내는 글이어서 실패한 경험은 숨기는 것이 좋다고 생각할 수도 있다. 하지만 자신이 그동안 어떠한 도전을 해왔는지를 솔직하게 이야기하고, 실패를 통한 깨달음을 부각한다면 진정성이 더욱 돋보이게 될 것이다.

(6) 눈에 띄게 배치한다

자기소개서의 독자는 인내력이 없다. 심사자가 지원서를 하나하나 꼼꼼히 읽어보고 심사하는 경우는 거의 없을 것이다. 따라서 자신의 개성과 두드러진 경력을 자기소개서 앞머리에 배치하여 독자의 눈을 사로잡는 것이 좋다.

더구나 다른 어떤 글보다 자기소개서는 가독성이 좋아야 한다. 문장 표현이 좋지 않으면 지원자에 대한 인상도 나빠지기 마련이다. 최대한 두괄식 문단을 활용하고, 역량 단위로 문단을 나누어서 서술하는 것이 좋다(전공지식 – 커뮤니케이션 – OA 능력).

다음의 글은 자신이 변호사의 꿈을 꾸게 된 계기와 앞으로의 포부를 정리한 자기소개서이다. 어린 시절 겪었던 시련, 이를 통한 깨달음을 스토리텔링으로 구성하여 더욱 다채롭게 다가온다. 또 두괄식 단락으로 글을 구성하여 가독성도 우수하다.

내 목소리를 내고자 한 계기

막연하게나마 변호사의 꿈을 꾸게 된 것은 초등학교 6학년 때 호주에서 어학연수를 하면서부터다. 호주로 떠나기 전, 한국에서의 나는 누구보다 쾌활한 성격으로 매년 반장을 도맡아하던 학생이었다. 그랬기에 혼자 어학연수를 떠나는 데 대한 두려움보다는 한국인만이 아닌 외국인 친구들을 사귈 수 있다는 마음으로 한껏 들떠 있었다. 그러나 호주에서 등교 첫날 경험한 것은 무관심, 언어장벽, 인종차별뿐이었다. 아이들은 내가 영어를 알아듣지 못한다는 것을 알고는 웃는 얼굴로 욕설을 내뱉기도 했고 길을 가로막고 무서운 표정을 짓기도 했다. 아이들의 놀림은 갈수록 심해졌고, 언어소통이 되지 않는 나는 어떠한 항변도 하지 못했다. 화장실에 숨어서 점심을 먹기까지 했다. 언제나 강자이기만 했던 나는 호주에서 그야말로 약자가 되었다.

하지만 6개월이 지난 뒤 더 이상 침묵하고 싶지 않다는 생각이 들었다. 부모님께서 보내주신 영어문법서를 반복해 읽고 하루에 100개의 영어단어를 외웠다. 호주에 온 지 1년쯤 되었을 때, 나는 드디어 내 감정과 의견을 영어로 표현할 수 있게 되었다. 길을 막고 놀리는 아이에게 "무슨 문제가 있느냐? 옳지 않은 일을 그만둬"라고 따질 수 있게 되었고, 먼저 아이들에게 다가가 함께 점심을 먹자고 말을 건넬 수 있게 되었다. 어느새 나는 친구들의 중심에 서 있을 수 있게 되었다.

호주에서의 경험을 통해 난 스스로를 지키기 위해서는 당당하게 목소리를 내어 불의에 대항해야 한다는 것을 깨달았다. 또 약자들의 목소리를들어주고 대신해서 그 목소리를 낼 사람이 필요하다는 생각을 하게 되었다. 영어를 공부하기 위해 홀로 한국을 떠나 호주에서 겪었던 경험은 '약자의 대변인'이 되고 싶다는 꿈을 갖게 된 계기를 마련해주었다.

일기장 같은 변호사

나는 학부 전공으로 사회복지학을 선택했다. 전공 수업을 들으면서 약자를 도와주고 그들의 목소리를 대변하고자 하는 꿈을 더욱 확고히 할 수 있었다.

또 봉사 동아리에 가입하여 장애를 가진 아이들의 공부를 도와주는 활동에 활발히 참여했다. 봉사활동을 마치던 날, 한 아이에게 편지를 받았다. 그 편지의 첫 마디는 "나의 일기장 같던 선생님에게"였다. 그 아이는 자신의 말을 잘 들어주고 공감해주던 내가 고마웠다고 했다. 이 아이가 말해준 것처럼 나는 일기장 같은 변호사가 되고 싶다. 사람들이 안 좋은 일이 생기면 일기장을 찾듯, 소외된 사람들이 법의 테두리 안에서 제재를 받을 때 찾게 되는 변호사가 되고 싶다는 꿈을 꾸었다. 학부 때 경험을 바탕으로 나는 항상 소외된 사람들의 기본적 · 보편적 권리를 우선으로 생각하는 변호사가 되도록 노력할 것이다.

다음은 성찰적 글쓰기의 또 다른 사례이다.

여름을 좋아한다. 그럼에도 여름이 두려운 것은, 다름 아닌 '갈색의 큰 몸짓을 한 곤충' 때문이다.

지금 내가 거주하고 있는 곳은 그리 환경이 쾌적한 편이 아니다. 집들은 오래되고 따닥따닥 붙어 있으며, 온갖 쓰레기와 개똥들이 길거리에 방치되고 있다. 이 곤충에게는 번식하기에 최적의 환경인 셈이다. 더구나 아열대 지방을 방불케 할 정도로 더운 요즘 거리를 활보하고 있는 이 곤충을 목격하는 것은 어렵지 않다. 때로는 집 앞에서, 혹은 방안에서 그를 대면하곤 했다.

불행하게도 나는 이 곤충을 끔찍하게도 싫어한다. 공포영화에서 나올 법한 높은 주파로 한여름 밤 공연히 옆집사람들의 단잠을 깨우기도 하고, 혹은 새벽에 그를 피해 집을 나와 거리를 전전하기까지 했다.

그것의 잦은 출몰로 급기야 나의 일상생활이 불가능해질 즈음, 나는 완벽한 퇴치법을 골몰하는 대신, 내가 가지고 있는 두려움을 분석해보기로 했다. 나의 기억의 가장자리에서의 그것은 분명 혐오의 대상이 아니었다. 파브르를 흠모하던 어린 시절의 나에게는, 그것은 개미나 귀뚜라미와 다를 것이 없는 그야말로 곤충으로 여겨졌고 심지어 가지고 놀기도 했다. 그러면 지금의 두려움은 무엇일까?

심구 끝에 나는 그 원인이 그것의 명칭, 즉 언어에 있다고 잠정적으로 결론을 내렸다. 언어는 대상의 본질을 파악하는 데 도움이 되기도 하겠지만, 때론 오히려 장애가 되는 경우도 있다. 비록 김춘수는 '내가 그의 이름을 불러 주기 전에 그는 다만 하나의 몸짓에 지나지 않았다. 내가 그의 이름을 불러 주었을 때 그는 나에게로 와서 꽃이 되었다'라고 노래하였지만, 그 이름이 몸짓보다 더 진실하다는 보장은 어디에 있는가. 오히려 그 이름이 몸짓을 왜곡하는 것은 아닐까?

언어는 객관적이지 못하다. 설령 그 출발이 그렇다 하더라도, 언어가 소통되면서 대개의 사람이 대상에 대하여 공유하고 있는 평가 및 정서가 그에 실리게 된다. 그리하여 대상의 본질을 파악하기보다는 편견에 동참할 것을 강요하기도 한다. 이 곤충이 가지고 있는 명칭은 그것을 나쁜 곤충으로 인식하도록 하고 있다.

곰곰이 뜯어보면, 이 곤충도 분명 다른 곤충과 마찬가지로 매끈한 갈색 빛의 아름다운 몸을 가지고 있다. 이것이 사람에게 병균을 옮기기도 하고 식량을 축낸다고 하지만 나는 그것을 목격한 바가 없다. 설령 그렇다 하더라도 그것의 폐해가 인간이 인간에게 가하고 있는 폭력보다 더 심하겠는가. 나는 그 곤충의 본질은 외면한 채 다만 그 명칭이 가지고 있는 사회적 혐오감에 동참하는 것뿐이었다.

나는 두려움을 극복하기 위해 그것을 그것 자체로 보려고 애썼다. 그러나 역부족이었다. 그래서 나는 비겁하지만서도 그것을 다른 명칭으로 불러 인식의 전환을 꾀하는 전략을 써보았다. 그래 그것은 매미인 것이다! 나는 아직도 맨손으로 매미를 만질 수 있다는 것을 자랑스럽게 생각하곤 한다. 매미는 오히려 이 곤충보다 볼품없고 징그럽게 생겼지만, '매미'라는 명칭은 착한 곤충이라는 사회적 공감을 내포하고 있다.

한동안 이러한 전략은 성공적이었다. 나는 더 이상 비명을 지르지 않았다. 하지만 사육할 용기는 없기에 집안에 들어오는 것은 살충제를 뿌려 제거하였다. 그러는 동안 차츰 날씨가 싸늘해졌고 그 곤충도 더 이상 눈에 띄지 않았다.

그리고 그 전략이 잊혀 갈 무렵 다시 여름이 왔다. 편견은 무척 견고한 것이었다. 그 곤충을 집 앞에서 일 년 만에 대면하는 순간 나는 본능적으로 비명을 질렀다. 그리고 살충제를 정신없이 뿌리고 집안으로 뛰어 들어갔다. 그것의 죽음도 확인할 용기가 없었던 것이다. 옆집 젊은 부부가 내심 처리를 해주길 바라면서 비겁하게 잠을 청하였다.

다음날 아침, 나를 깨운 건 낭랑한 아이의 목소리였다.

"아, 귀뚜라미다~!"

참으로 동심이란… 빈 마음으로 돌아가고자 했던 나의 시도가 부끄러울 뿐이다.

위의 지문은 일상의 사물을 관찰한 다음 이에 대한 자신의 내면을 분석한 글이다. 바퀴벌레를 두려워하는 원인이 무엇인지를 알아내기 위해 내면 깊숙이 내려가 탐색하고 새로운 인식의 전환을 꾀했다. 이처럼 일상에 무심히 지나치는 사물을 통해서도 자신의 내면을 성찰할 기회를 삼을 수 있다.

3.
비평적 글쓰기

1) 비평적 글쓰기란

비평적 글쓰기는 말 그대로 어떤 대상이나 현상에 대해 비평적인 내용을 담아내는 글이다. 비평이란 어떤 대상이나 현상에 대해 옳고 그름에 대한 판단을 의미하며, 비평문은 그러한 판단 내용을 서술하는 글이라고 할 수 있다. 예를 들어 주변에 잘 알고 있는 친구가 있다고 하자. 그 친구에 대해 어떤 점이 좋고 어떤 점이 나쁜지에 대해 평가하는 경향이 있다. 그러한 평가를 한 편의 글로 담아내는 것이 비평적 글이라고 할 수 있다.

좀 더 구체적으로 언급하자면 비평적 글은 어떤 대상이나 현상에 대해 분석하고 그 분석한 내용을 토대로 옳고 그름 또는 좋고 나쁨, 선과 악 등의 분명한 논리를 갖고 자신의 주장을 설득력 있게 전개하는 글이다. 비평적 글은 한마디로 주장을 펼치는 글이라고 할 수 있으며, 일상에서 자주 쓰는 감상적 글에서 한 걸음 더 나아간 설득을 위한 글이라고 할 수 있다.

비평적 글쓰기의 대상은 우리 주변에 흩어져 있는 모든 대상이 해당한다. 비평적 글의 대상은 흔히 '텍스트'라고 할 수 있다. 텍스트는 유형의 텍스트도 있을 수 있고 무형의 텍스트도 있을 수 있다. 유형의 텍스트는 흔히 눈으로 확인할 수 있는 하나의 완결된 메시지를 담고 있는 형태라고 할 수 있다.

언어적 텍스트는 말 그대로 언어를 매개체로 한 텍스트가 된다. 언어적 텍스트는 흔히 고전적 의미의 텍스트가 되며, 보편적으로 적용하는 유형이다. 언어적 텍스트는 우선 표현 방식에 따라 말 텍스트와 글 텍스트로 나누고, 말 텍스트는 발화에 의한 텍스트를 의미하며, 대화나 독백, 서사 등이 해당한다. 글 텍스트는 문자로 표기하거나 서술한 텍스트를 말하며, 특히 글 텍스트는 작품성에 따라 문학 텍스트와 비문학 텍스트로 구분한다. 문학 텍스트는 문학작품을 의미하며, 시를 비롯해 소설, 희곡, 수필 등이 해당한다. 비문학 테스트는 문학작품 이외의 텍스트를 의미하며, 일반 단행본이나 칼럼, 기사 등이 해당한다.

또한 분야별로는 사회 · 정치 · 경제 · 문화 텍스트 등으로 구분된다. 사회 텍스트는 사회 분야의 내용을 담고 있는 텍스트가 해당하며, 정치 텍스트는 정치 분야, 경제 텍스트는 경제 분야의 내용을 담고 있는 텍스트를 일컫는다.

비언어적 텍스트는 언어적 텍스트보다 더 다양한 형태로 존재한다. 예를 들면 미술 분야에서 많이 다루는 조각이나 그림, 판화나 영상이 해당한다. 그림이나 영상의 경우 일명 그림 텍스트 또는 영상 텍스트라고 말한다. 이들 텍스트는 비언어적인 수단을 동원하더라도 그 자체로 완결성을 지니고 있을 뿐만 아니라 하나의 메시지 덩어리가 된다.

물론 이들 텍스트 외에도 사회현상이나 자연현상 또한 텍스트로 간주한다. 현상이란 사물이나 어떤 작용이 드러나는 바깥 모양새를 의미하며, 사회현상과 자연현상 또한 사회나 자연의 구성요소들이나 작용이 무형적으로 드러난 현상이 된다. 특히 사회현상이나 자연현상은 일반적으로 인식하고 있는 텍스트와는 달리 그 실체가 모호할 수 있고, 구체적이지 않고 추상적이며, 구성체 하나로 결집되어 있기보다는 흩어져 있는 경향을 보이기도 한다. 그러나 이들 텍스트는 언어적 텍스트보다 생동감 있고 살아있는 텍스트라고 할 수 있으며, 추후에는 언어적인 텍스트로 생산되는 경향도 지닌다. 이들 텍스트는 흔히 사회 또는 자연 현상판이라고 할 수 있으며, 유형의 일반적인 텍스트와는 달리 무형의 텍스트라고 할 수 있다.

예를 들면 정치인들의 활동 모습이나 행태를 흔히 '정치판'이라고 한다. 정치판이라는 것은 유형의 언어적 조직체가 아닌 무형의 현상판이라고 할 수 있다. 그러나 이들 텍스트 또한 글쓰기의 대상이 될 뿐만 아니라 글쓰기의 직접적인 재료로도 활용된다. 결국 텍스트는 일반적으로 언어의 구성체 또는 언어의 가장 큰 단위라고 정의하지만, 대상을 어떻게 바라보느냐에 따라 달리 접근된다고 할 수 있다.

2) 비평적 글쓰기의 구성

비평적 글도 기본적으로 서두와 본문, 결말로 구성된다. 서두와 본문, 결말의 분량은 전체 글의 분량을 고려해 논하지만, 서두에서는 일반적으로 비평할 대상에 대한 일반적인 내용을 전개하는 것이 이상적이다. 여기서는 무엇보다 비평할 대상이 무엇인지를 일반 독자에게 안내하는 성격이 강하고, 비평할 대상에 대해 먼저 알려준 다음 주장을 펼치는 것이 사고의 흐름을 따라주는 방식이라고 할 수 있다.

(1) 구성 방법

글쓰기는 주제를 중심으로 내용을 논리적으로 전개하는 것이 핵심이다. 글의 내용이 주제에 부합되더라도 논리적으로 연결되지 않거나 내용의 연결이 자연스럽지 못하면 좋은 글이 될 수 없다. 한 편의 글은 서두와 본문, 결말로 구성된다. 텍스트 내적 주제든, 텍스트 외적 주제든 주제를 중심으로 내용을 펼치지만 어떤 내용을 서두에 제시하고 어떤 내용을 본문에 그리고 결말에 제시할 것인지를 우선적으로 고려하는 것이 글쓰기를 효율적으로 할 수 있다.

① 서두

서두에서 중요한 것은 독자로 하여금 관심을 유도하는 것이다. 서두의 전개 방법은 여러 가지가 있으나 어떤 내용을 서두에 제시하면 독자가 관심을 갖고 글을 읽을 것인가에 초점을 맞추는 것이 중요하다. 서두는 사람으로 치면 첫인상이라고 할 수 있다. 다른 사람과 처음 만날 때 나의 첫인상을 어떻게 하는 것이 호감을 갖게 할 것인지를 고려하는 것도 한 방법이다.

텍스트가 갖고 있는 상황이나 현상에 대해 개괄적으로 기술하는 것이 일반적이다. 이는 무엇보다 텍스트에 대한 기본적인 이해를 전제로 한다고 할 수 있다. 예를 들어 책에 대해 비평할 때는 책의 제목을 비롯해 책의 주제 또는 저자, 책을 집필하게 된 목적 등에 대한 기본적인 서술이 행해진다. 책이라는 텍스트가 아닌 현상적 텍스트인 경우에는 현상에 대한 개괄적인 내용을 전개하는 것이 일반적이다. 결국 서두는 글의 내용에 대한 관심을 유도하거나 흥미를 유발하는 방향에서 서술된다고 생각하면 무난하다고 할 수 있다.

텍스트의 전체적인 내용을 아우르거나 텍스트의 생산에 대한 일반적인 내용을 서술하는 것도 한 가지 방법이다. 물론 텍스트를 접하기 전의 개인적인 생각이나 의견을 서술할 수도 있다.

② 본문

대상을 어떻게 비평할 것인가의 중심을 잡고 그 중심을 기준으로 비평할 내용을 순서대로 담아낸다. 비평문은 주장에 따른 소주장과 그것에 대한 근거를 전개하는 것이 일반적이다. 소주장은 대주장의 하부 주장이라고 할 수 있으며 이들 소주장의 핵심적인 내용을 구체적으로 서술한다. 이를 위해서는 소주장에 대한 근거를 충분히 확보하고 그것을 논리적으로 전개하면 한 편의 글이 완성될 수 있다. 소주장은 어떻게 비평할 것인가에 따라 다르지만, 주장에 대한 설득력 있는 근거로 활용될 수 있는 선에서 전개하는 것이 좋다.

예를 들어 문학작품에 대해 대중의 설득력이 약하다는 주장으로 비평적 글을 쓴다고 할 때 작품이 왜 설득력이 약한지에 대해 구체적인 근거를 찾아내고 그것을 논리적으로 전개해야 한다. 작품의 대중적 설득력이 약한 것은 우선 작품의 내용이나 작가의 불명료한 메시지, 작품의 인물 구성이나 표현 등에 대한 근거를 마련할 수 있게 된다. 이들 근거를 바탕으로 본문에서 구체적인 하부 근거를 마련하면 하나의 비평적 글을 생산할 수 있게 된다.

③ 결말

결말은 하나의 메시지를 구성할 때 마무리를 짓는 부분이 된다. 결말은 전체 내용에 대한 총체적인 평가에 대한 서술이 해당한다. 본문에서 세부적인 평가 내용을 구체적으로 서술했다면 결말에서는 세부적인 평가에 대한 총괄적 마무리 평가 내용을 서술한다고 생각하면 된다. 결국 결말은 마무리하는 과정이며, 여기서는 전체를 아우를 수 있는 내용을 전개하면 된다. 어떤 유형의 글인가에 따라 다르지만, 텍스트와 연관된 내용으로 끝맺음을 하거나 텍스트의 내용에서 확장된 방식으로 서술해도 무난한 방법이 된다.

3) 비평적 글쓰기의 전략

비평적 글을 쓰려면 어떤 대상을 분명하고 확실한 기준에 의해 분석하고 평가해야 한다. 비평적 글을 잘 쓰기 위해서는 대상을 분석하는 방법을 먼저 터득해야 한다. 대상의 분석은 여러 관점에서 가능하다.

텍스트에서 의미는 텍스트가 갖고 있는 메시지의 실체이며, 표현은 그 메시지를 제시하는 수단이 된다. 표현은 언어가 될 수 있고, 기호나 상징이 될 수 있으며, 영상이나 음향도 될 수 있다. 예를 들어 글 텍스트는 필자가 독자에게 글의 내용을 효과적으로 전달하기 위해 문자를 동원한 다양한 수사적 장치를 사용하고 그 장치 속에는 단어나 문장, 명제들이 서로 내적 관계를 갖는 조직망처럼 구성된다. 글 텍스트는 층위적으로 접근하면 단어나 문장의 구성과 관련된 미시적 명제 층위와 단락과 단락의 배열이나 조직에 해당하는 거시적 명제 층위, 그리고 전체적인 텍스트의 조직에 초점이 주어지는 최상위 구조 층위로 이뤄진다. 이들 층위 간의 상호 연결과 배열 속에서 메시지가 만들어진다.

텍스트의 분석은 바로 텍스트를 생산한 메시지의 전달자가 의도하는 의미를 파악하는 수단이라고 할 수 있다. 다시 말하면 텍스트는 전달자와 수용자 간에 이루어지는 커뮤니케이션 과정의 매개체로서 전달자는 언어나 기호, 상징적인 표현을 사용하여 의도하고자 하는 메시지를 코드화하고, 수용자는 그 코드를 해독하는 작업을 하게 된다. 분석은 하나의 현상이나 사물 또는 대상의 구성성분이 어떻게 조합되어 있고 그 성분들이 갖는 의미가 무엇인지를 파헤치는 과정이라고 할 수 있다.

예를 들어 컴퓨터가 있다고 하자. 컴퓨터를 분석하려면 일차적으로 컴퓨터를 구성하고 있는 성분이 무엇인지를 파악해야 한다. 컴퓨터는 흔히 본체와 모니터, 자판, 마우스 등으로 구성된다. 이들 구성성분이 어떤 기능과 역할을 하고 있는지를 정확히 파악해야 컴퓨터가 어떻게 작동되는지, 그리고 어떤 구성성분이 중요하고 중요하지 않은지, 사용하려면 어떻게 해야 하는지를 알 수 있게 된다.

텍스트의 읽기는 텍스트의 실체 또는 정체를 알아내는 방법이며,

그 방법은 다양하다. 그러나 텍스트를 분석하기 위해서는 흔히 독서 방법 가운데 정독을 해야 하며, 한 번이 아닌 여러 번 읽는 것이 효과적이다. 그리고 텍스트를 막연히 읽는 것과 분석을 위해 읽는 것에는 차이가 있다. 텍스트를 막연히 읽을 때는 텍스트의 내용이나 구성성분을 명확히 도출해 숙고할 필요는 없지만, 텍스트 분석을 목적으로 할 때는 꼼꼼히 빈틈없이 읽는 것이 중요하다.

분석은 우선적으로 전체의 틀에 먼저 접근하고 그런 다음 세부적인 구성성분으로 접근하는 것이 논리적이며 효율성을 높여준다. 어떻게 보면 텍스트 생산과정의 반대 방향으로 접근하는 방식을 취한다고 할 수 있다. 텍스트의 구성성분을 파악할 때는 막연하게 접근하기보다는 분석의 목적에 맞는 기준을 정해 대상을 분절해야 한다.

텍스트의 분절 기준은 텍스트의 유형과 분석의 목적에 적합한 방식을 취하는 것이 이상적이다. 텍스트 분절의 기준은 시간이 될 수 있고, 공간이 될 수 있으며, 주제 또는 형태나 방식 등이 될 수도 있다. 분석 대상을 분절한 다음에는 구성성분들이 지니고 있는 특징과 의미를 파악해야 한다. 그리고 구성성분 간의 상호관계를 밝히고 전체와 어떤 관계를 맺고 있는지를 파악해야 한다.

예를 들어 사회문제에 대한 논쟁을 다루는 칼럼이 있다고 하자. 칼럼은 사회문제에 대한 글쓴이의 주장이 명료하게 드러나는 글이다. 여기에서는 글쓴이의 단순 주장이 아니라 여러 가지 근거를 동원해 주장의 타당성을 개진한다. 이러한 칼럼을 분석할 때는 일차적으로 텍스트를 읽고 글쓴이의 주장이 무엇인지를 파악하고 나서 그 주장에 따른 근거를 찾아낸다. 그리고 그 근거에 따른 하부 근거도 찾아낸다. 그런 다음 근거가 과연 타당성을 갖는지, 그리고 근거들이 어떤 연관성을 갖는지, 근거에 따른 하부 근거 또한 타당성을 갖는지 등에 대해 분석해야 한다. 이러한 부분은 텍스트의 구성성분이 무엇인지를 찾아내는 방법이 된다.

텍스트의 구성성분은 자체적으로 독립해 존재하는 것이 아니라 서로 유기적인 관계를 맺고 있으며, 그 구성성분들의 유기적인 결합을 통해 하나의 텍스트가 된다. 특히 언어나 문학연구의 방법으로 주목받고 있는 구조주의에 따르면 언어는 그 자체에 하나의 구조라는 체계를 갖고 있으며 그 체계 속에 서로 다양한 관련을 맺고 있다.

텍스트의 외적인 요소도 함께 고려해야 한다. 텍스트는 그 자체가 독립적으로 존재하지만, 텍스트가 생산될 때는 다양한 사회적 요인이나 요소들이 복합적으로 작용한다. 텍스트는 사회적 · 역사적 산물이자 사회의 현상과 사실을 반영한 결과물이다. 텍스트 내적인 분석이 끝난 다음에는 텍스트 외적인 부분과도 연결해 분석해야 한다. 글쓰기는 텍스트 내용만으로 할 수 있지만, 텍스트 외적인 부분까지 수용해야 깊이 있는 글이 된다. 글쓰기의 핵심이 되는 주제 잡기나 배경지식의 확보에 상당히 유용하게 작용한다.

텍스트 분석의 순서

① 대상을 먼저 감상한다.

② 대상의 내용을 파악한다.

③ 대상을 포괄적으로 분석한다.

④ 대상의 분석 기준을 정한다.

⑤ 대상의 분석 기준에 따라 세부적으로 분석한다.

⑥ 대상의 분석에 대한 해석을 한다.

⑦ 어떻게 주장할 것인지를 생각한다.

⑧ 주장에 대한 근거를 마련한다.

⑨ 근거가 타당한지를 확인한다.

⑩ 정당한 평가인가를 확인한다.

물론 비평적 글쓰기에서도 내용의 전개가 중요하다. 글의 내용에서는 주관적인 판단에 따라 타당한 부분을 서술하는 것이 중요하며 추측이나 가정 내용을 서술해서는 안 된다. 특히 가정은 존재하지 않는 희망적인 부분이 되므로 비평적 글에서는 절대 허용되어서는 안 된다.

비평적 글은 무엇보다 대상에 대한 정확하고 냉철한 분석을 통해 그 대상에 대한 가치 있는 문제를 도출하는 것이므로 다른 사람들이 동의하지 않더라도 주장에 대한 타당성을 갖게 하는 것이 무엇보다 중요하다고 할 수 있다.

내용의 전개에서는 어떤 내용을 먼저 제시할 것인지 그리고 나중에 제시할 것인지를 판단해야 한다. 그 기준은 인간의 사고 논리를 따르는 것이다. 인간의 사고 논리는 우리가 일상적이고 상식적으로 수용하는 과정 또는 순서라고 할 수 있다. 예를 들어 시간에 대한 것은 과거 – 현재 – 미래의 순으로 사고한다. 그 순서대로 내용을 전개하면 된다.

또한 주장을 펼칠 때는 주장에 따른 근거를 동원하고, 근거가 여러 개일 때는 중요한 근거에서 중요하지 않은 근거의 순으로 제시하는 것이 논리성을 갖는다. 물론 근거를 제시할 때는 하부 근거도 함께 고려하는 것이 필요하다. 주장을 하는 글쓰기에서는 근거든 하부 근거든 주장에 타당성을 갖는지를 판단하고, 가장 타당성이 있는 근거를 중심으로 펼치는 것이 중요하다.

마지막으로 문장의 전개 방법 또한 고려할 필요가 있다. 문장은 글쓰기에서 기초에 해당한다. 비평적 글의 문장은 일반 글보다는 명료하게 전개되는 경향이 있다. 주장에 대한 확고한 표현이 동원되는 경향이 있고, 표현도 직설적인 경우가 많다. 문장은 장황하고 길게 서술하기보다는 간결하고 짧게 전개하는 것이 이상적이다. 특히 비평적 글의 문장 쓰기에서 주의할 점은 '누구나 ~할 것이다', '한번쯤 ~할 것이다'와 같은 상투적인 문장은 사용하지 말아야 한다. 그리고 추측성의 내용을 담아내서는 안 된다. 비평적 글은 대상에 대해 명료하고 확실한 주장을 담아내는 글이다. 따라서 예상이나 추측성의 표현을 사용하는 것은 바람직하지 않다.

비평적 글쓰기의 방법

① 비평적인 글을 쓰기 전에 개요를 잡는다.

② 개요를 바탕으로 어떻게 써나갈지를 생각한다.

③ 내용을 서술할 때는 균형 잡힌 어조를 유지한다.

④ 정확한 언어로 표현한다.

⑤ 개성을 발휘한다.

다음은 〈연예인의 공적 발언〉에 대한 비평적 글쓰기의 사례이다. 전체적인 구성이나 내용 또한 충실하게 담고 있다.

연예인의 공적 발언

공적 발언이란 국가나 사회와 관련하여 말하거나 의견을 내어 영향을 끼치는 발언을 말한다. 나는 이번 글쓰기 시간을 통해 연예인들은 사회적으로 주목을 많이 받는다는 것을 알았다. 연예인들도 자신들이 사회적으로 주목을 받는다는 점을 알고 있을 것이다. 그런데 왜 그런 발언을 서슴지 않는 것일까? 많은 사람들이 보고 있다는 것을 모르는 것일까? 내 생각에는 그것은 아닌 것 같았다. 단지 한 명의 국민으로서 국가에 대한 하나의 비판을 내세웠을 뿐이다. 평범한 사람들처럼……. 하지만 그들의 공적 발언은 조그마한 불씨에 기름을 붓는 격이 되고 그 일로 인해 사회가 시끄러워질 수 있다.

나는 연예인의 공적 발언에 적극적으로 반대한다. 연예인은 공인이다. '공인'이라는 말은 공적인 일에 종사하는 사람이라는 뜻으로, 공적 매체를 통해 어떠한 사적인 말도 해서는 안 된다. 연예인들이 공적 발언을 하면 그들을 옹호하는 단체에서도 그 글에 적극적인 지지를 하게 될 것이며, 이 발언이 사람들에게 엄청난 영향을 미치게 될 것이다. 김민선이 한때 언급한 쇠고기 수입과 관련한 발언은 엄청난 결과를 가져왔다. 당시 김민선의 발언으로 인해 미국산 쇠고기 소비량이 15%나 감소했다고 한다. 이것은 정말 엄청난 일이 아닐 수 없다. 그녀의 발언이 한국과 미국의 무역문제로까지 비화하게 할 수 있다.

그리고 우리나라 연예인에 대한 이미지도 실추될 수 있다. 요즘 연예인들이 여러 국가로 진출하고 있다. 연예인들이 공적 발언을 하여 그 나라에 피해를 입힌다면 우리나라 연예인들이 그 나라에서의 입지가 줄어들 수도 있게 된다. 이러한 일이 계속해서 일어난다면 우리나라 연예인들의 활동은 줄어들게 되고 그 여파로 연예인의 소득 한 부분도 잃게 될 수 있다.

또한 연예인이 공적 발언을 할 때는 신중하게 접근할 필요가 있다. 요즘 연예인들을 보면 목적을 지닌 발언을 일삼는 일이 많은 것 같다. 다른 연예인들보다 주목받기 위해 이슈화된 문제에 대해 서슴없이 발언하는 경우가 허다하다. 여기에는 연예인 개인에 의한 경우도 있지만 기획사와 합작해 행해지는 경우도 있다. 소위 '노이즈 마케팅'이라고 할 수 있다. 이러한 부분은 연예인에 대한 이미지를 나쁘게 한다. 그리고 개인의 목적을 위해 정확히 알지 못하는 문제에 대해 함부로 발언하는 것은 전혀 옳지 않다. 어떻게 보면 개인에게 주어지는 이익은 단발성으로 끝나기 쉽고 그 폐해는 사회적 물의를 야기할 수 있다.

연예인은 연예인이라는 직분에 우선적으로 충실할 필요가 있다. 연예인들이 사회적으로 이슈화되고 있는 문제에 대해 함구하라는 것은 아니다. 연예인이 사회적 문제에 대해 발언할 때는 좀 더 신중한 자세를 갖는 것이 필요하다는 의견이다. 연예인은 공인인 만큼 자신의 발언에 대해 충분히 책임도 져야 하므로 더욱 신중하게 행동할 필요가 있다고 할 수 있다.

연예인의 공적 발언에 대한 의견을 소신 있게 펼치고 있다. 비평의 근거 또한 타당성 있게 전개하고 있으며 표현 또한 무난하다고 할 수 있다.

4.
학술적 글쓰기

1) 학술적 글쓰기란

학술적 글쓰기는 일반적으로 대학에서 이루어진다. 학부생, 석사과정생, 박사과정생, 교수, 연구원, 학계에서의 모든 논의가 학술적 글쓰기에 속한다. 학술적 글쓰기는 학문이라는 특정 영역에서 사용되는 글이라는 점을 전제할 필요가 있다. 학술적 글쓰기는 대학 이상의 고등교육기관에서는 학술적 글을 통해서만 학습이 가능하다는 점, 학계에서는 학술적 글을 통해서만 의사소통과 지식 생산이 가능하다는 점, 학술적인 글은 해당 학계의 담화 관습을 지켜야 소통될 수 있다는 점, 학술적인 글도 일반적인 글과 마찬가지로 실재하는 독자가 있다는 점 등이다.

글을 쓰기 전까지는 아무것도 존재하지 않는다. 서점에 서서 책을 읽다가 좋은 책을 발견한 적이 있을 것이다. 특정 부분을 읽다가 글쓴이의 생각이 너무 좋아서 반갑고 그에 대해 공감하는 내 생각 또는 더 확장되는 생각이 떠오른 경험이 있을 것이다. 그런데 집에 돌아와서 서점에서 가진 생각을 글로 적어본다면 글이 잘 써지지 않았던 경험이 있을 것이다. 심지어 집에 돌아와서는 서점에서 느꼈던 감정이나 떠올랐던 생각이 아예 생각나지 않은 적도 있을 것이다.

친구들과 이야기할 때도, 혼자의 생각이 아니라 타인과 의사소통을 통해 이루어지는 학술적인 담화에서도 마찬가지이다. 대학 강의실에서 또는 특정 주제에 대한 강연을 듣고 친구들 또는 지인들과 주제에 관한 대화를 나누었을 때, 대화 중 기억해두고 싶을 만큼 좋은 내용이 있을 수 있다. 그러나 이 경우에도 글로 적어두지 않는다면, 기억하려고 했던 그 좋은 아이디어는 모두 휘발될 것이다. 그러나 대화했던 내용을 글로 적어본다면, 다른 사람이 말했던 내용은 어떤 것인지, 내가 생각했던 것은 무엇인지 명확히 알 수 있다. 그뿐만 아니라 글로 적어본다면 이전 대화에서 나왔던 내용에서 더 나아가 아이디어를 발전시킬 수 있다.

학술적 글쓰기의 가장 큰 목적은 자신의 연구 과정과 연구 결과를 세상에 알리는 것이다. 연구 결과를 공유하는 곳은 자신의 연구 영역이며, 해당 학문 공동체가 잘 이해하도록 표현해야 독자들이 연구 결과를 가치 있게 활용할 수 있을 것이다. 이를 위해서는 해당 학문 영역에서 통용하는 담화 관습을 미리 숙지할 필요가 있다. 미리 자신이 생각하는 연구 주제가 학계에서 어느 연구 영역에 포함되는지를 확인할 필요가 있다. 다음으로 연구 주제를 대표하는 키워드를 몇 가지로 정리하여 해당 키워드가 포함된 선행연구들을 살펴보는 것도 좋은 방법이다.

학술적인 글쓰기에서 쉽게 잊는 것이 독자의 실재이다. 학술적인 글도 독자가 존재하므로 일반적인 글 못지않게 쉽게 읽혀야 하고 흥미로워야 한다. 독자가 읽고 싶게끔 써야 한다는 말이다. 그럼에도 불구하고 학술적 글을 쓰는 경우 독자가 존재한다는 사실을 쉽게 잊곤 한다. 자신의 연구 성과에만 집중하다 보면 독자가 읽기 싫은 글을 쓸 수 있다. 독자에게 읽히지 않는 글은 세상에 알려지지 못한다. 따라서 학술적 글을 쓴다고 하더라도 자신의 연구 성과를 알리는 데만 급급하거나 멋지게 표현하기 위해 쉬운 표현을 두고 현학적 표현을 사용하는 것은 지양해야 한다.

2) 학술적 글쓰기의 구성

(1) 개요

개요란 글의 구조이다. 개요를 적는 것은 앞으로 어떤 방향으로 어떤 내용으로 글을 펼쳐갈지 계획하는 것이다. 개요를 잡고 글을 쓰는 경우와 개요 없이 글을 쓰는 경우는 효율성에서 큰 차이가 있다. 여기서 말하는 효율성이란 글을 쓰는 데 소요되는 시간과 에너지를 줄일 수 있음을 의미한다. 개요는 글의 방향이므로 개요를 잘 작성했다면 글도 매우 쉽게 쓸 수 있다. 찰흙으로 조형물을 만들 때, 뼈대가 있는 상태에서 살을 붙이는 것과 뼈대가 없는 상태에서 살로만 조형물을 만드는 것은 작업 과정의 수월성과 작업의 성과 차원에서도 큰 차이가 있을 것이다. 따라서 개요를 잘 구성하면, 좋은 글을 쓸 수 있다는 점을 꼭 기억할 필요가 있다.

개요는 글의 구조이자 담화 관습이다. 쓰고자 하는 글이 속하는 학문 분야에서 학술적인 글을 전개시켜나가는 전형적인 논리적 구조가 있을 것이다. 이러한 논리 구조는 특정 개인이 정해둔 것이 아니다. 거대한 학문적 담론의 진행 과정에서 학계에 존재하는 구성원들의 암묵적 합의를 통해 구성되었을 가능성이 높다. 만약 해당 학계의 논리 구조를 따르지 않은 글이라면, 학계에서 외면당할 가능성이 높다.

학술적 글을 쓸 때 해당 학문이 속하는 영역의 담화 관습과 논리 전개 방식에 맞추어 작성해야 한다. 개요를 어떻게 구성해야 할지 모르겠다면 내가 쓰고 있는 글이 속하는 학문 영역에서 출판된 논문의 목차를 참고하는 것이 좋다. 좋은 논문의 목차를 찾을 수 있다면, 해당 논문을 참고하는 것만으로 내 글의 개요를 어떻게 구성할지에 대한 아이디어를 얻을 수 있을 것이다.

개요를 작성하는 방법은 자신의 연구를 효과적으로 드러낼 수 있는 핵심 단어를 적어보는 것으로부터 시작한다. 그리고 단어 수준에서 문장 수준으로 나아가도록 한다. 처음에는 단어 수준으로 적을 수밖에 없지만, 단어 수준으로 개요를 완성한 후에 단어를 문장으로 바꾸면 된다. 이 문장은 단순히 학술적 글의 일부가 되기보다는 한 문단의 핵심 문장이자 일반적인 문장이 될 수 있다. 즉, 한 문단을 이루는 주요 문장은 두괄식 글쓰기의 핵심이다.

(2) 서론

서론은 독자가 글에서 처음 접하는 내용이다. 독자들은 서론을 읽으면서 이 글의 뒷부분을 더 읽을 것인지 아니면 읽기를 종료할 것인지를 결정하곤 한다. 학술적인 글이라고 하더라도 독자들이 이 글을 읽고 싶게끔 만들어야 한다는 서론의 목표는 일반적인 글과 다르지 않다. 서론의 조건은 크게 세 가지이다. 학술적 글이자 논문이자 연구의 결과물인 이 글의 주제가 무엇인지 알려주어야 하며, 이 주제에 대한 논의가 왜 필요한지 독자가 납득할 수 있도록 설명해주어야 하고, 이 글 전체의 논의 전개 방식을 미리 알려주어야 한다.

우선 서론에서 이 연구가 왜 수행되어야 하는지, 연구 결과가 어떤 의미를 지니는지를 기술해야 한다. 여기에서 한 발 더 나아간다면 이 연구 논문을 읽는 것이 독자에게 가치가 있음을 알려주어야 한다. 그렇다고 연구의 전체 내용을 기술할 필요는 없다. 연구의 내용은 본문에서 본격적으로 다루므로 독자들의 흥미를 이끌어낼 정도로 연구의 필요성을 기술하면 된다. 학술적인 글이라고 해서 거창한 내용으로 서론을 써야 한다는 강박관념을 버리자. 학술적인 글도 일반적인 글과 마찬가지로 독자가 끝까지 읽기를 결정하지 않는다면 세상의 빛을 볼 수 없다. 따라서 독자들이 읽을 필요가 있다고 느끼는 학술적 글의 서론은 어떤 조건을 갖고 있는지 생각해보아야 한다. 연구의 필요성과 함께 독자에게 흥미를 이끌어내는 글이면 훌륭한 서론이 될 수 있다.

또한 서론에서는 연구의 주제를 밝힐 필요가 있다. 위에서 연구의 필요성을 설명했기 때문에 연구 주제를 밝히는 것은 쉬운 일이다. 다만 너무 당연한 내용이기 때문에 간혹 연구의 필요성만 밝히고 연구 주제나 연구 문제를 명확하게 밝히지 않는 실수를 저지르기 쉬운데, 서론에서 연구 문제를 명확히 밝히는 것에 유의하기 바란다. 연구의 필요성을 서술하는 것과 연구 문제를 명확하게 기술하는 것은 동일하다고 할 수 없다. 특히 연구 문제는 연구의 대상, 연구의 목적, 연구의 방법에 대한 중요한 정보가 담겨 있으며 연구 결과와 직결되므로 명확하고 정교하게 작성할 필요가 있다. 연구 문제는 그대로 연구 결과 장의 소챕터를 이루기도 하므로 많은 공을 들여 작성할 것을 권한다. 실제로 학위논문의 경우 연구 문제의 표현을 가다듬느라 수개월을 보내기도 한다. 처음에 연구를 시작할 때 가졌던 연구 문제와 연구를 수행한 후 도출한 연구 결과가 불일치하기도 한다. 이런 경우 연구 문제를 수정하거나 연구를 재수행하여 연구 문제와 연구 결과가 일치하도록 연구를 보완해야 한다.

물론 글 전체 구성을 알고 글을 읽는 독자와 글의 구성을 알지 못한 채 글을 읽는 독자는 글을 이해하는 정도의 차이가 크다. 즉, 서론에서는 본문에서 다룰 내용, 내용의 전개 방법, 궁극적인 종착점과 진행 방향 등을 밝히는 것이 좋다. 필자 입장에서는 본문의 내용을 계획하는 것이고 독자 입장에서는 본문의 내용을 읽을 준비를 하는 것이다. 따라서 모든 장과 절을 서론에서 모두 설명해줄 필요는 없다. 구체적인 장보다 독자가 본문을 읽을 준비를 하도록 내용의 논리적인 흐름을 안내하는 것이 더 중요하므로 개략적인 구성을 안내한다.

(3) 본론

학술적 글쓰기에서 본론은 핵심 내용이 된다. 본론은 학문분야별로 다르게 서술되지만 인문학 분야에서는 본론의 기본적인 내용에서부터 핵심적인 내용 그리고 추가적인 내용이 서술되는 것이 일반적이다. 그리고 사회과학 분야에서는 방법론적인 부분에 개진되는 경향이 있다. 사회과학 분야에서는 이론적 배경과 연구방법, 연구 내용이 서술된다. 자연과학 분야에서도 사회과학 분야와 유사하게 이론적 배경은 서술되지 않지만 연구 방법과 연구 결과 그리고 연구 결과에 대한 고찰로 구성된다.

본론의 서술은 학문분야에 따라 다소 다르게 전개되지만 현재 연구 방법론에 대한 연구가 인문학 분야는 물론 사회과학 분야에서 많이 행해지는 경향이 있다. 사회과학 분야의 연구에서 주로 행해지는 방식으로 접근하는 것도 적지 않은 도움이 된다. 사회과학적 관점에서 접근하는 것이 활용성을 높일 수 있다고도 할 수 있다. 사회과학 분야의 학술적 글쓰기에서 본론은 우선 이론적 배경과 연구 방법, 연구 결과의 순으로 접근된다.

① 이론적 배경

이론적 배경을 작성하는 것은 자신의 연구 주제와 관련 있는 선행연구나 관련 자료를 읽고 자신이 할 연구의 초석을 세우는 과정이다. 연구 주제와 관련된 자료 읽기는 연구 계획서를 작성하기 전에 집중적으로 이루어지지만, 연구를 수행하는 과정과 연구를 완료하고 학술적인 글을 작성하는 단계에서도 계속 수행하는 것이 질 높은 학술적인 글을 쓸 수 있는 방법이다. 연구 과정에서 관련 연구를 찾아본다면 연구 수행에서 겪는 문제를 해결할 수도 있고, 연구를 마치고 연구 결과를 해석하는 과정에서 관련 선행연구나 이론을 찾아본다면 해석의 폭과 깊이를 달리할 수 있기 때문이다.

이론적 배경을 작성하기 위해 자신의 연구주제와 관련된 이론과 선행연구를 살펴보는 과정에서 거대한 학문 영역에서 어디에 위치하고 있는지도 파악할 수 있다. 학문 영역에서 연구 문제의 위치를 확인했다면, 연구 문제를 구체화하여 연구의 범위를 좁힐 수도 있다. 서론에서 밝힌 연구의 필요성은 학문 영역에서 넓은 범위에 걸쳐 있다면, 이론과 관련 선행연구를 탐색하는 과정을 거쳐 해당 연구의 위치를 밝힐 수 있다는 점에서 연구의 범위를 좁힐 수 있다.

선행연구의 내용을 정리할 때 주의할 점은 자신이 공부한 선행연구의 내용을 나열하는 것이 아니라 연구자의 관점을 중점으로 선행연구의 내용을 종합하는 것이다. 일반적으로 학술적인 글을 처음 쓰는 사람이 자주 범하는 오류가 선행연구의 내용을 나열하는 것이다. 그러나 나열과 종합은 큰 차이가 있다. 나열은 선행연구의 내용을 학습할 때 스스로 이해하기 위해 정리하는 정도이다. 학술적인 글의 이론적 배경 부분을 쓸 때는 자신이 공부한 내용을 정리하는 수준에 머무르기보다는 연구자의 관점으로 자신의 연구 문제와 관련하여 종합하는 것이다. 이를 위해 선행연구의 내용을 그대로 밝힐 때는 인용 표현을 확실히 하고, 선행연구의 결과를 기술할 때는 자신이 이해한 내용을 자신의 말로 정리할 필요가 있다.

② 연구 방법

연구방법에서는 연구 대상과 연구 과정을 언급한다. 연구 대상은 말 그대로 연구의 대상이 되는 주체를 의미한다. 일반적으로 문헌 연구인 경우에는 연구의 범위를 의미하고, 양적 연구인 경우에는 연구 대상으로, 질적 연구인 경우에는 연구 참여자라고 표현한다. 연구 문제에 따라 연구 대상이 정해지며 연구 대상에 따라 연구 결과가 달라지므로 연구 대상은 연구에서 매우 중요하며 학술적인 글을 읽는 독자들이 꼭 알기 원하는 정보라고 할 수 있다. 따라서 연구 대상을 간단히 언급하기보다는 연구자는 왜

이 연구 대상을 정했는지, 연구 대상이 연구의 목적과 어떠한 관련이 있는지를 구체적으로 밝혀주는 것이 좋다. 가령, 연구 대상이 문헌이 아니라 사람이고 연구 주제가 청소년의 정체성 형성에 관한 것이라면, 정체성 형성에 관한 선행연구를 탐색하여 정체성을 형성하는 결정적 시기가 언제인지 확인하여 중학교 2학년 학생들을 연구 대상으로 설정할 수 있다. 이 경우 왜 연구 대상을 중학교 2학년 학생들로 정했는지를 연구의 목적과 선행연구 보고를 토대로 기술해준다면, 독자가 연구 대상과 연구 목적의 관련성을 이해하는 데 도움이 된다.

다음으로 연구 대상을 선정한 방법에 대해서도 기술해야 한다. 문헌 연구가 아니라 사람을 연구 대상으로 하는 연구라면 왜 이 사람을 연구 대상으로 선정했는지 구체적으로 밝히는 것이 좋다. 그러나 학술적 글쓰기가 익숙하지 않은 경우라면 연구 대상을 임의로 선정하는 경우가 종종 있다. 즉, 연구자가 연구 대상으로 섭외하기 쉬운 대상을 임의로 선정하는 경우이다. 물론 연구 대상 선정 방법에는 임의 표집이라는 방법도 있지만 과학적인 연구 방법이라고 할 수 없다. 일반화와 과학화를 목표로 진행하는 양적 연구의 경우 연구 대상 표집 방법 중 가장 일반적인 방법은 단순무선표집(랜덤) 방법이다. 단순무선표집 방법은 권장할 만한 연구 대상 표집 방법이지만, 연구 대상으로 섭외하기가 쉽지는 않다. 질적 연구 방법은 소수의 연구 참여자를 대상으로 하며, 연구 목적에 따라 참여자 선정을 달리해야 하므로 목적 표집 방법을 주로 사용한다.

연구 과정은 연구 방법(문헌 연구, 양적 연구, 질적 연구 등)에 따라 기술 방법이 다를 수 있다. 문헌 연구의 경우에는 주제에 대해 연구하기 위해 문헌을 어떻게 선정하고, 문헌을 어떻게 읽었는지와 관련이 있는 문헌 선정 방법과 문헌 분석 방법이 매우 중요하다. 예를 들면, 해당 연구가 가장 활발히 진행되고 있는 학계의 특정 학술지에서 논문을 검색했다든지, 회원 수가 몇 명 이상인 등재 학술지에서 관련 논문을 찾았다든지, 논문의 초록에서 연구 주제와 관련된 특정 키워드가 포함되었을 경우에만 참고 문헌으로 선정했다든지 등을 기술하는 것이다. 또한 문헌 연구 방법을 사용했을 경우 연구 대상이 선행연구 자체이므로 선행연구들을 분석하는 기준도 매우 중요하다. 여러 항목으로 이루어진 분석 기준을 하나의 이론적 틀로 구성하여 분석하는 방법을 권장한다. 또한 왜 그러한 분석 기준을 정했는지도 논문에 구체적으로 기록하는 것이 독자의 연구 절차에 대한 이해를 높일 수 있다,

실험연구에 해당하는 양적 연구와 질적 연구는 연구 수행의 순차에 따라 기록하는 것이 일반적이다. 가령, 양적 연구에서 실험집단과 통제집단을 통한 연구의 경우, 각 집단의 구성원 선정에서부터 연구 대상의 수행 과정, 연구자의 데이터 수집과 분석 과정 등을 단계별로 서술하여 연구 절차에 대한 독자의 이해도를 높일 수 있다.

실험연구 설계가 복잡한 경우 독자가 이해하기 쉽도록 논리적 흐름에 따라 정리할 수도 있다. 각각의 연구 문제를 해결하기 위해 필요한 연구를 수행하고, 연구 결과가 도출되는 과정을 논리적 흐름에 따라 기록할 수도 있다.

③ 연구 결과

연구 결과는 본론의 핵심적인 내용이 된다. 연구 결과는 말 그대로 연구한 결과에 대해 서술하는 것을 의미한다. 연구 결과는 학문분야별로 부분적으로 다르게 서술되는 경향이 있다.

인문학 분야에서는 연구 결과란 항목을 따로 두지 않고, 서론과 결론을 제외한 본론 전체의 내용이 연구 결과에 해당한다고 할 수 있다. 특히 인문학 분야의 학술적 글쓰기에서는 연구 방법에 대해 구체적으로 언급하지 않는 경향이 있다. 그러다 보니 서론 다음의 항목으로 서술되는 본론의 모든 내용이 연구 결과라고 할 수 있다.

사회과학 분야에서는 인문학과 조금 다르게 전개된다. 사회과학 분야에서는 특히 설문조사를 한 경우 설문조사의 내용 결과가 연구 결과에 해당한다. 특히 사회과학 분야에서는 연구 방법과 연구 결과를 본론에 담아내는 형식이 되며, 연구 결과는 연구 방법에 이어서 전개하게 된다. 자연과학 분야에서는 사회과학 분야와 비슷하게 전개되는 경향이 있다. 자연과학 분야의 연구를 위해 많이 행하는 실험의 경우 실험 결과가 연구 결과에 해당한다.

연구 결과는 학문분야별로 다소 다르게 전개되지만 연구의 결과를 담아내는 것은 분명하다. 연구 결과를 서술할 때에는 연구 결과로 도출된 내용을 구체적이고 체계적으로 서술해야 한다. 어떻게 보면 연구 결과는 데이터의 해석이라고 할 수 있다. 만약 설문조사나 실험을 진행하고, 그 내용을 토대로 한 편의 학술적 글쓰기를 한다고 하면 설문조사와 실험 내용을 어떻게 해석하느냐가 중요하다. 이때에는 설문조사 또는 실험 결과의 데이터를 정확히 분석하고 해석해야 한다. 설문조사 또는 실험의 결과에 대해 정확하게 분석하지 않으면 해석이 잘못될 수 있고, 연구윤리에 저촉될 수 있는 변조 또는 위조의 가능성도 제기될 수 있다.

또한 해석도 타당성이 확보되어야 한다. 학술적 글쓰기에서 모든 내용은 학술적인 접근을 통한 해석이라고 할 수 있다. 학술적 글쓰기에서 모든 문장은 주장이 담긴다고 해도 지나치지 않다. 하나의 문장을 전개할 때 문장의 내용이 타당성을 확보할 수 있는지를 생각해야 한다. 연구 과정을 통해 생산된 결과에 대한 해석 또한 타당성이 확보되지 않으면 학문적으로 수용되기 어렵다.

그리고 연구 결과를 서술할 때에는 주장에 타당성이 있는지를 확보하기 위해 참고자료를 활용해야 한다. 학술적 글쓰기는 대상에 대해 학술적 관점을 투여해 학술적으로 서술하는 글쓰기라고 할 수 있다. 학술적 글쓰기에서 주장은 연구자의 개인적 주장일 수 있지만 그것은 어디까지나 객관적이고 타당해야 한다. 그 주장이 객관적이지 않거나 타당성이 없다면 그것은 지나친 주관적 주장 또는 편견에 지나지 않는다.

학술적 글쓰기가 일반적인 글쓰기와 다른 점은 다른 참고자료를 활용한다는 점이다. 일반적인 글쓰기는 참고자료를 활용해도 되지만 참고자료의 활용 근거를 주석으로 반드시 제시하지 않는다. 그러나 학술적 글쓰기는 자신의 주장을 뒷받침하기 위해 다른 학자의 참고자료를 활용하고, 그것을 활용하고 있다는 증거로 주석에 명기한다. 결국 학술적 글쓰기는 연구 결과에 대한 서술이 상당히 중요하다고 할 수 있으며, 이때에는 과연 학술적으로 주장하고 있는 것이 타당한지 그리고 그 타당성을 확보하기 위한 방법으로 행해지는 참고자료도 활용해야 한다는 점을 잊어서는 안 된다.

(4) 결론

결론을 작성할 때 전체 글의 길이나 난이도가 어느 정도인지, 독자가 이 글에 대한 사전 지식을 얼마만큼 갖고 있는가를 고려하는 것도 좋은 전략이다. 글의 길이가 길고 난이도가 높다면, 또는 독자들이 이 글을 한 번에 이해할 수 있을 정도로 배경지식이 많지 않을 것이라고 판단된다면, 결론은 글 전체 내용을 요약하는 방식으로 작성할 수 있다. 만약 글의 길이가 길지 않고 쉬운 글이라면, 또는 독자들이 글 전체 내용을 충분히 이해했을 만하다면, 결론의 내용은 앞으로 나아갈 방향과 같이 본문과는 다른 새로운 내용을 담는 것이 좋다.

여기서 유의할 점은 글 전체 내용을 요약하는 방식으로 결론을 작성한다고 하더라도 그대로 요약하거나 너무 자세히 재기술하기보다는 앞에서 제시된 내용들을 독자들이 상위의 관점으로 다시 한번 조망할 수 있도록 정리하는 것이 독자에게 더 도움이 될 것이다.

결론은 어떤 독자에게는 글 읽기의 첫 시작이 될 수도 있다는 점을 고려하여 전체 글을 아우를 수 있는 핵심 내용을 담는다. 학술적 글은 일반적인 글과 비교하여 읽기 쉬운 글은 아니므로 연구 내용을 쉽게 파악하기 위해 결론부터 읽고 전체 글을 처음부터 읽는 경우도 많기 때문이다.

결론에서는 우선 연구에 대한 논의가 필요하다.

논의는 연구 결과를 다시 한번 요약하면서 연구에서 특히 주목해야 할 부분에 대해 기술하는 것이다. 연구 결과 중 특별히 부각하고자 하는 부분에 대해 구체적인 논의를 할 수 있는 장으로, 학술적 글을 쓰는 사람에게 가장 중요한 장이라고 할 수 있고 독자 입장에서도 필자의 생각을 알 수 있다는 점에서 가장 흥미로운 장이라고 할 수 있다.

연구 결과의 특정 부분을 부각하기 위해서는 선행연구와 비교하여 해당 연구가 차별화되는 점을 서술하면 좋다. 가령, 해당 연구와 유사한 주제나 비슷한 연구 방법으로 수행된 선행연구를 검토하고 선행연구에서는 밝혀지지 않았던 새로운 결과가 있다면 이를 보고한다. 선행연구 결과와 다른 연구 결과가 도출되었다면 이 또한 좋은 논의가 될 수 있다. 선행연구와 다른 결과가 도출된 이유를 연구자 나름의 논리적인 방식으로 추론한다면, 지금까지 수행된 관련 연구 업적에 기여할 수 있을 것이다. 선행연구와 같은 결과를 도출했다고 하더라도 실망할 필요는 없다. 선행연구가 다른 연구자, 다른 연구 대상, 다른 시간, 다른 맥락에서 수행되더라도 같은 결과를 도출할 수 있다는 점에서 선행연구의 타당성을 입증해준 연구물이 될 수 있기 때문이다.

(5) 제목

제목은 학술적으로 쓰인 글의 얼굴이라고 할 수 있다. 우리가 얼굴을 통해 개인을 구분하듯이 독자들은 제목을 통해 학술적 글이 어떤 내용인지 짐작하고 선택할 수 있다. 제목은 글 전체의 내용을 아우를 수 있어야 한다. 특정 내용이 마음에 든다고 해서 특정 내용만 드러내는 단어를 제목으로 사용해서는 안 된다. 현재 글에 담긴 내용을 바탕으로 제목을 구성해야 한다. 연구를 시작할 때 계획했던 내용과 연구 결과가 도출된 시점에서 확인할 수 있는 내용 사이에는 차이가 발생할 수도 있다. 연구를 계획했던 시점에서 생각했던 키워드와 연구가 종료되었을 때 연구를 대표하는 키워드가 서로 다를 수 있다. 따라서 연구 결과가 도출되었을 시점에서 판단했을 때 연구 내용을 담고 있는 키워드를 연구 제목으로 설정해야 한다.

학술적 글의 제목은 독자에게 명확한 정보를 제공할 수 있어야 한다. 연구 대상이 일반인 전체가 아니라 특정 계층이라면 제목에 관련 키워드를 포함하는 것이 좋다. 일반적으로 읽을 논문을 선택할 때 제목을 근거로 판단하기 때문이다. 예를 들면, '정보 텍스트 읽기에서 나타난 전략 연구'라는 논문의 연구 대상이 중학교 1학년이라면, 제목을 '중학교 1학년 학생의 정보 텍스트 읽기에서 나타난 전략 연구'로 표기하거나 '–중학교 1학년 학생을 중심으로'라는 부제를 첨가하면 독자들에게 좀 더 구체적이고 명확한 정보를 제공할 수 있다.

(6) 초록

학술적 글에는 일반적으로 앞부분에 국문 초록, 뒷부분에 영문 초록이 실린다. 초록은 전체 글의 요약본이라고 할 수 있다. 학술적 글을 읽는 독자들은 제목을 통해 읽을 논문을 선정한 후 가장 먼저 하는 일이 국문 초록 읽기이다. 가장 먼저 읽는 부분이므로 논문에 대한 핵심 정보를 제공할 뿐만 아니라 논문의 인상을 좌우하기도 한다.

학술적 글의 초록은 두 가지 조건을 만족해야 한다. 첫째, 학술적 글의 핵심 내용인 연구 문제, 연구 방법, 연구 결과, 함의와 결론에 대한 내용을 간명하게 담고 있어야 한다. 다른 말로는 학술적 글의 핵심이 아닌 내용이 실려서는 안 된다는 말이기도 하다. 학술적 글의 본문에서 한 번도 언급되지 않은 내용이 초록에서 언급되거나 새로운 내용을 제시해서는 안 된다. 말 그대로 전체 연구 내용의 요약이라고 할 수 있기 때문이다. 둘째, 연구 결과가 학계에서 지니는 의미를 발견하여 기록해야 한다. 해당 연구 결과가 학계에 어떠한 영향을 미칠 수 있을지 고민하여 학문적 성과를 밝혀야 한다. 학문적 성과는 논리성을 갖춰야 연구자 스스로 확인할 수 있으며 초록에도 글로 표현할 수 있을 것이다.

3) 학술적 글쓰기의 전략

학술적 글쓰기의 전략은 매우 다양하다. 여기에서는 학술적 대화 나누기, 선행연구 활용하기, 쓰기 부담 극복하기, 학술적 모임을 통해 글쓰기 문제 해결하기 등의 방법을 제안했다. 자신이 처한 쓰기 상황과 쓰기 과제에 따라 적절한 쓰기 전략을 선택하여 적용하면 좀 더 쉽게 학술적 글을 쓸 수 있을 것이다.

(1) 학술 내용 논의하기

최근에는 학술적 글쓰기 못지않게 학술적 말하기도 중요하게 여겨지는 추세이다. 대학에서도 '팀플'이라는 이름으로 5~6명이 소규모 팀을 이루어 학업을 수행하고 글쓰기를 통해 학습하고 발표도 한다. 기업에서도 혼자보다 팀을 이루어 생산적인 프로젝트를 수행하는 경우가 점차 늘어나고 있다. 4차 산업혁명이라는 트렌드 아래 뛰어난 한 명의 개인 역량보다 집단지성의 협력적 역량이 더욱 필요한 시대라고들 한다. 학술적 글쓰기도 협력적 조언자가 있다면 더 즐겁게 글을 쓸 수 있고 더 좋은 결과도 도출할 수 있다.

학술적 글을 쓰기 전, 또는 쓰는 과정에서도 학술적 담화를 같이할 만한 동료를 찾아 대화를 나누어보는 것이 좋다. 이때 나누는 대화도 구두언어로 그치기보다는 문자언어인 글로 작성해볼 것을 권한다. 글쓰기가 더 어렵다고 생각하겠지만, 아이디어를 더욱 명료화할 수 있고 논리적으로 정리할 수 있다는 점에서 가치가 있기 때문이다. 어떤 경우에는 글의 주제에서 벗어나는 대화가 오갈 수도 있다. 그렇지만 주제에서 벗어날지 또는 담화의 질이 높을지를 걱정하고 여기에 연연해하다 보면 아무 대화도 나누지 못할 수 있다. 따라서 생각나는 대로 말하고 그것을 글로 적어볼 필요가 있다. 어떤 경우에는 필자 자신도 자기 머릿속에 어떤 생각을 갖고 있는지 알 수 없는 경우가 많기 때문이다. 우선 자신의 생각을 문자언어로 가시화하면서 지금까지 쓰인 글을 다시 한번 정리하면서 자신의 생각을 스스로 인지할 수도 있다.

(2) 선행연구 활용하기

선행연구는 글쓰기에 큰 도움을 준다. 특히 내가 쓰고 있는 글과 같은 학문 영역에 위치해 있는 선행연구를 몇 편 읽어보는 것은 학문적 글쓰기에 대한 부담을 조금이라도 낮추는 데 매우 큰 효과가 있을 것이다. 선행연구를 참고할 때는 보통 내가 쓰고 있는 글의 주제나 내용과 유사한 글을 찾아보는 경향이 있지만, 그보다는 내가 쓰고 있는 글을 효과적으로 표현할 수 있는 구성과 체계를 가진 선행연구를 찾아보는 것도 글의 구조를 잡는 데 유용한 방법이다.

학술적 글쓰기는 목차만 잘 잡아도 글쓰기 작업의 절반을 수행했다고 표현할 수 있을 만큼 중요하다. 글쓰기 틀이 잘 구성되어 있다면 틀

안에 내용을 채워 넣는 일은 생각보다 어렵지 않을 수도 있다. 선행연구의 구조를 참고하여 글쓰기 틀을 빨리 구성할 수 있다는 점에서 글쓰기 시간을 절감한다는 차원에서는 효율성을 높이는 효과가 있는 것 같지만, 좋은 글의 구성과 체계는 내용의 논리성을 높인다는 점에서 선행연구에 기대기는 효율성과 타당성 확보에 모두 좋은 방법이라고 할 수 있다.

그러나 모범 논문에 항상 찰싹 달라붙어 있어서는 곤란하다. 다른 사람의 생각에 매몰되어 나만의 새로운 생각을 쓸 수 없기 때문이다. 자신의 연구는 내가 존재하기 전에 존재했던 거대한 학문의 산에 작은 조약돌을 하나 올리는 것을 의미한다. 어쩌면 그 조약돌조차 새로운 조약돌이라기보다는 기존에 존재했던 모래들을 모아 구성을 달리하여 조합한 물체일 수도 있다. 그렇다고 하더라도 학계의 발전에 기여했고 의미 있는 작업을 했다는 것을 의심할 필요가 없다.

중요한 것은 기가 막힌 선행논문을 발견하여 빨려 들어가듯이 탐독해 내려가는 순간이라도 잠시 모범 논문으로부터 떨어져 내 생각은 무엇인가 적어보는 연습이 필요하다. 모범 논문에 완전히 기댄다면 어쩌면 부지불식간에 지식 도둑질을 하게 될 수도 있다. 표절에는 문장 표현을 그대로 가져오는 표절도 있지만, 아이디어 표절도 있기 때문이다. 어떤 글을 읽고 너무 좋아서 자신의 표현으로 바꾸어 쓰는 것은 표절 검사에는 잡히지 않겠지만 명백한 아이디어 표절이다. 학계에 따라서는 표현에 대한 표절뿐만 아니라 아이디어 표절도 명백한 표절로 보고 엄중하게 처벌하는 경우도 있다.

아이디어 표절을 하지 않기 위해서는 읽은 글의 저자와 나의 생각에 차이점이 있는지 확인해보아야 한다. 읽은 글에 녹아 있는 아이디어라면 원문 자료의 출처를 밝히고, 자료를 읽으면서 발전시킨 나의 생각이 원문과 어떤 차이점이 있는지를 문자언어인 글로 적어보는 연습과 자신의 글에 표현하는 연습을 하는 것이 좋다.

(3) 초고 쓰기

글을 쓰는 과정은 고통의 연속이다. 학위논문과 같이 긴 글을 써야 하는 사람들은 모이면 으레 하는 말이 "위장병을 얻었네", "허리 디스크를 얻었네" 하며 누가누가 더 많은 병을 얻었나 자랑하곤 할 정도이다. 그래서 학위논문 같은 글쓰기는 부담을 극복하지 못하고 결국 포기하는 사람들이 발생하기도 한다. 그만큼 쓰기 부담은 학업적 글쓰기를 수행하는 과정에서 필연적으로 만나게 되는 필요악과 같은 존재이다. 그렇다면 쓰기 부담을 극복할 수 있는 방법은 무엇일까? 쓰기 부담을 극복하는 방법 중 하나는 얼른 쓰기이다. 얼른 쓰기란 아직 쓰기 주제에 대해 충분한 자료조사를 하지 못했고, 아이디어가 부족하다고 하더라도, 볼 만한 문장으로 가다듬지 못해 거친 표현 상태라고 하더라도 우선 초고를 쓰는 것이다.

초고를 얼른 쓴다는 것은 고쳐 쓰기 할 시간을 최대한 많이 확보할 수 있다는 것을 의미한다. 따라서 지금 쓰고 있는 글의 내용, 구성, 표현 어느 것 하나 마음에 들지 않더라도 우선 글을 써야 한다. 왜냐하면 더 멋있는 내용, 더 체계적인 구성, 더 아름다운 표현을 쓰려고 하는 마음 때문에 쓰기 부담감이 커서 책상 앞에 좀처럼 앉게 되지 않기 때문이다. 어쩌면 글쓰기 과정에서 가장 어렵고 힘든 행위는 책상 앞에 앉아서 노트북을 켜는 것일지도 모른다.

(4) 피드백 받기

자신이 쓴 글은 다른 사람에게 피드백을 받는 것이 매우 좋다. 고쳐쓰기를 할 때 글을 발전시킬 수 있는 중요한 방향은 다른 사람의 피드백을 통해 얻을 수 있을 것이다. 글을 쓰고 있는 사람은 자신의 글에서 어디에 문제가 있는지 파악하기 어렵다. 그런데 자신의 글을 다른 사람에게 보여주는 것에는 용기가 필요하다. 왜냐하면 사람들은 자신의 글에 대한 피드백을 비판으로 오해하고 상처를 받는 경우가 있기 때문이다. 게다가 피드백을 모두 반영해야 하는 것도 아니다. 피드백 요청 권한도 글 쓰는 사람에게 있지만, 피드백을 반영하여 글을 고쳐 쓸지 말지를 결정하는 권한도 글 쓰는 사람에게 있기 때문이다.

피드백은 실재하는 독자의 반응 정도로 생각하는 것이 좋다. 글을 완전히 마무리 짓고 출판하기 전까지 독자들의 반응을 확인할 수 없다. 그러나 글을 완전히 마무리 짓지 못했다고 하더라도 주변 사람들에게 내 글을 보여준다면, 내 글이 어떻게 읽힐 것인지 추정할 수 있는 단서를 얻게 된다.

피드백을 받는 사람이 유의해야 할 점은 피드백을 해준 사람에게 구두언어로 방어하지 않는 것이다. 만약 방어를 하고 싶다면, 자신의 글에 반영하면 된다. 보통 글이 완성되기 전에, 또는 초고 수준의 글을 다른 사람에게 피드백을 받게 하면, 대부분의 사람들이 피드백을 해준 사람에게 구두언어로 자신의 글의 논리에 대해 설명하려고 하는 모습을 많이 본다. 그러나 그런 행위는 자신의 글쓰기 과정에서도 비생산적인 행위이며 피드백을 해준 사람에 대한 예의라고 할 수도 없다.

글은 문자언어인 글로서만 이해되어야 잘 쓰인 글이라고 할 수 있기 때문이다. 피드백을 해준 사람이 내 글에서 의아하게 생각한 부분이 있다면, 그것은 내 글을 읽을 다른 독자들도 의문을 떠올릴 수 있는 부분이라고 판단하면 된다. 피드백을 받는 이유가 글만으로 독자가 이해할 수 없는 부분을 미리 파악하여 명쾌하게 이해할 수 있도록 보완하기 위함이다. 그래서 학위논문의 예비심사 자리에서 피드백을 하는 사람만 말할 수 있고 논문을 쓴 사람은 아예 답변하지 못하게 하는 경우도 있다.

(5) 목표 설정하기

글쓰기 모임을 통해 글쓰기를 진행한다면 장기 목표를 설정하기보다 단기 목표를 설정하는 것이 좋다. 몇 주까지가 단기이고 몇 주 이상이 장기인지는 상황에 따라 다르므로 독자의 판단에 맡기는 것이 좋을 듯싶다. 시간이 많은 모임의 경우 자칫 잘못하면 글쓰기의 방향을 잃고 사교모임의 장이 되기 쉽기 때문이다. 마감이 얼마 남지 않은 글을 쓰는 모임이라면, 마감 기한의 압박에 시달려 글쓰기와 상관없는 이야기를 하려고 해도 입이 떨어지지 않을 것이다. 물론 마감이 얼마 남지 않았다고 하더라도 구성원 중 한두 명 정도는 모임의 본질적 의도를 잃고 사적인 이야기를 시작할 수 있다. 따라서 단기 목표 설정과 함께 글쓰기 모임 시간 운영 지침을 정해두고 글쓰기 시간을 확보하는 것도 한 가지 방법이 될 수 있다.

단기 목표와 함께 고려할 것은 시간 관리이다. 시간 관리에 성공하는 것이 글쓰기 성공이라고 단언할 수 있을 만큼 글쓰기에서 시간 관리는 매우 중요하다. 대부분의 글쓰기는 마감 기한이 있다. 매우 슬프기도 하지만 필요악이기도 하다. 전문 필자라고 하더라도 마감 기한이 남아 있다면, 지금까지 쓰고 있던 원고를 놓기가 쉽지 않기 때문이다.

친구와 함께 글을 쓰면 좋은 이유가 즉각적인 피드백을 받을 수 있다는 점이다. 피드백에는 긍정적 피드백과 부정적 피드백이 있다. 긍정적 피드백은 곧 칭찬이다. 글쓰기는 매우 어려운 작업이므로 글을 쓰는 과정에서 중단하고 싶은 욕구가 들기도 한다. 이때 글에 대한 칭찬은 힘든 글쓰기를 유지할 수 있는 동력이 될 수 있다. 그러나 칭찬은 글을 다 쓰고 출판해야만 받을 수 있다. 아니, 출판한 이후라고 해서 독자들에게 칭찬받는 일은 그리 흔하지 않다.

그러나 여러 명이 한 편의 글을 함께 쓴다면 글을 쓰는 과정에서 서로 격려할 수 있다는 장점이 있다. 글을 쓰고 있는 사람을 향한 막연한 격려나 칭찬은 글쓰기에 도움이 되지 않을 수 있지만, 지금까지 쓴 글에 대한 구체적인 칭찬은 글을 쓰고 있는 사람에게 확신을 줄 수 있을 뿐만 아니라 힘을 내게 해준다. 그런데 글을 쓰는 과정에서 글에 대한 구체적인 칭찬은 글을 직접 쓰는 사람이어야 할 수 있다. 따라서 친구들과 글쓰기 그룹을 만들어 한 편의 글을 함께 쓰는 활동은 글쓰기 동기 부여 차원에서 긍정적인 힘을 줄 수 있다.

학술적 글쓰기는 학문적 연구의 결과물을 담아내는 것이 일반적이다. 학술적 주제에 대한 학술적 관점을 투여해 해석한 것을 토대로 주장을 서술하게 된다. 학술적 글쓰기는 일반 글쓰기에 비해 우선 분량이 많은 편이고 내용 또한 일반 글과는 달리 학술적인 내용을 담게 된다.

다음은 학술적 글쓰기의 사례이다.

글쓰기에서의 말하기 영향 – 의사소통 측면을 중심으로

1. 들어가기

현재 대학은 물론 사회에서 글쓰기 교육을 체계적으로 행하고 있지만 의사소통의 실질적인 수단이 되고 있는 말하기와 연계하기보다 분리해 접근하고 있는 것이 현실이다. 글쓰기와 말하기를 동일한 의사소통의 수단으로 인식하기보다는 두 영역이 서로 별개의 것으로 간주하는 경향이 있다. 대학에서 글쓰기와 말하기의 교과가 개설되고 있다고 하더라도 두 영역을 통합적으로 운영하기보다는 분리해 운영하고 있으며 교과 담당자 또한 일부 대학을 제외하고는 분리해 접근하고 있다.

글쓰기와 말하기는 의사소통의 측면에서 볼 때 거의 대동소이하다. 글쓰기와 말하기는 의사소통 측면에서 볼 때 메시지의 선택에서부터 구성이나 배열까지 동일한 과정을 겪게 된다. 글쓰기와 말하기의 차이점이 있다면 메시지의 표현 방법에 불과하다. 글쓰기는 문어로 표현되고 말하기는 구어로 표현된다는 점이 다르며, 메시지를 설득적으로 전달하려는 목적은 동일하다. 글쓰기도 필자가 독자에게 메시지를 정확하게 전달하고 그 내용을 설득적으로 전개하고자 하는 부분은 말하기와 전혀 다르지 않다.

그러나 의사소통 측면에서 볼 때 말하기가 글쓰기보다 더 현실적이고 보편적인 언어 행위에 속한다. 글쓰기에서는 언어 행위 자체로 볼 때 메시지가 정형화된 틀에 제시되지만 말하기는 메시지가 유동적으로 구성될 뿐만 아니라 의사소통에서 중요시되고 있는 설득적인 요소도 글쓰기보다 더 많이 갖고 있다. 그로 인해 의사소통 측면에서 보면 말하기가 글쓰기에 많은 영향을 주고 있으며, 말하기의 원리나 기법이 글쓰기에 활용되고 있는 부분이 적지 않다.

2. 의사소통으로서의 말하기와 글쓰기

말하기와 글쓰기는 인간의 언어 행위로서 상호 깊은 연관성을 가질 뿐만 아니라 서로 보완적인 관계를 유지하며 발전해나간다. 말하기가 구어적인 언어 행위이면서도 글쓰기에 직접적인 영향을 주고 있으며 글쓰기 또한 문어적 언어 행위이면서도 말하기에 적지 않은 영향을 끼친다. 그러므로 말하기와 글쓰기는 서로 공생적인 관계에 있으며 인간의 언어활동을 주체적으로 이끌어간다고 할 수 있다.

인간의 언어 행위는 듣기와 말하기, 읽기, 쓰기로 나누며, 이들 가운데 하나라도 제대로 수행하지 못하면 정상적인 언어활동을 하는 데 어려움을겪게 된다. 듣기와 말하기는 음성이라는 목소리를 매개로 하는 청각적 언어 행위이고, 읽기와 쓰기는 인간이 만들어낸 문자를 매개로 하는 시각적 언어 행위이다. 그런데 말하기는 듣기만이 토대가 되는 것이 아니라 읽기와 쓰기도 토대가 되고, 쓰기는 읽기만이 토대가 되는 것이 아니라 듣기와 말하기도 토대가 된다.

말하기는 언어 행위를 하기 위해 특별한 수단이 요구되지 않을뿐더러 메시지의 전달 과정에서도 도구적인 수단이 요구되지 않는다. 그러나 글쓰기는 메시지를 담아내는 공간과 표현수단이 필요하고 메시지의 전달과정에서도 도구적인 수단이 요구된다. 또한 말하기가 글쓰기보다 언어 행위의 실현에서도 행위자의 심적 부담이 적게 작용하는 측면도 있다. 글쓰기는 언어 행위를 하는 데 있어서 적지 않은 심적인 부담을 갖는 반면, 말하기는 언제 어디서든지 아무런 부담감을 갖지 않고 행할 수 있는 장점이 있다.

의사소통 측면에서 볼 때도 말하기가 글쓰기보다 메시지의 전달에서 더 효율성을 지니고 있을 뿐만 아니라 소통의 주된 목적이 되는 설득의 요소도 더 많이 갖고 있다.[1] 그로 인해 언어활동에서 말하기가 글쓰기보다 더 보편성을 갖게 되었고, 그것이 결국 말하기의 효용성이 글쓰기에 직접적인 영향을 주는 형태를 취하게 되었다. 이러한 영향이 현재의 글쓰기에 전반적으로 나타나고 있다.

3. 글쓰기에 나타난 말하기의 요소

1) 구성적 측면

말하기의 이론을 다루는 수사학은 메시지를 전달하는 데 있어서 청자를 어떻게 설득해야 하는지를 핵심적인 내용으로 하고 있다. 수사학에서는 화자가 청자에게 메시지를 단순히 전달하는 데 그치는 것이 아니라 청자를 설득하기 위해 메시지의 선택에서부터 구성, 전달 방법에 이르기까지 체계적인 접근이 요구된다는 입장을 취한다. 수사학 이론을 체계화한 아리스토텔레스는 말하기의 주제에서 그 속에 내포된 설득의 가능성을 추출해내는 기술이라고 주장한다.[2] 그런데 말하기가 설득력을 가지려면 기본적으로 메시지 자체도 중요하지만 메시지의 구성과 배열 또한 설득력을 가져야 한다.

일반적으로 메시지는 서론과 본문, 결론으로 구성된다. 메시지가 서론과 본문, 결론으로 구성되는 것은 기본적으로 메시지의 완결성을 추구하고자 함에 있지만 청중에게 관심을 유도하면서 메시지를 효과적으로 전달하고자 하는 데서 비롯된다. 이러한 구성은 인간의 사고 방식에 기초하고 있으며, 그것은 결국 설득의 원리가 되고 있는 셈이다.[3)]

글쓰기도 말하기와 동일한 구성을 취하지만 말하기에 비하면 메시지를 담아내는 데 유동성을 적게 갖는다. 글쓰기에서는 메시지를 기존의 전형적인 틀에서 천편일률적으로 담아내거나 메시지의 구성에서 설득적인 부분을 고려하지 않는 경향이 있었다. 그런데 최근 글쓰기에서도 말하기에서 설득에 기초한 구성 원리가 직접 활용되고 있다. 말하기는 크게 두괄식 말하기와 미괄식 말하기로 나눈다. 두괄식 말하기는 핵심적인 내용을 제시하고 부가적인 내용을 추가적으로 제시하는 말하기가 해당한다. 미괄식 말하기는 상황적인 내용을 제시하고 마지막 부분에 핵심적인 내용을 제시하는 방법이다. 말하기의 상황에 따라 다르지만 말하기에서는 두괄식 말하기가 많이 선호되고 활용된다. 두괄식 말하기는 미괄식 말하기보다 메시지를 더 효율적이고 명료하게 전달하는 경향이 있다.

물론 두괄식 말하기 기법은 장문의 글쓰기에도 드러난다. 장문의 글쓰기에서는 두괄식 말하기 기법을 중심으로 하지만 미괄식 말하기 기법을 혼합해 사용하고 있다. 이 글에서는 두괄식 말하기 기법의 서두에 해당하는 핵심 내용을 먼저 서술하고 그다음 중요하지 않은 것에서부터 중요한 것으로 전개된다. 이러한 유형의 대표적인 글이 바로 인터뷰 글이다. 인터뷰 글은 인물의 인간 됨됨이를 담아내지만 길고 장황하게 기술된다. 또한 이러한 구성은 현재 자기소개서나 논문 등 긴 내용의 글을 쓸 때 적지 않게 활용되고 있다. 이러한 부분은 글쓰기가 말하기의 영향을 받고 있고 그 영향으로 글쓰기가 새로운 패턴으로 바뀌고 있음을 말해준다.

2) 내용적 측면

의사소통에서 메시지는 핵심적인 역할을 한다. 말하기에서 메시지는 의사소통의 목적과 상황에 따라 가변적으로 제공되며 말하기의 상황이나 청자의 반응에 따라 메시지의 구성도 부분적으로 달라진다. 그러나 말하기의 중심은 화제이고 화제는 곧 메시지의 핵심 내용인 주제가 된다. 말하기는 소통을 목적으로 하고 그 목적을 실현하기 위해 화제를 중심으로 수행하게 된다.[4] 말하기에서 화제를 중심으로 수행하는 것은 메시지를 명료하고 효율적으로 전달하고자 함이며 궁극적으로는 청중을 설득하기 위한 전략의 하나이다.

그런데 글쓰기에서는 말하기와는 다르게 주제 중심의 서술을 크게 강조하지 않았다. 일부 글쓰기에서는 주제를 정하지 않거나 주제가 있다고 하더라도 주제를 효율적으로 제시하기 위한 방안을 그다지 강구하지 않았다. 그러나 말하기에서 주제 중심의 화법이 선호되면서 글쓰기에서도 주제를 강조하는 경향이 두드러졌다.

현재 주제 중심의 글쓰기로 바뀐 글이 자기소개서와 이력서이다. 기존의 자기소개서는 태어난 시점을 시작으로 성장배경이나 과정을 두서없이 나열하는 식이었으며, 글쓰기를 할 때도 독자를 고려하기보다는 글 쓰는 사람의 일방적인 내용을 담아내는 경향이 있었다. 그리고 글의 내용도 개인적인 것에 대해 단순히 소개하는 데 그쳤다. 그러나 이러한 서술 방식은 독자에게 관심과 설득을 유도하기 어려웠으며, 그 결과 주제를 중심으로 서술하게 되었다. 이력서도 과거에는 주제가 없는 글쓰기를 했으나 지금은 주제를 중심으로 내용을 담아낸다. 이러한 부분은 말하기의 기법을 원용한 것으로 풀이된다.

또한 현재 말하기에서는 논증이 핵심적으로 학습되고 있으며 그 영향이 글쓰기에도 그대로 수용되고 있다. 글쓰기에서는 그동안 논리성이 강조되기보다는 단순한 줄거리의 흐름이나 문법적인 전개를 강조했으며 내용의 충실성에 많은 무게를 두었다. 하나의 주제에 대해 글을 쓸 때 논리적인 전개보다는 내용을 얼마나 충실하게 담느냐에 비중을 두었다. 글의 평가에서도 논리성이 잣대가 되는 것이 아니라 내용의 충실성이나 효과성에 중점을 두었다. 결국 말하기가 중요한 의사소통수단으로 부각되면서 글쓰기에서도 논리성이 강조되고 있다.

3) 표현적 측면

말하기에서는 정확한 의사소통을 위해 문장을 간결하게 구사하는 것이 일반적이다. 말하기에서 문장을 길고 복잡하게 사용하면 메시지를 명료하게 전달하기가 어렵다. 말하기는 상황 의존적이어서 현장의 상황에 따라 문장을 즉흥적으로 구사한 글쓰기에서처럼 문장을 전개할 때 정교한 문법적 체계를 따르지 않고 표현의 생동감을 살리면서 오직 메시지의 명료한 전달에만 집중하는 경향이 있다. 말하기에서 문장을 짧게 구사하는 것은 구어적 전달 방식에 의한 것이지만, 비언어적 표현이 동원되는 것도 한 요인이 된다.

말하기에서는 표현 방법으로 언어적 표현뿐만 아니라 비언어적 표현도 동시에 구사된다. 말하기의 비언어적 표현은 화자와 청자의 묵시적 소통수단이 되고 있을 뿐만 아니라 언어적 표현의 보완적인 역할을 한다. 말하기의 언어적 표현이 덜 논리적이고 체계적이라고 하더라도 비언어적 표현을 통해 메시지의 전달이 가능하며, 이는 결국 말하기가 글쓰기보다 훨씬 간결한 문장을 사용하게 하는 구실을 한다.

또한 말하기와 글쓰기의 표현 차이는 구어인가와 문어인가에 있다. 그런데 글쓰기에서는 구어적 표현의 사용을 금기시하는 경향이 있었다. 구어적 표현은 어디까지나 말하기의 표현 방법으로 글쓰기에서는 사용해서는 안 된다는 인식이 강하게 자리 잡고 있었다. 그러나 말하기가 대중적인 의사소통수단으로서 중요하게 여겨지면서 글쓰기에서도 구어적 표현을 사용하는 경우가 많아지고 있다.

글쓰기에서 나타나는 구어적 표현은 두 가지 형태이다. 하나는 어휘상의 표현이고 다른 하나는 문장상의 표현이다. 어휘상의 표현은 일반 글쓰기에서 많이 나타나고 문장상의 표현은 인터넷 글에서 많이 나타난다. 어휘상의 표현에서는 대개 문어적 표현 가운데 한두 개의 어휘만이 구어적 표현으로 사용된다. 예를 들어 "이건 우리 사회에서 가장 중요한 거다"라는 문장을 보면 '이건'과 '거다'가 구어적 표현에 해당한다. '이건'은 문어적 표현 '이것은'의 구어적인 표현이고 '거다'는 '것이다'의 구어적 표현이다. 그뿐만 아니라 '그럼', '긴데' 등의 표현이 자주 사용된다. 문장상의 표현에서는 전체 문장이 말하기 투로 표현된다. 예를 들면 "이건 전화긴데 니가 가져라"는 식으로 표현된다. 이러한 표현은 일상의 말투를 그대로 문장화한 사례에 속한다.

4. 글쓰기의 소통구조 변화

글쓰기에서 말하기 기법이 활용되고 있는 것은 의사소통 측면에서 볼 때 말하기가 글쓰기보다 메시지의 전달에서 더 효과적인 측면이 있음에 기인하지만, 글쓰기의 의사소통 구조의 변화도 크게 작용하고 있다. 과거에 글쓰기와 말하기의 의사소통 구조는 확연한 차이가 있었다. 말하기의 소통구조는 한마디로 순환적 구조이다. 말하기의 소통구조는 화자와 메시지, 청자로 구성된 상호교류모델을 갖는다. 그러나 글쓰기는 말하기와는 달리 직선적 구조를 취한다. 글쓰기에서는 필자와 독자가 동일한 공간에 존재하지 않으며 필자와 독자 간의 상호 교류도 이뤄지지 않는다. 필자가 메시지를 일방적으로 전달하고 독자는 메시지를 수용하는 입장이 되며, 메시지는 오직 언어적인 것으로만 전달된다. 필자의 감정이나 태도, 움직임은 전혀 전달될 수 없으며 메시지의 전달과정에서 독자의 반응을 고려하지 못한다. 그로 인해 글쓰기는 필자의 일방적인 메시지 전달만이 가능했고 독자를 고려한 메시지의 전달은 거의 전무하다시피 했다. 그리고 필자는 메시지의 선택을 오직 독자에게 맡기고 독자의 반응에는 다소 소홀히 하는 경향을 갖고 있었다.

그런데 인터넷의 등장으로 인해 글쓰기가 말하기와 유사한 소통의 환경을 갖게 되었다. 인터넷은 글쓰기가 과거 일방적인 메시지 전달과는 달리 쌍방향 커뮤니케이션을 가능하게 하고 있으며 메시지 전달과정에서 필자가 독자의 반응에 따라 메시지를 직접 수정하는 것도 가능하다. 현재 글쓰기에서 독자와 필자의 명확한 구분마저 허물어지고 있다. 특히 인터넷의 댓글이나 채팅에 나타난 글을 보면 필자가 누구이고 독자가 누구인지 구별되지 않는다.

5. 나가기

글쓰기에서 말하기 기법이 많이 활용되고 있는 것은 미디어의 발달과 직접적인 연관이 있다. 특히 인터넷의 발달로 인해 글쓰기의 소통구조가 변화되었고, 그로 인해 글쓰기에서 말하기의 요소가 많이 수용되고 있다. 현재 일반인들이 많이 활용하고 있는 인터넷 글쓰기는 말하기에서부터 시작되었고 대표적인 말하기 중심의 글쓰기가 댓글과 채팅이다. 블로그의 글 또한 말하기 중심의 글이 대부분이다. 이들 글은 기존의 글쓰기와 말하기가 혼재된, 글쓰기의 과도기적인 현상까지 보여주고 있으며, 일상의 말하기와 거의 유사한 경향을 보인다. 결국 말하기와 글쓰기는 서로 동떨어진 것이 아니라 서로 깊은 연관성을 갖고 있을 뿐만 아니라 의사소통 측면에서는 글쓰기가 오히려 말하기의 원리나 방법을 응용하고 있다고 할 수 있다. 의사소통 측면에서 접근하면 말하기와 글쓰기는 사고의 논리적 표현이다. 말하기와 글쓰기는 인간의 사고를 토대로 사고한 내용을 조합하고 배열해 표출하는 방법이며 두 영역의 차이는 표출 방법에서만 존재한다. 결국 글쓰기와 말하기는 서로 동떨어진 것이 아니라 서로 동질적이며 밀착된 관계를 갖고 있다. 글쓰기 교육 또한 말하기와의 연계할 필요가 있다.

〈황성근, 「글쓰기에서의 말하기 영향-의사소통 측면을 중심으로」, 『사고와 표현』 4권, 한국사고와 표현학회, 2011, 183~210쪽 요약.〉

참고문헌

김영임, 2004, 《방송화법》(서울: 한국방송대학교 출판부).

박성창, 2004, 《수사학》(서울: 문학과 지성사).

황성근, 2009, 〈말하기 교육에서 글쓰기의 효과와 연계 방안〉, 《작문연구》 제8집(서울: 한국작문학회).

리틀존, S. W., 김홍규 역, 2001, 《커뮤니케이션 이론》(서울: 나남출판).

---

1) 김영임, 2004, 《방송화법》(서울: 한국방송대학교 출판부), 38쪽.
2) 박성창, 2004, 《수사학》(서울: 문학과 지성사), 35쪽.
3) 황성근, 〈글쓰기란 무엇인가〉, 가톨릭대학교 학보(2009년 9월 29일자) 3면.
4) S. W. 리틀존, 김홍규 역, 2001, 《커뮤니케이션 이론》(서울: 나남출판), 145쪽.

III

문장 전개와 한글 문법

1.
문장의 의미

문장은 글 쓰는 이의 생각이나 느낌을 표현하는 가장 작은 단위이다. 좋은 문장은 여러 단어들이 질서 있게 어우러져 있는 문장이다. 따라서 자신의 생각과 느낌을 효과적으로 전달하기 위해서는 적절한 단이를 사용하고 문법에 맞는 올바른 문장을 써야 한다. 문장과 문장의 연결도 매우 중요하다. 좋은 문장을 아무리 많이 쓰더라도 문장과 문장이 내용상 잘 연결되지 않는다면 아무 소용이 없기 때문이다. 결국 글이란 문장이 모여 단락을 이루고 단락들이 모여 전체가 완성되는 것이므로 문장 하나에서부터 자신의 생각이 쉽고 분명하게 표현되도록 해야 한다.

먼저 문장의 기본 구조를 익혀보자. 우리말에서 하나의 문장은 원칙적으로 다음의 구조를 가지고 있다.

- 무엇이 어찌한다.
- 무엇이 어떠하다.
- 무엇이 무엇이다.

위의 세 가지 형식에서 '무엇이'가 주어에 해당하고, '어찌한다', '어떠하다', '무엇이다'가 서술어에 해당한다. 우리말에서 모든 정상적인 문장은 주어와 서술어가 반드시 갖추어져 있어야 한다. 즉, 주어-서술어는 문장 구성에 필수적인 요소이다. 여기서 가장 유의해야 할 점은 어떠한 경우에도 주어-서술어는 항상 하나의 생각만을 나타내야 한다는 것이다. 물론 주어-서술어가 2개 이상 들어 있는 문장(복문)도 가능한데, 이때는 여러 개의 주어-서술어 가운데 맨 뒤에 오는 주어-서술어가 글쓰는 이가 말하려는 주된 생각이다.

2.
문장 전개의 원칙

좋은 문장이란 한 번 읽어서 쉽게 이해할 수 있는 문장이다. 문장을 쉽게 이해하기 위해서는 모든 글에서 주어와 서술어가 분명하게 드러나야 한다. 그럼에도 불구하고 주어와 서술어의 연결이 잘못되었거나 불분명한 경우 혹은 주어와 서술어의 연결이 너무 복잡하여 그 문장을 여러 번 되풀이하여 읽어야 의미가 파악되는 경우도 있다. 또 문장에 빠뜨리지 말고 써야 할 성분을 생략해버리거나 불필요한 어구를 반복하게 되면 문장의 정확한 뜻을 이해하기도 어려울뿐더러 문장의 뜻을 곡해해버릴 수도 있다. 다시 말해, 하나의 의미만을 나타내어 오해의 소지가 없는 문장, 주어 · 서술어 · 목적어 등의 주요 성분이 분명한 문장, 수식어가 꾸미는 말이 무엇인지 분명히 알 수 있는 문장이 좋은 문장이다.

문장에서 주어-서술어 구조가 1개인 문장을 '단문', 2개 이상인 문장을 '복문'이라고 한다. 이 중 모든 문장의 기본이 되는 것은 단문이다. 단문은 글 쓰는 이의 생각을 간결하게 표현해주며 명쾌한 느낌을 준다. 그러나 단문만을 연이어 사용하면 글이 단조로워지고 때로는 논리적 연결이 불분명하여 문맥이 끊길 수도 있다. 그래서 글을 풍성하면서도 문맥이 자연스럽게 이어지도록 하기 위해서는 단문과 복문을 적절히 함께 써야 한다.

> 주어 – 서술어가 하나인 문장(단문): 나는 학생이다.
>
> 주어 – 서술어가 2개 이상인 문장(복문): 나는 야구를 좋아해서 야구장에 자주 간다.

첫 번째 예문에서는 '나는 학생이다'라는 것이 글쓴이의 중심 생각이고, 두 번째 예문에서는 '야구장에 간다'는 것이 중심 생각이 된다. 이처럼 여러 개의 주어 – 서술어가 들어 있는 복문이라 하더라도 글쓴이가 나타내려고 하는 중심 생각은 하나이고 그 '주어 – 서술어'는 문장 뒷부분에 위치한다.

이제 올바른 문장을 쓰기 위해 유의해야 할 점 몇 가지를 살펴보자. 먼저 수식어는 되도록 피수식어에 가깝게 놓는다.

> 그러므로 계속 자국의 전통문화와 그에 대한 연구를 지원함으로써 흐름을 이어나갈 수 있게 해야 한다.

'계속'은 '이어나갈 수 있게'를 꾸며주는 말, 즉 수식어이다. 그런데 '계속'이 너무 일찍 나와서 이 말이 '이어나갈 수 있게'를 꾸며주는지 알기 어렵게 되었다. 이것을 막는 방법은 수식어를 피수식어 바로 앞에 놓는 것이다. "그러므로 자국의 전통문화와 그에 대한 연구를 지원함으로

써 흐름을 계속 이어나갈 수 있게 해야 한다" 정도로 고치면 된다.

또한, 우리가 평소에 쓰는 문장은 문학적인 글보다는 실용문이 대다수이다. 이러한 글은 다수에게 자신의 생각을 표현하는 글이므로 언제 어디에서나 통용되는 객관성을 갖추어 써야 한다. 그렇기 때문에 불필요하고 자의적인 수식어는 최대한 줄이는 것이 좋다.

> 미국은 이번 우크라이나 사태를 자신들의 의도대로 해결했을 경우 1950년대 이래 강력한 경쟁자로 대결해왔던 러시아를 세계무대에서 확실하게 따돌리고 유일한 지구촌 경찰국으로서 세계를 좌지우지하는 '모노폴리 슈퍼파워'가 될 수 있다는 가능성을 확실하게 엿본 끝에 다른 사소한 문제는 무시해버리는 승부수를 던진 것이 아닐까.

이 문장은 수식어가 길기도 하지만, 수식 관계가 너무 복잡하여 중의적으로 읽힐 우려도 있다. 수식 관계만 살펴본다면, '1950년대 이래 강력한 경쟁자로 대결해왔던'은 '러시아'를 수식하고 있는데, '…… 러시아를 …… 따돌리고 유일한'이라는 구절은 또 '경찰국'을 꾸미고 있다. 그리고 다시 '…… 경찰국으로서 …… 좌지우지하는'이라는 구절이 수식어가 되어 '모노폴리 슈퍼파워'를 수식하고 있으며, 그 문장은 또 '가능성'을 수식하고 있다. 이처럼 수식하는 말이 과도하게 길면 문장의 요지를 파악하기 어렵고, 문장 자체도 너무 늘어져 읽는 이의 집중력이 흐려지며 문장도 비문이 되기 쉽다.

같은 표현이나 비슷한 의미를 가지는 표현을 특별한 이유 없이 중복하여 사용하는 것도 피해야 한다. 같은 단어를 반복하거나 의미가 같은 단어를 중복해서 쓰는 것은 바람직하지 못하다. 군더더기가 없어야 깔끔한 문장이 된다.

> 본 과정은 대학생 및 청년층 대상의 취업 교육을 담당하는 전문 청년 취업 강사 양성을 목적으로 하고 있습니다.

이 예문은 비슷한 표현이 부적절하게 여러 번 반복되어 요점을 알기 어렵다. 먼저 '대학생 및 청년층'이라는 표현은 마치 '대학생'은 '청년층'이 아니라는 뜻으로 읽힌다. '전문 청년 취업 강사'도 오해의 여지가 있는 표현이다. 취업 강사가 청년이라고 생각될 수 있기 때문이다. 따라서 청년을 대상으로 하는 취업 강사는 '청년 취업 전문 강사'로 표현해야 한다. 따라서 위 문장은 "본 과정은 청년 취업 전문 강사 양성을 목적으로 하고 있습니다" 정도로 간단히 고칠 수 있다.

아래 문장은 두 가지 의미로 해석될 수 있다.

> 영희가 멋진 신발을 샀다.

하나는 영희가 여러 가지 신발 중에서 특별히 '멋진 신발'을 샀다는 의미이고, 다른 하나는 영희가 신발을 샀는데 필자가 보니 '멋지더라'라는 의미이다. 문학적인 글에서는 이러한 모호성이 용인될 수 있겠지만, 실용문에서 이러한 표현은 오해를 불러일으키거나 내용 파악을 방해하는 중대한 요인이 될 수 있다.

다음은 흔히 쓰는 중복 표현이다. 주의하자.

가까운 측근(側近), 간단히 요약(要約)하다, 같은 동포(同胞), 거의 대부분, 결실(結實)을 맺다, 공기를 환기(換氣)하다, 공사에 착공(着工)하다, 계약(契約)을 맺다, 기간(其間) 동안, 남은 잔금(殘金), 남은 여생(餘生), 너무 과(過)하다, 늙은 노모(老母), 다시 재론(再論)하다, 더러운 누명(陋名), 돈을 송금(送金)하다, 둘로 양분(兩分)하다, 따뜻한 온정(溫情), 맡은 바 임무(任務), 머리를 삭발(削髮)하다, 매(每) 2년마다, 먼저 선취점(先取點)을 얻다, 미리 예습(豫習)하다, 미술(美術)을 그리다, 방치(放置)해두다, 사나운 맹견(猛犬), 사전에 예방(豫防)하다, 산재(散在)하고 있다, 상을 수상(受賞)하다, 서로 상의(相議)하다, 소급(遡及)하여 올라가다, 수확(收穫)을 거두다, 스스로 자각(自覺)하다, 시끄러운 소음(騷音), 시험에 응시(應試)하다, 쓰이는 용도(用度), 역전(驛前) 앞, 오랜 숙원(宿願), 옥상(屋上) 위에, 작품을 출품(出品)하다, 전기가 누전(漏電)되다, 죽은 시체(屍體), 중요한 요건(要件), 침입(侵入)해 들어오다, 책을 읽는 독자(讀者), 판이(判異)하게 다르다, 푸른 창공(蒼空), 피해(被害)를 입다, 해변(海邊)가, 회사에 입사(入社)하다, 회의(懷疑)를 품다

문장은 간결해야 한다. 짧은 문장이 무조건 좋은 문장도 아니고 때로는 글 쓰는 이의 의도에 따라 긴 문장이 쓰이기도 하지만, 일반적으로 정확한 생각의 전달은 간명한 문장으로 하는 것이 좋다. 문장이 길어지면 읽는 이가 지루하게 느낄 수 있고, 글 쓰는 이의 의도를 쉽게 이해하지 못할 수 있기 때문이다.

인간 존재는 사회적 존재이며, 그런 면에 있어서는 온갖 윤리적 · 사법적 규범으로부터 결코 자유로울 수 없다는 점은 그 어떤 자유 지향의 예술인의 경우라 하더라도 부인될 수 없는 이치이다. 그러나 이보다 먼저 선행되어야 할 인식은, 그 인간 존재의 개별적 위엄이며, 독자적인 인격체로서의 권리이다. 가능한 한, 이 위엄과 권리는 덜 억압되어야 하며, 그런 차원에서 도덕과 법을 행사하는 한 사회와 국가는 정당성을 가질 수 있다. 성 문제도 기본적으로 이러한 범위 내에서 수용되고, 또 연구되어야 한다.

위의 예문을 보면 문장이 지나치게 길고 단어는 중복되어 있으며 문장 부호(쉼표)가 남용되어 있는 등 글이 전체적으로 혼란스럽고 난삽하다. 읽는 이에게 글의 의도를 분명하게 전달하기 위해서는 문장을 가능한 한 간명하게 쓰는 것이 좋다. 즉, 한 문장 안에 주어－서술어는 2개 이상 포함되지 않는 것이 좋다. 그 이상 길어지면 위와 같이 문장의 내용 파악이 어려워지기 때문이다. 따라서 하나의 문장에는 하나의 생각만 담도록 한다.

또, 문장이 길어지면 글을 쓰는 입장에서도 주어와 서술어를 잘못 연결하는 등 문법적이지 못한 문장을 쓸 가능성도 훨씬 높다.

○○코리아 검색 서비스는 단 한 번의 키워드 입력만으로 이용자의 요구를 반영한 맞춤 정보를 제공하는 동시에, 웹사이트와 웹페이지는 물론, 뉴스, 이미지, 문서 파일, 백과사전, 쇼핑 상품 등 각종 전문 정보까지 편리하게 검색할 수 있도록 성능을 한층 업그레이드시켰습니다.

이 문장은 한 문장으로 이루어져 있다. 그러나 서술어 '업그레이드시켰습니다'가 등장하기 전까지 나온 말들이 너무 많아 주어와 서술어의 거리도 멀어졌고 주어도 서술어와 호응이 되지 않는다. 이와 같이 긴 문장은 비문이 되기 쉽다. 여기서는 주어가 '검색 서비스'이므로 서술어를 '성능이 한층 업그레이드되었습니다'로 고쳐야 한다.

3.
문장 전개의 방법

문장을 쓸 때 가장 고려해야 할 사항은 문장 성분 간의 호응 관계이다. 문장 성분 간의 호응 관계가 이루어지지 않으면 문장 전개가 부자연스러워지기 때문이다. 여기서 문장 성분이란 문장의 구성요소이며 주성분, 부속 성분, 독립 성분으로 나뉜다. 주성분은 문장 골격을 이루는 성분이며 주어, 서술어, 목적어, 보어가 있다. 부속 성분은 주성분의 내용을 수식하는 성분으로, 부사어와 관형어가 있다. 알다시피 부사어와 관형어는 서술어나 목적어를 수식한다. 독립 성분은 주성분이나 부속 성분과 직접적인 관련은 없고 문장에서 독립적으로 기능하는 성분이다. 독립 성분은 흔히 감탄사 등 독립적으로 기능하는 독립어가 해당한다.

하나의 문장은 둘 이상의 성분들이 조화를 이루어 하나의 의미를 만들어내므로 문장을 쓸 때는 위와 같은 성분 간의 호응 관계부터 세밀하게 살펴보아야 한다. 특히 한국어의 경우 문장 성분의 생략이 비교적 자유롭고, 문장 성분의 위치 바꿈이 쉬운 편이므로 문장 성분 사이의 관계를 문장으로 바르게 표현하지 못하는 경우가 적지 않다.

1) 주어와 서술어의 호응

문장에서 가장 바탕이 되는 관계는 주어－서술어이므로 주요 성분인 주어와 서술어가 호응하지 않으면 곧 비문이 된다. 그러나 글쓰기에서 가장 많이 발견되는 문법적 오류가 바로 주어와 서술어의 호응이 잘못된 것이다. '주어－서술어'가 한두 개인 경우에는 주어와 서술어가 대부분 자연스럽게 일치하기 때문에 문제가 없지만, 주어－서술어가 서너 개 이상 들어간 복합 문장은 주어와 서술어가 호응하지 않는 경우가 많다. 그러므로 길고 복잡한 문장을 무리하게 쓰다 보면 주술 호응에 문제가 생길 뿐 아니라 글의 논리성도 잃게 되고 무엇보다 독자가 문장 내용을 빨리 파악하기 어려우므로 될 수 있는 한 간결하게 문장을 쓰는 습관을 가질 필요가 있다.

> 박 씨의 다정다감하면서도 열정적인 성격은 출연 중인 연극 동료들 사이에서도 인기 만점이다.
>
> → 박 씨는 다정다감하면서도 열정적인 성격 때문에 출연 중인 연극 동료들 사이에서도 인기 만점이다.

이 문장의 주어와 서술어를 추출해보면, '성격은－인기 만점이다'가 되므로 말이 되지 않는다. 인기가 있는 것은 성격이 아니라 '박 씨'이기 때문이다. 이와 같이 주어와 서술어가 호응하지 않으면 문장이 매우 어색해진다. 다음의 예를 보고 주술 호응이 어떤 점에서 잘못되었는지 생각해보자.

예) 경기장 주변에서는 경기 시작 전에 다양한 행사를 갖는다.

→ 경기장 주변에서는 경기 시작 전에 다양한 행사가 열린다.

예) 그가 지난 3년간 당한 부상은 일본 전지훈련 도중이었다.

→ 그가 지난 3년간 당한 부상은 일본 전지훈련 도중에 일어났다.

예) 박지성의 선발 출전은 체력을 감안했다.

→ 박지성의 선발 출전은 체력을 감안한 것이다.

어떤 문장이든 주어–서술어만 추출해보면 호응이 적절히 이루어졌는지 가늠해볼 수 있다. 위의 첫 번째 문장에서는 '주변에서는–행사를 갖다'가 호응되지 않고, 두 번째 문장에서는 '부상은–도중이다'가 부자연스럽다. 세 번째 문장 역시 '출전은–감안하다'로 호응하지 않는다.

2) 목적어와 서술어의 호응

다음으로 고려할 것은 목적어와 서술어의 호응 관계이다. 목적어는 서술어가 나타내는 행위의 대상으로, 우리말에서는 주로 '–을/를'이 뒤에 붙는다. 주어와 서술어의 관계도 마찬가지이나, 목적어와 서술어 사이에도 너무 많은 수식이 들어가면 문장이 불분명해지기 쉽다. 다음의 예를 보자.

D회사는 개발 비용이 대폭 절감할 수 있을 것으로 기대했다.

언뜻 보기에는 오류가 없어 보인다. 그러나 이 문장에서 'D회사는–기대하다'는 호응하지만, '비용이–절감하다'는 호응하지 않는다는 것을 알 수 있다. '절감하다'는 '아끼어 줄이다'라는 뜻의 타동사이므로 반드시 목적어가 필요하다. 그러므로 '비용을 절감하다' 혹은 '비용이 절감되다'로 고쳐야 한다. 다음의 문장에서도 어떤 점이 잘못되었는지 찾아보자.

- 한국의 축구 팬들은 지난해 월드컵에서 우승을 이끈 박 감독을 전폭적으로 지지했다.
  → 한국의 축구 팬들은 지난해 월드컵에서 한국을 우승으로 이끈 박 감독을 전폭적으로 지지했다.
- 선두 손흥민에 1골 차로 따라붙었다.
  → 선두 손흥민을 1골 차로 따라붙었다.
- 모든 사람은 한 사람의 자연인으로서의 자유는 물론이고 한 사람의 사회인으로서의 책임도 질 줄 알아야 한다.
  → 모든 사람은 한 사람의 자연인으로서의 자유를 누리는 것은 물론이고, 한 사람의 사회인으로서 책임도 질 줄 알아야 한다.

'이끌다'는 타동사로 '사람 · 단체 · 사물 · 현상 따위를 인도하여 어떤 방향으로 나아가게 하다'라는 뜻을 내포하고 있다. 그러므로 '우승을 이끌다'는 적절하지 않고 '누구를 우승으로 이끌다'가 맞는 표현이다. 두 번째 문장의 '따라붙다' 역시 '앞선 것을 바짝 뒤따르다'라는 뜻의 타동사이므로 반드시 목적어가 있어야 한다. 마지막 문장은 문장이 복잡해서 글을 쓰는 이도 글 쓰는 도중에 목적어로 어떤 것을 썼는지 잊어버려 부적절한 문장이 되었다. 따라서 되도록 문장 내부의 수식어를 길게 넣지 말고, 목적어와 서술어의 거리를 최대한 좁혀야 자연스러운 호응을 만들 수 있다.

3) 부사어와 서술어의 호응

부사어는 용언을 꾸며주는 문장 성분이다. 부사어는 문장을 이루는 필수 성분은 아니지만, 서술어의 의미를 보충해주므로 반드시 서술어와 호응을 이루어야 한다. 다음은 자주 사용하는 부사어와 서술어이다. 기본적인 몇 가지만 알고 있어도 실수를 줄일 수 있다.

- 긍정의 호응: 과연 ~했구나
- 부정의 호응: 결코(절대로) ~ 아니다(~해서는 안 된다), 전혀 ~ 없지 않다(아니다), 별로 ~지 않다, 차마 ~ 수 없다, 여간 ~지 않다
- 반의의 호응: 하물며 ~랴?, 뉘라서 ~(으)ㄹ 것인가?
- 가정의 호응: 만약(만일) ~더라도, 혹시(아무리) ~ㄹ지라도, 비록 ~라도
- 추측의 호응: 아마 ~ㄹ 것이다.

• 당위의 호응: 모름지기(마땅히, 당연히, 반드시) ~해야 한다

• 비교의 호응: 마치(흡사) ~처럼(~같이, ~과 같다)

• 인과의 호응: 왜냐하면 ~ 때문이다.

• 높임의 호응: ~께서 ~(선어말 어미)시

예) 선생님께서 너 교무실로 오라셔.

4) 문장 성분의 생략

• 뭐 해?

• TV 봐.

위 예문의 주어는 '너'일 수도 있고 제3자일 수도 있다. 주어가 명확하게 제시되어 있지 않지만 일상적인 대화 상황에서 흔히 쓰인다. 이것은 말하는 상황과 관련된 환경 요소, 곧 말하는 이와 듣는 이 사이에 주어가 '누구'라는 것이 이미 설정되어 있기 때문이다. 그러나 글에서는 문장 성분을 부당하게 생략하면 비문법적인 문장이 되는 경우가 많다. 우리가 말을 할 때에는 위의 예처럼 듣는 이가 상황적인 맥락을 고려할 수 있으므로 문장 성분을 생략해도 무슨 뜻인지 알 수 있지만 글에서는 글쓴이와 독자 사이에 거리가 있고, 언어 외적인 상황적 맥락이 전혀 없다. 오직 글만으로 전후 맥락을 파악해야 한다. 그러므로 문장 성분을 함부

로 탈락시켜서는 독자가 문장의 뜻을 정확하게 파악하기 힘들고, 더 나아가 글 전체의 주제도 파악하기 어려워진다.

> A씨는 ㄴ전자의 연구원으로 근무하면서 스마트폰으로 기계 시설을 전부 촬영하고 B프로젝트 기획서까지 습득한 후 중국의 ㄷ회사에 자료를 모두 넘긴 데서 발단되고 있었다.

언뜻 보기에 잘못된 곳이 없어 보일지 모르겠다. 그런데 자세히 들여다보면 이 문장은 명료하지 못하다. 무엇이 '발단되고 있었다'는 것인지 알 수 없다. 왜냐하면 필요한 주어가 생략되어 있기 때문이다. 문장을 쓸 때는 반드시 주어를 밝혀야 한다.

> 김 씨가 관리해온 돈을 정치자금으로 밝힌 이상, 이제 관심의 초점은 국회의원 이 씨이다.
>
> → 김 씨가 자신이 관리해온 돈을 정치자금으로 밝힌 이상, 이제 관심의 초점은 국회의원 이 씨이다.

위 문장의 주어는 '김 씨'이고, 여기에 호응하는 서술어는 '밝히다'이다. 그런데 '관리하다'의 주어는 찾기 힘들다. '자신이' 정도를 넣어주어야 호응이 된다.

우리말은 주어의 생략이 비교적 자유로운 편으로, 주어를 생략해도 괜찮은 경우도 있다. 한 문장 안에 여러 개의 서술어가 나오고, 그 주어가 모두 같을 경우에는 하나만 남기고 생략하는 것이 오히려 올바른 문장을 쓰는 방법이다. 다음과 같은 경우에는 뒤의 주어를 생략해야 한다.

> 우리는 버스를 타고 (우리는) 학교에 갔다.

그렇지만 서술어마다 주어가 다를 경우에는 그 주어를 생략할 수 없다. 생략에 유의해야 하는 것은 서술어도 마찬가지이다. 특히 서술어의 경우는 대부분 모든 문장의 가장 핵심이 되는 부분이므로 함부로 탈락시키지 않도록 유의해야 한다.

> • 옛부터 몸에 좋은 식품으로 생식의 기능성과 선식의 맛과 영향을 함께 느낄 수 있습니다.
>
> → 예부터 몸에 좋은 식품으로 알려져 왔으며, 생식의 기능성과 선식의 맛과 영향을 함께 느낄 수 있습니다.
>
> • 열악한 관람 여건도 시급한 과제다.
>
> → 열악한 관람 여건도 풀어야 할 시급한 과제다.
>
> • 제프 캐럴은 와일드 라이프 교육 경력만 30년의 베테랑 카우보이
>
> → 제프 캐럴은 와일드 라이프 교육 경력만 30년인 베테랑 카우보이

위 첫 번째 문장에서는 '식품으로'와 호응하는 서술어가 없다. 그러므로 '알려져 오다'를 서술어로 넣어야 분명한 문장이 된다. 더불어 '옛'은 관형사이므로 조사 '부터'와 결합할 수 없어 '예부터'라고 해야 한다. 두 번째 문장에서는 '관람 여건'과 호응하는 서술어가 없다. 어울리는 서술어 '풀다'를 넣어주어야 문맥이 자연스럽다. 마지막 세 번째 문장은 우

리가 흔히 저지르는 실수이다. 이 문장의 경우 주어인 '제프 캐럴'과 호응하는 서술어가 없다. '30년의'를 '30년인'으로 바꿔야 한다.

목적어의 경우도 마찬가지다. 목적어를 필요로 하는 타동사가 서술어로 쓰였을 때는 목적어를 반드시 제시해야 한다.

> B 안락침대는 의료기기가 아니므로 치료할 수 없습니다.

'치료하다'의 목적어는 무엇인가? 아마도 '환자를'이라는 목적어가 빠진 것으로 보인다. 독자가 일방적으로 의미를 짐작할 수도 있겠지만, 역시 친절한 문장은 아니다. 그리고 어떤 경우에는 독자가 예상한 것과 문장 본래의 뜻이 다를 수도 있다. 이와 같이 수식어를 제외한 필수 성분들은 함부로 생략하지 않는 것이 좋다.

> 관중은 입장료 환불 행사의 혜택이 없어진 데 대한 아쉬움이, 구단은 왼쪽 관중석 뒤편에 설치한 대포 136발에 들어간 화약을 모두 회수하는 수고를 해야 했다.
>
> → 관중은 입장료 환불 행사의 혜택이 없어진 데 대한 아쉬움이 남았고, 구단은 왼쪽 관중석 뒤편에 설치한 대포 136발에 들어간 화약을 모두 회수하는 수고를 해야 했다.

위 문장은 복문으로 이루어져 있다. 뒤 문장은 '주어–서술어'의 관계가 '구단–수고를 하다'로 문제가 없지만, 앞 문장은 주어 '관중'에 호응하는 서술어가 없다. 그러므로 관중과 호응할 수 있는 '아쉬움이 남는다'로 고치는 것이 적절하다.

이제 문장 성분 불일치와 생략의 오류를 어느 정도 파악했다면, 문장 성분의 연결도 주의 깊게 살펴야 한다.

5) 문장 연결

글을 쓸 때 문장의 의미를 정확히 도출하는 데는 단문의 형태가 가장 좋다. 하지만 문장을 쓰다 보면 구나 절이 문장 안에 들어가거나 구나 여러 문장이 나란히 연결되어 있는 경우도 있다. 이러한 복문들은 각각의 어미마다 고유한 뜻과 문법적 제약을 가지고 있으므로 사용에 주의해야 한다.

- 그 점원은 그걸 좀 아니까 그렇게 말했겠지.
- 그 점원은 그걸 좀 안답시고 그렇게 말했겠지.
- 그 점원은 그걸 좀 안답시고 그렇게 말하다니…….

위와 같이 어떤 접속 어미를 선택하느냐에 따라 어감이 완전히 달라진다. 또한 문장의 구나 절은 대등하게 연결되어야 한다. 문장의 구나 절을 대등하게 연결하려면 구는 구끼리 연결하고 절은 절끼리 연결해야 한다. 단어를 구와 연결하거나 구를 절과 연결하면 대등한 연결이 아니다.

서민 자녀에게는 국가가 의료비를 지원하는 방안과 실업자의 일부를 뉴스타트 정책으로 흡수하겠다고 공약했다.

→ 서민 자녀에게는 국가가 의료비를 지원하고, 실업자의 일부를 뉴스타트 정책으로 흡수하겠다고 공약했다.

위 문장은 명사구와 명사절이 접속되어 어색한 문장이 되었다. 앞의 구도 절로 고쳐야 한다.

문장에서 구나 절의 연결 방법에는 세 가지가 있다. 구성상 · 의미상 · 표현상 연결 방법이다. 구성상 대등한 연결 방법은 대등한 구성으로 접속해야 한다는 의미다. 문장은 여러 성분으로 구성되고 구나 절을 연결할 때는 구성상 대등한 관계에서 이루어져야 한다.

외모적 요소와 건강 등 내부적 요소로 나누어진다.

→ 외모 등 외부적 요소와 건강 등 내부적 요소로 나누어진다.

이 문장에서는 구의 구성이 대등하지 않다. '건강 등 내부적 요소'와 '외모적 요소'는 대등하게 구성되지 않았다. 대등한 구성이 되려면, "외모 등 외부적 요소와 건강 등 내부적 요소"가 되어야 한다.

의미상 연결 방법은 문장에서 연결되는 뜻이 균형을 이루어야 한다는 말이다. 주로 비교나 대조의 내용을 문장으로 나타낼 때 쓰이는 연결 방법이다. 이때 비교 대상의 의미가 다르면 제대로 비교할 수 없다.

• 큰 사과와 맛있는 배

→ 큰 사과와 작은 배

• 연봉 40억 원의 김 선수와 최저 연봉인 2천만 원을 받는 고졸 신인 윤 군

→ 최고 연봉 40억 원의 김 선수와 최저 연봉인 2천만 원을 받는 고졸 신인 윤 군

표현상 연결도 같은 맥락에서 고려해야 한다.

이 밖에 선인장 하우스에는 평소 쉽게 볼 수 없는 용신목철화, 가스테리아금이 볼거리를 이루고 바나나, 파인애플 등 각종 열대 과일나무도 있다.

→ 이 밖에 선인장 하우스에는 평소 쉽게 볼 수 없는 용신목철화, 가스테리아금이 볼거리를 이루고 있고 바나나, 파인애플 등 각종 열대 과일나무도 있다.

이 문장에서 서술어 어미가 대등한 관계로 연결되지 않았다. 표현상 대등한 관계가 되려면 "가스테리아금이 볼거리를 이루고 있고, 각종 열대 과일나무도 있다"가 되어야 한다. 이와 같이 글을 쓸 때 지나치게 구나 절을 많이 연결하여 사용하면 실수하기 쉽고 적절하게 의도를 펼치기 어렵다. 그뿐 아니라 읽는 이도 내용을 파악하기가 몹시 어려우므로 주의해야 한다.

4.
한글 문법

한글 문법에는 한글 맞춤법, 표준어 규정, 외래어 표기법, 국어의 로마자 표기법이라는 규정이 있다. 문법은 우리말을 사용하는 구성원들이 지켜야 하는 약속이다. 따라서 구성원들의 원활한 의사소통을 위해 문법에 맞는 문장을 써야 하는 것은 당연하며, 문법을 지키지 않은 글은 읽는 이의 신뢰를 받기 어려우므로 각별히 신경 써야 한다.

국어의 로마자 표기법은 한글을 로마자로 적는 방법에 관한 규정이므로 실생활 글쓰기에서는 별로 관련이 없다. 그러므로 여기서는 로마자 표기법을 제외한 어문규정을 간단히 살펴보고 혼동하기 쉬운 예를 제시했다.

1) 한글 맞춤법

한글 맞춤법은 표준어를 소리대로 적되, 어법에 맞도록 함을 원칙으로 한다(한글 맞춤법 규정 총칙 제1항). 즉, 표준어를 한글로 적는 방법에 대한 규정이다. 예를 들면 '사과 값이 얼마인가'에서 '값이'는 소리 나는 대로 적으면 [갑시]가 되는데, 읽는 사람 입장에서 보면 단어 '값'의 뜻이 한눈에 파악되지 않는다. 그렇기 때문에 '어법에 맞도록'이라는 원칙이 있는 것이다. 결국 한글 맞춤법은 소리에 충실하면서도 독서 능률을 높이기 위한 합리적인 절충법이라 할 수 있다.

그러나 한글 맞춤법이 마냥 쉬운 것은 아니다. 근본적으로 글 쓰는 이가 모르거나 실수를 저질러서 맞춤법에 어긋나는 글을 쓸 때도 있지만 맞춤법 규정 자체가 혼동되기 쉬운 속성을 지니고 있기도 하다. 여기서는 자주 틀리는 맞춤법의 예를 참고하여 혼동을 줄일 수 있도록 하자.

1. '안'과 '않'

안: '아니'의 준말, 부사이므로 동사/형용사 앞에서는 '안'

예) 철수가 밥을 안 먹는다. → 철수가 밥을 아니 먹는다.

않: '아니하다'의 준말

예) 철수가 밥을 먹지 않는다. → 철수가 밥을 먹지 아니한다.

2. '되'와 '돼'

되: '되어'를 넣어서 말이 안 되면 '되'

예) 철수는 대학생이 되고서 사람이 달라졌다.

돼: '되어'의 준말, '되어'를 넣어서 말이 되면 '돼'

예) 철수는 대학생이 돼서 나타났다.

3. '-로서'와 '-로써'

-로서: 자격

예) 학생으로서 본분을 지켜야 한다.

-로써: 수단, 방법, 도구

예) 책을 읽음으로써 교양을 쌓을 수 있다.

cf) -(으)므로: 이유

예) 이 학생은 타의 모범이 되므로 이에 상장을 줌.

-음으로(써): 수단, 방법

예) 모범적인 행동을 함으로 위기를 벗어났다.

4. '-든지'와 '-던지'

-든지: 선택

예) 오든지 말든지 마음대로 해라.

-던지: '-더'가 과거 회상 선어말어미임.

예) 시험이 어찌나 어렵던지 죽 쑤고 나왔다.

5. 반듯이와 반드시

반듯이: 반듯하게, 똑바르게 ← 반듯하다

반드시: 꼭

cf) 설거지의 경우에도 '설겆'과 모양이 같은 다른 단어가 없기 때문에 소리 나는 대로 설거지로 적는다.

6. 솔직히와 깨끗이

솔직히: '-하다'가 붙을 수 있는 말은 '-히'

깨끗이: '-하다'로 끝나지만 'ㅅ' 받침으로 끝나는 말 다음에는 '-이'

예) 뜨뜻이, 번듯이

7. 사이시옷: 다음 세 가지 조건에 모두 해당하면 '사이시옷'을 넣는다.

① 두 단어가 합해져서 하나의 단어가 된 것

② 그 두 단어 중 하나는 반드시 고유어일 것

③ 원래에는 없었던 된소리가 나거나 'ㄴ' 소리가 덧날 것

예) 저(한자어)+가락(고유어): 젓가락[저까락]

예) 깨(고유어)+묵(고유어): 깻묵[깻묵]

예) 깨(고유어)+잎(고유어): 깻잎[깬닙]

예) 등교(한자어)+길(고유어): 등굣길[등교낄]

예외) 숫자, 셋방, 횟수, 찻간, 곳간, 툇간

8. '왠지'와 '웬 말'

왠지: '왜인지'의 준말. '왠지'밖에 없다.

웬: 의문을 나타내는 관형사

예) 웬 말이냐, 웬일이냐, 웬 사람이냐, 웬만하면

9. '왔데'와 '왔대'

– 데: 화자 자신의 경험

예) (내가 아까 보니) 철수가 학교에 왔데.

– 대: '다고 해'의 준말. 남의 말을 전할 때

예) (순이한테 들으니) 철수가 학교에 왔대.

2) 띄어쓰기

'띄어쓰기' 역시 한글 맞춤법에서 매우 중요하다. 잘 알려진 예문이지만, '아버지가방에들어가신다'처럼 우리말에서 띄어쓰기를 하지 않으면 문장의 뜻을 알 수 없게 된다. '아버지가 방에 들어가신다'와 '아버지가방에 들어가신다'는 전혀 다른 의미이기 때문이다. 특히 요즘은 스마트폰을 이용하여 SNS나 채팅앱 등에 짧은 글들을 쓰면서 띄어쓰기를 하지 않는 경우가 많아 사람들이 띄어쓰기를 더 어색하고 어렵게 느낀다. 원활한 의사소통과 품격 있는 글을 위해서는 일상생활에서도 가급적 맞춤법을 지키도록 습관화하는 것이 좋다.

띄어쓰기의 대원칙은 "단어는 띄어 쓴다"는 것이다. 한글 맞춤법 총칙 제1장 제2항에서는 "문장의 각 단어는 띄어 씀을 원칙으로 한다"고 규정해놓았다. 즉, '단어'만 파악하면 띄어쓰기가 가능하다. 그러나 세부적인 사항으로 들어가면 어디서 어떻게 띄어 써야 하는지 헛갈리게 된다.

눈물이 났다.

위 문장에서 '눈물'과 '–이'의 차이는 무엇일까? '눈물'은 단독으로 소리를 내서 쓸 수 있지만, '–이' 같은 조사는 단독으로 쓸 수 없다. 즉, 두 단어에는 자립성과 의존성이라는 차이가 있으며, 의존적인 말은 띄어 쓸 수 없다. 그렇기 때문에 '–이' 같은 조사는 앞말에 붙여 쓰고, '한여름'처럼 접두사 '한–'을 쓴 경우에는 원말 '여름'에 붙여 쓴다. 선생님의 '님' 같은 접미사도 마찬가지이다. 하지만 다음의 말들은 자립성이 부족하지만 띄어 쓴다.

- 아는 것이 힘이다. 나도 할 수 있다.(의존명사)
- 신 두 켤레　　북어 한 쾌　　버선 한 죽(단위명사)
- 국장 겸 과장　　열 내지 스물　　청군 대 백군(접속부사)

위와 같이 의존명사, 접속부사 등은 언뜻 보기에는 의존성이 강해 보이는 단어이지만 원칙적으로 띄어 쓴다. 의존명사는 명사의 의미와 기능을 수행하며, '단위'를 나타내거나 두 말을 이어주는 접속부사도 띄어 썼을 때 문장의 의미가 더욱 분명해지기 때문이다. 결국 띄어쓰기는 문장의 뜻을 정확히 전달하는 데 목적이 있으며 읽기의 효율을 높이기 위한 규범이라고 할 수 있다.

띄어쓰기가 헛갈리는 경우는 또 있다.

〈보조사〉

–은/는/ㄴ, –도, –만, –뿐, –부터, –까지, –조차, –마다, –야, –야말로, –(이)든지, –(이)라도, –(이)나마, –커녕, –은/는커녕, –치고, –밖에, –마저, –대로, –인들, –마는, –그려, –그래, –요

예) 시험이 내일이니 공부할 수밖에.

예) 조금이나마, 늦게나마

예) 울기는커녕

예) 너만 와라 cf) 10년 만에 우리는 만났다.(의존명사)

위와 같이 보조사(특수조사)는 모두 앞말에 붙여 쓴다. 다음은 혼동하기 쉬운 띄어쓰기의 예이다. 주의하도록 하자.

1. 합성어는 두 단어가 합쳐져 한 단어로 인정받은 것이므로 붙여 쓴다.

예) 배부르다, 논밭, 힘들다, 이때

2. 의존명사는 띄어 쓴다.

예) 약속이 생긴 것이다. 갈 거야. 내 거야. 웃을 수 있다. 할 줄 모른다.

예) 잘돼야 될 텐데(터인데).

예) 당신 때문에, 없기 때문에

예) 비행 시(時) 노트북의 사용이 금지된다.

cf) 그들은 우리를 적대시(視)했다.

예) 남녀 간, 남북 간 cf) 부부간, 동기간, 형제간, 부자간(합성어)

3. 어미는 앞말에 붙여 쓴다.

예) 어찌 눈물을 보일쏘냐?

예) 어찌해야 좋을꼬?

예) 많이 먹게.

예) 얼마나 예쁜지 모른다. cf) 우리가 만난 지 어언 1년(의존명사)

4. 단위명사는 띄어 쓴다. 다만 순서를 나타내는 경우나 숫자와 어울리어 쓰이는 경우에는 붙여 쓸 수 있다.

예) 두 시 삼십 분(2시 30분), 삼 학년(3학년), 육 층(6층), 제 1장(제1장)

5. 보조용언은 띄어 씀을 원칙으로 하되, 붙여 쓰는 것도 허용한다.

예) 읽어 보았다, 읽어보았다, 읽어도 보았다

예) 눈이 올 듯하다, 눈이 올듯하다, 눈이 올 듯도 하다

예) 믿을 만하다, 믿을만하다, 믿을 만도 하다

예) 할 법하다, 할법하다, 할 법도 하다

예) 모른 체하다, 모른체하다, 모른 체를 하다

6. 접사는 붙여 쓴다.

예) 공부하다, 우선시하다, 확립되다, 보고되다, 도난당하다, 사랑받다, 말씀드리다

예) 십 분쯤 전에, 십 분 전쯤

예) 백 원짜리 동전 두 개

예) 십 년간

예) 백여 명

7. 수를 적을 때는 만 단위로 띄어 쓴다.

예) 십이억 삼천사백오십육만 칠천팔백구십팔, 12억 3,456만 7,898

8. 단음절로 된 단어가 연이어 나타날 때는 붙여 쓸 수 있다.

예) 좀 더 큰 것/좀더 큰것

9. '못하다'와 '못 하다'

못하다: '못'을 떼었을 때 의미가 통하지 않으면 붙여 쓴다.

예) 음식 맛이 예전보다 못하다.

못 하다: '못'을 붙여 부정문이 되는 경우에는 띄어 쓴다.

예) 영희가 밥을 못 먹는다.(부정문)

3) 표준어 규정

다음은 표준어 규정이다. 표준어는 "교양 있는 사람들이 두루 쓰는 현대 서울말"이다. 이와 대조되는 말이 지역어 또는 방언일 것이다. 대개는 행정구획에 따라 전라도 방언, 충청도 방언, 경상도 방언, 강원도 방언, 경기도 방언, 제주도 방언 등으로 나뉜다. 특히 제주도 방언은 육지 사람들이 이해하기 어려운 방언이다. 다양한 방언은 각 지역의 향토적 정서를 유발하기도 하지만, 의사소통 면에서만 생각하면 불편한 점도 있어 표준어가 필요하다.

표준어는 우리가 쓰는 말을 규범적인 것과 비규범적인 것으로 구분하여 제시하고 있다. 현대사회는 지역이나 계층, 또는 일시적인 유행에 따라 말의 의미나 발음이 변화되기도 하고 분열되기도 하며, 특히 요즘과 같은 정보화 시대에는 여러 형태의 언어와 발음이 빠르게 생성되고 유포되어 어느 것이 표준어인지 혼동될 때가 더 많다. 따라서 국립국어원이 정한 표준어 규정에 더욱 주의를 기울여야 한다. 다음의 예문을 보고 표준어로 고쳐보자.

예) 자장과 밥을 비벼서 먹을려고

→ 자장과 밥을 비벼서 먹으려고

의도를 나타내는 어미는 '-(으)려고'이다. '-(으)ㄹ려고'는 잘못된 것이다.

예) 성냥은 내가 그을께.

→ 성냥은 내가 그을게.

의문을 나타내는 어미인 '-(으)ㄹ까?', '-(으)ㄹ꼬?', '-(으)리까?', '-(으)ㄹ쏘냐?' 외의 어미는 'ㄹ' 뒤에서 된소리로 발음되어도 된소리로 적지 않고 예사소리로 적는다.

예) 살려 주십시요.

→ 살려 주십시오.

받침 없는 동사 어간, 'ㄹ' 받침인 동사 어간 또는 어미 '-으시-' 뒤에 붙어 합쇼체의 자리에 쓰여 명령의 뜻을 나타내는 종결 어미는 '-ㅂ시오'이다.

예) 딸기가 참 먹음직스러 보이는군요.

→ 딸기가 참 먹음직스러워 보이는군요.

예) 이민을 가겠다는 거에요.

→ 이민을 가겠다는 거예요.

예) 애기들이 먹는 분유는 물에 잘 녹아야 합니다.

→ 아기들이 먹는 분유는 물에 잘 녹아야 합니다.

다음은 틀리기 쉬운 표준어의 예이다.

- 접두사 '수-': '숫양', '숫염소', '숫쥐' 등을 제외한 나머지는 수로 통일한다.

  예) 수꿩, 수놈, 수캉아지, 수탕나귀, 수평아리
- '웃-'과 '윗-': 아래-위의 대립이 없는 단어는 '웃-'을 쓰고, 대립이 있는 단어는 '윗-'을 쓴다.

  예) 윗니, 윗도리, 윗머리, 윗목/웃국, 웃돈, 웃어른, 웃옷
- '장이'와 '쟁이': 기술자에게는 '장이'를 붙이고, 그 외에는 '쟁이'를 붙인다.

  예) 미장이, 유기장이/멋쟁이, 소금쟁이

그 외에도 복수 표준어로 인정된 경우도 있다. 글 쓰는 데 참조할 수 있다.

네/예
꾀다, 쬐다/꼬이다, 쪼이다
거슴츠레/게슴츠레
꺼림하다/께림하다
고린내/코린내
개수통/설거지통
꼬리별/살별
녘/쪽(남-)
닭의장/닭장
돼지감자/뚱딴지
마파람/앞바람
모쪼록/아무쪼록
버들강아지/버들개지
보조개/볼우물
부침개질/부침질/지짐질
살쾡이/삭
생/새앙/생강
시늉말/흉내말
양념감/양념거리
언덕바지/언덕배기

옥수수/강냉이

자리옷/잠옷

장가가다/장가들다

흠가다/흠나다/흠지다

신/신발

어저께/어제

여태/입때

오사리잡놈/오색잡놈

우레/천둥

자물쇠/자물통

중신/중매

전문가가 아니라면 내가 쓰는 말이 맞춤법에 맞는 말인지, 표준어인지 직관적으로 알기 어려우며, 글을 쓸 때도 띄어쓰기 등이 혼동될 때가 있다. 이때 유용한 수단이 바로《표준국어대사전》이다. 국어사전의 표제어는 곧 단어로 볼 수 있어 표제어대로 띄어쓰기를 하면 된다. 표준어 또한 규정만으로는 내가 쓰는 말이 표준어인지 비표준어인지 알기 어렵기 때문에 의심이 들 때마다 국어사전을 찾아 표준어 여부를 확인하는 것을 좋다.

요즘은 인터넷 국립국어원 홈페이지(https://www.korean.go.kr)에서《표준국어대사전》을 바로 검색할 수 있고 어문규정도 확인할 수 있다. 그리고 '질의응답'란에는 국어에 대한 수많은 궁금증과 그에 대한 국립국어원의 공식 답변을 찾아볼 수도 있으므로 조금만 수고를 한다면 바른 국어의 사용도 그리 어려운 일이 아니다.

4) 외래어 표기법

외래어 표기법은 외래어를 한글로 적는 법에 관한 규정이다. '외래어(外來語)'는 외국어로부터 들어와 우리말에 동화되고 우리말로서 사용되는 언어로, '외국어'와는 구별된다. 외래어는 의미상 정확하게 대체되는 고유어가 없는 경우가 많아 '차용어(借用語)'라고도 한다. 예를 들어 '컴퓨터'와 '고무'는 외래어지만 '요리사'를 의미하는 '셰프(chef)'는 외래어가 아닌 외국어이다. 따라서 셰프와 같은 외국어는 쓰지 않는 것이 좋다.

문장에서 외래어를 사용하면 신선하고 이국적인 정취를 느낄 수 있지만, 과도하게 사용할 경우에는 내용이 피상적으로 보이는 등 부작용도 있다. 외래어를 써야 할 때는 반드시 이 문장에 이 외래어가 꼭 들어가야 하는지, 또 대체할 수 있는 국어가 존재하는 것은 아닌지 심사숙고해보는 것이 좋다.

외래어 표기법의 경우는 원칙만 잘 지키면 어렵지 않다. 외래어를 우리글로 쓸 때는 본래의 발음을 살려서 적되, 우리 귀에 들리고 우리 입으로 말할 수 있는 대로 적어주면 된다. 예를 들어, 'juice'는 [주스]라고 적어주면 된다. 그런데 흔히 '주스'를 '쥬스'로 잘못 적는 것을 많이 보았을 것이다. 여기에서 우리 귀와 입이라는 것은 먼 과거로부터 한국 사람의 머리에 저장되어 있는 소리에 대한 인식을 의미한다. 한국 사람들은 영어의 [f]나 [p]를 구분하지 않고 모두 'ㅍ'로 인식하듯이 [주]와 [쥬] 모두 [주]로 인식하며, [ㅈ], [ㅊ]이 [ㅑ], [ㅕ], [ㅛ], [ㅠ]와 결합하면 '자, 저, 조, 주' 또는 '차, 처, 초, 추'로 들린다.

이러한 혼동을 막기 위해 외래어 표기법에는 "외래어는 국어의 현용 24자모만으로 적는다"라는 규정이 있다. 24자모에는 기본 자음(ㄱ, ㄴ, ㄷ, ㄹ, ㅁ, ㅂ, ㅅ, ㅇ, ㅈ, ㅊ, ㅋ, ㅌ, ㅍ, ㅎ) 14개와 기본 모음 10개(ㅏ, ㅑ, ㅓ, ㅕ, ㅗ, ㅛ, ㅜ, ㅠ, ㅡ, ㅣ)가 포함되므로 우리가 흔히 쓰는 짜장면, 빼스, 써비스, 써클처럼 경음(ㄲ, ㄸ, ㅃ, ㅉ, ㅆ)으로 적는 것은 잘못이며 자장면, 버스, 서비스, 서클로 적어야 맞다. 또 받침의 경우에는 'ㄱ, ㄴ, ㄹ, ㅁ, ㅂ, ㅅ, ㅇ'만 쓰는데, 이때 'ㄷ'을 쓰지 않는 것에도 주의해야 한다. 따라서 '로켇'은 '로켓'이며, '커피숖'은 '커피숍'으로 써야 한다.

그 외에도 외래어를 표기할 때는 아래 사항에 주의하며, 확신이 서지 않을 때는 국립국어원 자료에서 반드시 용례를 찾아본다.

1. 이미 굳어진 말에 대해서는 관용을 인정한다. (미국식 발음보다 영국식 발음을 따르는 경우가 상례다.)

   예) 렌터카(rent-a-car), 뷔페, 모델, 뭄바이(Mumbai), 바비큐, 보닛, 부르주아, 버저(buzzer), 코미디, 데이터, 디지털, 도넛, 더그아웃(dugout), 프런트, 소시지, 셔벗(sherbet), 팀워크, 슈퍼마켓, 시너(thinner), 옴부즈맨, 탤런트, 컴퓨터, 판다(panda), 뉴욕, 알래스카, 매사추세츠, 텍사스

2. 외래어의 한 음운은 원칙적으로 한 기호로 적는다.

   예) [f]는 'ㅎ'으로 적지 않고 'ㅍ'으로만 표기하므로 '파이팅', '패밀리'가 맞는 표기이다.

그러나 [t]의 경우 set는 '세트'로, supermarket은 '슈퍼마켓'처럼 '트'와 'ㅅ'으로 적을 수 있다.

3. 흔히 혼동되는 사례 중 맞는 표기는 아래와 같다.

가스레인지, 네트워크, 돈가스, 로봇, 로열, 보디, 밸런타인데이, 벤치, 소파, 숍, 수프, 스케치북, 스티로폼, 스태프, 센터, 앙코르, 액세서리, 에어컨, 워크숍, 주스, 카탈로그, 커닝, 커트, 컬렉션, 콘텐츠, 콤팩트, 케이크, 케첩, 테이프, 텔레비전, 템스강, 플루트, 프라이팬, 패널, 팸플릿, 하이라이트

Ⅳ

글쓰기의 윤리

1.
글쓰기의 윤리란?

윤리란 인간이 사회의 일원으로서 지켜야 할 행동규범이다. 도덕이 인간의 내면에 치우친 것이고 법률이 외면에 치우친 것이라고 한다면, 윤리는 도덕과 법률적 성향을 모두 갖는 혼합적 성향을 갖지만, 도덕보다는 '규범'의 성격이 강하다. 그러므로 '글쓰기 윤리'란 개인이나 공동체가 글을 쓸 때 꼭 지켜야 하는 규범을 말한다. 모든 글은 글쓰기 윤리가 바탕이 되어야 하며, 어떤 훌륭한 사고와 표현 기술도 글쓰기 윤리가 전제되지 않는다면 무용지물이다. 즉, 누구나 글을 쓸 때는 자신과 다른 사람의 아이디어나 연구 결과를 객관적이고 공정하게 제시해야 한다. 그렇게 함으로써 자신의 의견을 더욱 설득력 있게 제시할 수 있고 더 많은 신뢰를 얻을 수 있다. 특히, 연구 수행과정에서 발생하는 비윤리적 행위로는 위조, 변조, 표절이 대표적인데 이 가운데 글을 쓸 때 자주 발생하는 문제가 바로 '표절(剽竊)' 문제이다.

1) 표절

우리는 글을 통해 자신의 생각이나 느낌, 연구 결과 등을 읽는 이에게 전달한다. 이때 글의 내용에 대한 신뢰도를 높이기 위해, 또는 읽는 이의 관심을 끌기 위해 흔히 다른 사람(대개 해당 분야의 권위자)의 말이나 저서의 일부를 끌어오는 경우가 있다. 이를 '인용'이라고 한다. 인용은 논증하는 글에서 많이 사용되는데, 글 쓰는 이 자신의 주장을 뒷받침하는 근거로 이용되기도 하고 반대로 글 쓰는 이와 대립되는 의견을 지닌 사람의 주장을 논박하기 위해 사용되기도 한다.

그런데 만약 이러한 인용 과정에서 사실을 왜곡하거나 이미 발표된 내용을 마치 자신의 독창적인 내용인 것처럼 읽는 이들을 속인다면 거짓된 글을 쓰는 꼴이 된다. 거짓된 글쓰기는 당연히 비윤리적 범죄 행위에 속한다. 특히, 정보에 쉽게 접근할 수 있는 현대의 우리는 과거에 비해 훨씬 더 많은 양의 지식과 글에 둘러싸여 있어 글을 쓸 때 마음만 먹으면 얼마든지 자신의 생각인 양 남의 글을 '복사'하여 '붙여넣기' 할 수 있다. 그뿐만 아니라 어떤 경우에는 자신도 모르는 사이에 다른 사람의 글이나 생각을 도용하기도 하는데, 실수에 의한 도용 역시 범죄임은 자명하다. 이렇게 다른 사람의 생각이나 다른 사람이 만든 개념과 표현을 인용 표시 없이 사용하는 것을 '표절'이라 한다.

우리나라에서는 교수 출신 공직자들의 논문 표절이 사회적 문제가 되면서 각 대학이나 학회별로 표절심사 가이드라인을 마련하고 있다. 2008년 2월 교육인적자원부에서 마련한 논문표절 가이드라인 모형에 따르면 ① 여섯 단어 이상의 연쇄 표현이 일치하는 경우, ② 생각의 단위가 되는 명제 또는 데이터가 동일하거나 본질적으로 유사한 경우, ③ 다른 사람의 창작물을 자신의 것처럼 이용하는 경우 등이 표절에 해당한다. 여기에 더하여 남의 표현이나 아이디어를 출처를 표시하지 않고 사용하거나 창작성이 인정되지 않는 짜깁기 또는 연구 결과를 조작하고 저작권을 침해한 가능성이 높은 저작물의 경우는 '중한 표절'로 분류한다. 또 자신의 저작이라 하더라도 출전을 밝히지 않고 상당 부분을 그대로 다시 사용하는 경우를 '자기표절'이라고도 하는데, 같은 논문을 그대로 다른 학술지에 중복 게재하는 경우 등이 이에 해당한다. 여기서 주의할 점은 글만이 아니라 영상 이미지, 건축 초안, 데이터베이스, 그래프, 통계표, 인터뷰나 대화 중에 한 말 그리고 인터넷에서 얻은 정보들을 인용 표시나 허락 없이 사용한다면 이 역시 표절에 해당한다는 점이다.

부적절한 집필 행위 또한 표절이 될 수 있다. 교육부의 〈연구윤리 확보를 위한 지침〉 제12조에는 표절을 다음과 같이 규정하고 있다.

> "표절"은 다음 각 목과 같이 일반적 지식이 아닌 타인의 독창적인 아이디어 또는 창작물을 적절한 출처표시 없이 활용함으로써, 제3자에게 자신의 창작물인 것처럼 인식하게 하는 행위
>
> 가. 타인의 연구내용 전부 또는 일부를 출처를 표시하지 않고 그대로 활용하는 경우
>
> 나. 타인의 저작물의 단어 · 문장구조를 일부 변형하여 사용하면서 출처표시를 하지 않는 경우
>
> 다. 타인의 독창적인 생각 등을 활용하면서 출처를 표시하지 않는 경우
>
> 라. 타인의 저작물을 번역하여 활용하면서 출처를 표시하지 않는 경우

대부분의 대학과 학회에서는 위와 비슷한 지침을 제시하고 있는데, 여기서 우리가 가장 많이 저지르기 쉬운 실수가 '부적절한 출처 인용'이다. 인용을 하고자 했지만 이를 바르게 하지 않았다면 표절과 다름없다. 좀 더 구체적인 출처 표시의 방법은 후술하겠지만, 예를 들어 타인의 글을 인용하면서 " "와 같이 직접 인용하는 부호와 정확한 출처를 제시하지 않고 그대로 가져오면 당연히 표절이다. 이때 출처 표시와 함께 직접 인용임을 나타내는 부호까지 정확히 표시해야 인용의 범위를 알 수 있다. 그뿐만 아니라 글자 그대로를 똑같이 옮기지 않았어도 의미가 유사하고 출처를 표시하지 않았다면 표절이다. 원전의 말을 완전히 베낀 것이 아니더라도 '자신만의 표현'으로 고쳐 원래의 의미를 전달해야 하고 이때도 본래 아이디어의 출처를 각주나 미주의 형태로 제공해야 한다. 이를 '간접 인용'이라 한다.

출처를 표기하는 방법이 다소 복잡하고 또 부적절한 인용들이 사소한 실수로 보일 수도 있지만, 이러한 실수가 반복되고 그것들이 중대한 오해를 낳는다면, 그것은 실수가 아니라 의도적 행위로 여겨지게 된다. 그리고 그것은 다른 사람의 아이디어와 글을 훔치는 행위, 절도 행위로 여겨질 수 있다는 것을 명심해야 한다.

2) 위조와 변조

이와 같이 다른 사람의 글을 허락받지 않고 훔쳐서 사용하는 표절 행위가 글쓰기 윤리에서 가장 큰 문제이지만, 위조와 변조도 방조될 수 없는 비도덕적 행위이다. 먼저, '위조'의 사전적 정의는 "어떤 물건을 속일 목적으로 꾸며 진짜처럼 만드는 일"인데, 의도적으로 속일 것을 전제로 존재하지도 않는 연구 데이터를 실제로 있는 것처럼 꾸미는 행위가 여기에 속한다. '변조'는 실제의 내용을 바꾸어 제시하거나 사실을 다르게 서술하는 행위를 의미하며, 연구 결과를 사실과 다르게 조작하거나 해석하는 행위를 변조라 할 수 있다. 그 외에도 사실이 아닌 것을 사실인 것처럼 꾸미는 행위로 '날조'가 있다.

표절이나 부적절한 인용이 인문학 분야의 글쓰기에서 많이 행해지는 경향이 있는 반면, 위조나 변조는 주로 사회과학이나 자연과학 분야에서 많이 자행되는 경향이 있다. 위조나 변조가 자연과학 분야의 글쓰기에서 많이 자행되는 것은 실험에서 얻은 데이터를 토대로 글쓰기가 많이 행해지기 때문이다. 물론 인문학 분야에서도 위조나 변조, 날조가 자행되지 않는 것은 아니다. 인문학 글쓰기에서도 사실을 조작하거나 없는 사실을 있는 것처럼 꾸미는 글쓰기가 있을 수 있기 때문이다. 그러나 자신의 논지에 유리하도록 원문의 의미를 왜곡하거나 인용문, 연구 결과를 변형 · 조작하는 것은 객관적인 입장에 서야 하는 연구자의 기본자세를 저버린 행위이며 글쓰기 윤리, 즉 글을 쓸 때 인간으로서 마땅히 지켜야 할 도리를 망각하는 행위이다. 한 편의 글에서 글 쓰는 이는 자신의 생각을 진솔하게 담아내야 하고 내용 전개에서는 정직성이 담보되어야 한다. 그렇지 않은 글은 읽는 이를 속여 오도하는 비윤리적인 글이 되고 만다.

3) 표절 예방하기

이제까지 비윤리적 글쓰기에 대해 구체적으로 알아보았다. 우리는 이러한 거짓 글쓰기 행위에 경각심을 가져야 한다. 이를 위해 '퇴고(推敲)' 단계에서 자신의 글에 표절이나 부적절한 인용이 없는지 점검하면서 자신의 글쓰기를 반추해보는 것이 좋다. 아래의 표는 연구윤리교육포털 카피킬러에서 제공하는 자가점검표의 한 예이다.

위와 같이 표절에 주의했다 하더라도 글을 쓰다 보면 의도치 않게 표절 행위가 발생할 수도 있다. 이런 경우를 방지하기 위해 표절 방지 프로그램을 사용하여 자신의 글을 점검하는 것이 효과적이다. 대표적인 사이트로는 KCI 논문 유사도 검사(https://check.kci.go.kr), 카피킬러(https://www.

〈그림 1〉 문서 업로드 및 검사 설정하기

카피킬러 연구윤리 자가점검표[연구자용]

			점검일자	
문서명				
작성자		소속		
연구비		지원기관		

자가점검항목			결과	
			네	아니오
위조	1	존재하지 않는 연구 원자료 또는 연구자료, 연구결과 등을 허위로 만들거나 기록 또는 보고하는 행위를 하였는가?		
변조	2	연구 재료, 장비, 과정 등을 인위적으로 조작하거나 연구 원자료 또는 연구자료를 임의로 변형, 삭제함으로써 연구 내용 또는 결과를 왜곡하는 행위를 하였는가?		
표절	3	타인의 저작물의 전부 또는 일부를 출처를 표시하지 않고 나의 창작물인 것처럼 그대로 활용하였는가?		
	4	타인의 저작물의 단어 · 문장구조를 일부 변형하여 사용하면서 출처표시를 하지 않았거나 일부에만 표시하였는가?		
	5	타인의 독창적인 생각 등을 활용하면서 출처를 표시하지 않았는가?		
	6	타인의 저작물을 번역하여 활용하면서 적절하게 출처를 표시하지 않았는가?		
	7	인용한 것에 대해 올바른 방식으로 출처를 표시하였는가?		
	8	[직접인용] 타인의 저작물에 대해 출처를 표시했지만 3줄 이내의 문장을 직접 인용하면서도 인용부호(" ") 없이 그대로 사용하였는가?		
	9	[직접인용] 타인의 저작물에 대해 출처를 표시했지만 3줄 이상의 문장을 글자체와 글씨크기를 달리하여 문단을 따로 만들지 않고 그대로 사용하였는가?		
	10	[간접인용] 타인의 저작물에 대해 출처를 표시했지만 자신의 글 속에 인용범위가 명확히 드러나도록 하지 않고 그대로 사용하였는가?		
	11	[재인용] 1차 문헌을 인용한 2차 문헌을 인용하면서 1차 문헌을 직접 인용하는 것처럼 출처를 표시하였는가?		
부당한 저자 표시	12	연구내용 또는 결과에 대한 공헌 또는 기여가 없음에도 불구하고 저자 자격을 부여하는 행위를 하였는가?		
	13	연구내용 또는 결과에 대한 공헌 또는 기여가 있음에도 불구하고 저자 자격을 부여하지 않는 행위를 하였는가?		
중복 게재	14	자신의 이전 연구결과와 동일 또는 실질적으로 유사한 저작물을 출처표시 없이 게재하였는가?		
	15	자신의 이전 연구에서 얻어진 결과를 여러 조각으로 나누어서 여러 개의 저작물은 작성하였는가?		
	16	자신의 이전 연구결과에 새로운 연구결과를 추가해 저작물 목록을 부풀리는 행위를 하였는가?		

주) 1. 카피킬러 연구윤리 자가점검표, 2015년 10월, (주)무하유
2. ▇ 색칠된 부분은 카피킬러 표절검사 프로그램에서 검사 가능한 항목임

출처: 카피킬러 연구윤리 자가점검표(edu.copykiller.com)

copykiller.com), 턴잇인(https://www.turnitin.com) 등이 있다. 각각의 사이트는 국문 논문과 일반적인 글, 영문 문서 등 특화된 분야가 있어 각자의 상황에 맞춰 활용하면 불필요한 오해를 불식시킬 수 있다.

대부분의 사이트에서는 무료로 회원가입이 가능하며 로그인 후 표절 검사를 실시할 문서 파일을 업로드하여 검사를 진행하면 표절률 결과와 함께 비교문장도 보여준다. 논문뿐 아니라 각종 글을 대상으로 쉽게 사용할 수 있어 편리하다. 카피킬러 사이트의 예를 들어 사용법을 간단히 살펴보면 앞의 〈그림 1〉과 같다.

업로드한 후 문서를 등록하고 검사를 진행한다.

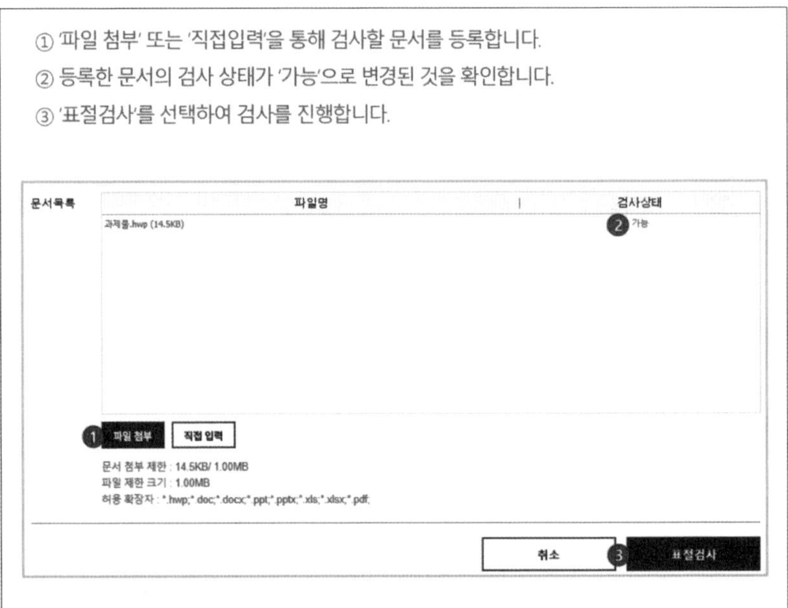

〈그림 2〉 문서 등록 및 검사

검사를 진행하면 다음과 같은 화면이 나타난다.

검사결과 상세보기에서는 표절률 및 표절영역, 비교된 문장의 정보를 확인합니다.

① 내 문서의 표절률을 확인할 수 있습니다. (표절률=표절 의심 어절 수/전체 어절 수X100)

② 검사결과 확인서를 내려받기 가능하며, 결과확인서는 PDF로 제공됩니다.

③ 검사 문서의 분석된 문장의 개수를 표기합니다. 각 문장을 클릭하면 해당하는 문장만 확인할 수 있습니다.

④ 왼쪽 검사문서에서 **파란색 굵은 글씨**의 표절인식 영역을 선택하면, 오른쪽 비교문장에서 **빨간색 굵은 글씨**로 비교되는 문장을 확인할 수 있으며 비교문장의 출처들을 확인합니다. 출처가 온라인 콘텐츠의 경우 해당 사이트로 이동할 수 있습니다.

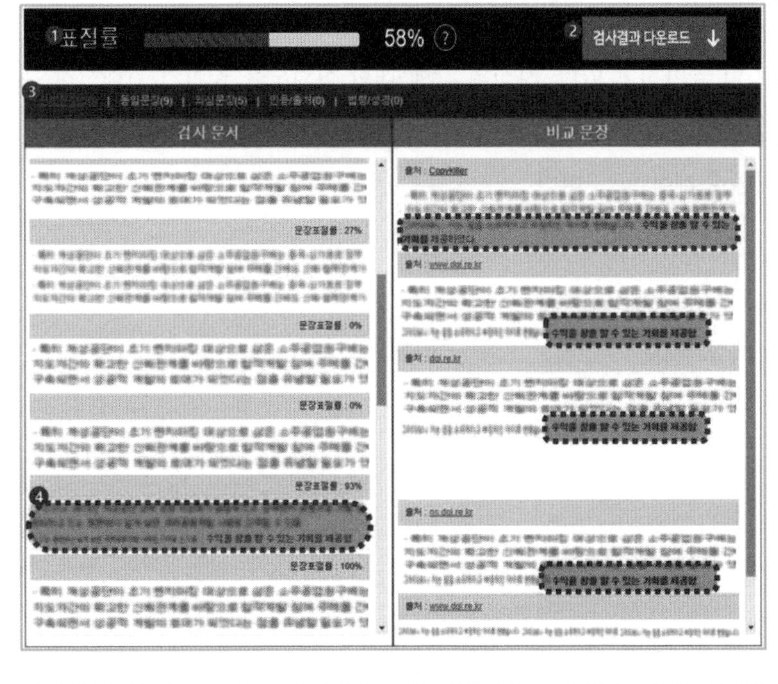

〈그림 3〉 검사 결과 보기

카피킬러에서는 자신의 글과 비교 문장이 함께 제시되어 어떤 문장이 얼마만큼 표절되었는지 구체적으로 확인할 수 있다. 글을 쓸 때는 누구든지 표절이 범죄 행위라는 점을 상시 염두에 두고 의도적으로 표절하지 않도록 노력해야 한다. 또한 무의식적인 표절 행위를 방지하기 위해서는 정확한 인용법과 주석 작성법을 사전에 익히고, 문헌이나 자료를 참고할 때는 메모하는 습관을 들여야 한다. 이때는 출처와 함께 간접 인용인지 직접 인용인지, 무엇이 자신의 고유한 아이디어인지 구분하여 적는 것이 좋다.

최근에는 각 대학에서 온라인 프로그램을 통해 학생 과제물에 표절 검사를 실시하고 있고, 대부분의 학회에서도 논문을 제출할 때 '논문 유사도 검사 결과'를 첨부하도록 하는 등 표절에 대한 사회적 경각심은 점점 더 높아지고 있다. 자신의 글에 대한 신뢰도를 높이기 위해서라도 표절 방지 프로그램 사용을 습관화하는 등 올바른 글쓰기 윤리 확립을 위해 노력해야 할 것이다.

2.
출처 표시

글 쓰는 이는 일기나 편지와 같이 사적으로 소장하기 위한 목적의 글이 아니라면 대부분의 경우 반드시 출처를 표기해야 한다. 특히 대학의 학술적 글쓰기나 직장에서의 생산적 글쓰기는 개인의 온전한 감상과 생각에만 의존해서 작성되기 어려우며, 따라서 다른 사람의 의견이나 연구 결과가 부분적으로 인용될 수밖에 없다. 이때 이용하는 것이 주를 달아 출처를 표기하는 것이다. 더구나 최근에는 읽는 이 역시 교수, 상사에 한정되지 않고 온라인을 통해 공공연하게 공유될 수 있는 상황도 충분히 발생할 수 있으므로 출처 표시에 더욱 주의를 기울여야 한다.

출처는 본문에 속하지 않아 논지 전개에 직접적으로 관련되지는 않지만, 주를 달아줌으로써 글 쓰는 이의 학문적 양심도 나타내고 읽는 이들이 좀 더 쉽게 글을 이해할 수 있도록 도와주며 아울러 폭넓은 배경지식 등을 접할 기회를 제공하기도 한다. 그러나 출처를 표시할 때는 아무렇게나 해서는 안 된다. 사람들 사이에 통용되는 규칙이 있기 때문이다. 처음에는 낯설고 어렵게 느껴져도 익숙해지면 규칙을 따르는 편이 글 쓰는 이에게도 읽는 이에게도 편리하다. 이러한 규칙은 분야 및 전공에 따라 다르게 나타나는데, 이는 해당 분야의 전통과 관습에 의해 정해지기 때문이다. 따라서 글이 속한 분야와 성격에 따라 출처 표기 방법을 선택하는 것이 좋다. 출처를 표기하는 방법은 크게 두 가지 방법이 있다. 하나는 '주석' 표기법이고 하나는 '참고문헌'이다.

1) 주석 표기 방법

먼저 주석 표기 방법은 여러 가지가 있다. 과거에는 본문 안 해당 부분 바로 옆에 작은 글씨로 붙여 넣는 '세주(細註)'가 쓰이기도 하고 본문 밖에 주를 다는 '난외주(欄外註)'가 쓰이기도 했는데, 최근에는 본문 안의 해당 부분 뒤에 괄호를 하는 '내주(內註)'와 본문의 해당 면 밑에다가 일정한 순서로 다는 '각주(脚註)'를 사용하는 것이 일반적이다. 때로는 논문이나 책 전체 또는 각 장의 끝에 주석을 모두 배열시키는 '미주(尾註)'도 있으나 표기 위치만 다를 뿐 표기 방법은 각주와 같으므로 여기서는 생략한다. 다만 미주는 주석이 나올 때마다 일일이 뒤로 넘겨 읽어야 한다는 단점이 있다.

(1) 내주

내주는 주로 비교적 짧은 형식의 사회과학계와 자연과학계, 이공계에서 선호하는 출처 표기 방법으로, 본문 속의 해당 부분에서 인용한 내용이 어떤 참고문헌의 내용인지를 표시하는 역할을 한다. 그렇기 때문에 각각의 내주는 반드시 글 마지막에 제시된 특정한 '참고문헌'을 가리켜야 한다. (참고문헌 표시에 대해서는 뒤에 밝힌다.)

대표적인 표기 양식으로는 Chicago 양식, APA 양식, MLA 양식, Vancouver 양식, 법률 양식 등이 있다. Chicago 스타일은 시카고 대학 출판부에서 1906년에 출판한 인용 가이드북으로, 미국에서 가장 많이 사용되고 있다. APA 스타일은 미국심리학회(American Psychological Association: APA)가 정한 문헌 작성 양식으로, 주로 사회과학 분야(심리학, 교육학 등)에서 많이 사용하며 일부 자연과학 분야(생물학, 식물학, 지구과학)에서도 사용한다. MLA 스타일은 미국현대어문학협회(Modern Language Association of America)에서 만든 양식으로, 세계적으로 널리 쓰이는 문서 작성 양식 중 하나이다. APA 양식을 예로 들면 다음과 같다.

(Kushner, 1999)
(Challas, Chapel, and Jenkins, 1967)
(Hemingway et al., 2017)

(이효정, 2017)
(이효정 외, 2017)

내주는 주로 간접 인용이나 압축된 요약을 제시하면서 인용한 문장 뒤에 원괄호로 인용 정보를 표시한다. 내주는 인용문이나 참고한 부분의 출처를 각주란에 전부 밝히지 않아도 되므로 읽는 이가 간편하게 볼 수 있다.

인용정보는 영어의 경우 (저자 정보 중 성(姓), 출판 연도)를, 한국어의 경우에도 위와 같이 (저자 정보, 출판 연도)를 표기하면 된다. 그러나 인용한 정보의 저자가 1명이 아닌 경우도 있다. 즉, 저자가 1~5명인 경우에는 모두 표기하며 이때 표기순서는 참고문헌에 나타난 그대로를 유지한다. 여러 명의 저자를 나열할 때는 쉼표(,)로 구분하며 영어의 경우에는 마지막 저자를 표기할 때 'and'로 한다. 또 저자가 6명 이상일 때는 첫 번째 저자만 표시하고 'et al.'이나 '외'로 표기하고, 저자를 알지 못하는 경우에는 'Anonymous' 또는 '저자 불명'으로 표기한다.

(2) 각주

각주는 주로 인문계열에서 인용 부분의 출전을 표시해야 하는 경우 또는 본문의 내용에 추가적인 설명이 필요한 경우 등에 사용하는데, 인용한 문장의 마침표 뒤에 숫자를 위첨자로 표시하여 나타낸다. 참고문헌과는 별도로 해당 면의 밑에다 일련번호를 부여하여 주석을 배열하는 방식이다. 각주의 형식은 학문 분야나 학술지에 따라 그 형식이 다를 수 있으나 대체로 참고문헌의 서지 사항에 간행 연도 및 인용된 면수를 제시하는 형식이 일반적이다. 즉, 내주가 본문에는 필자와 출판 연도 등 간략한 정보만 기록하는 반면, 각주는 필자명, 저서명, 출판사, 출판 연도, 인용된 면수 등 자세한 정보를 기록한다. 다음은 인용된 자료의 유형에 따른 각주 표시 형식의 예이다. 세부 사항은 각자 해당하는 분야나 학회의

규정에 따라 맞추면 된다.

- 논문의 경우

필자명, 논문명, 게재지명, 권 호수, 출판 연도, 인용 면.

이효정, 〈근대전환기 조선인의 메이지(明治) 일본 견문 — 민건호의 동행일록(東行日錄)을 중심으로 —〉, 《국어국문학》 제184호, 국어국문학회, 2018, 340쪽.

- 단행본의 경우

저자명, 저서명(판수), 출판지명: 출판사명, 출판 연도, 인용 면.

황성근, 《실용 글쓰기 정석》, 진성북스, 2017, 157쪽.

- 서구 문헌의 경우

저자/필자명, 번역자명, "논문명", 책명(이탤릭), 편자명, 권 호수, 출판지명, 출판사명, 출판 연도, 인용 면.

J. J. Heckman, "Sample Selection Bias as a Specification Error." *Econometrica*, 47(1), 1979, p.153.

- 인터넷 자료의 경우

웹 주소 뒤에 검색일자를 괄호로 명기

http://www.korean.go.kr(검색일: 2019.03.01)

2) 참고문헌

참고문헌은 논문이나 저서를 쓰면서 참고한 논문, 저서, 기타 자료 등의 문헌들을 일정한 규칙에 따라 배열하는 것으로 참고문헌란(Bibliography 또는 Reference)은 일반적으로 본문 맨 마지막에 넣는다. 각주와 마찬가지로 참고문헌을 표기하는 방법 역시 각자가 속한 전공 분야나 학회마다 약간씩 다르다. 각자 해당 영역의 관습이나 규정 및 선행 글들을 참조하는 것이 좋다. 대부분의 경우 참고문헌의 작성 방식은 각주의 작성 방식과 크게 다르지 않다.

참고문헌의 대상이 되는 자료는 글의 직접적인 자료가 되는 1차 문헌은 물론, 이론적으로 참고했던 논저들과 비판의 대상이 되었던 논저 등이다. 주석을 이용할 경우에는 동일한 논저가 여러 번 반복되어 등장하지만, 참고문헌에서는 한 번만 제시하면 된다. 그러나 경우에 따라서는 너무 많은 나열을 피하기 위해 본문에 인용되거나 언급된 것으로 제한하기도 한다.

참고문헌은 일정한 순서에 따라 배열해야 한다. 먼저 한국어 문헌을 저자 이름의 가나다순으로 제시하고 그다음에 외래어 문헌을 알파벳순으로 제시한다. 또한 1차 자료나 단행본 자료, 논저, 인터넷 자료 등을 구분하여 제시하기도 한다. 구체적인 예는 다음과 같다.

• 단행본

김윤식,《한국 근대 문예비평사 연구》, 서울: 일지사, 1976.

Andre Martinet, *Economie des changemants phonetiques*, Berne: Francke, 1955.

• 논저

김수암, 〈조선의 근대사절제도 수용: 공사의 서울주재와 전권위임을 중심으로〉, 《국제정치논총》 40집, 한국국제정치학회, 2000, 463-483쪽.

송석원, 〈신문에서 보는 제국 일본의 국가 이상 — 메이지 시대를 중심으로 —〉, 《일본연구논총》 31호, 현대일본학회, 2010, 141-163쪽.

이경원, 〈조선 통신사 수행악대의 음악활동 고찰〉, 《한국음악학논집》 2, 한국음악사학회, 1994, 333-335쪽.

鈴木文, 〈第一次朝鮮修信使来日時にみる日本人の朝鮮認識と自己認識〉, 《朝鮮史研究会論文集》 45号, 朝鮮史研究会, 2007, 63-89쪽.

• 신문 자료

〈아파트 가격 상승의 문제점과 해결 방안〉, 《한겨레신문》, 2012. 5. 18.

3.
인용하기

글을 쓸 때, 특히 논증적 글쓰기나 학술적 글쓰기의 경우에는 흔히 문헌 자료나 다른 사람의 논저에서 어떤 정보를 참고하여 논리적 증명의 전거로 인용하거나 타인의 글에 대한 비판의 근거로 삼기도 한다. 그러나 글쓰기의 생명은 창의성에 있다. 그러므로 아무리 인용을 많이 하더라도 타인의 글을 긁어 붙였다는 인상을 주어서는 곤란하다. 적절한 자료 제시와 함께 자신만의 분석을 가미하는 비판적 글쓰기를 하기 위해서는 기존의 자료나 타인의 글을 인용하는 방법을 알아야 한다.

인용은 크게 직접 인용과 간접 인용으로 구분한다. 이러한 구분은 원전 자료의 표현을 그대로 논거를 삼는지, 아니면 원전의 내용을 글 쓰는 이 나름의 표현으로 바꾸어 내용을 중심으로 논거를 삼는지에 따라 나뉜다.

1) 직접 인용

직접 인용은 원전의 필자 · 저자가 표현한 대로 어떠한 변형 없이 옮기는 인용 방법으로 '반드시' 필요한 경우에만 사용한다. 이는 그의 특별한 생각이 특정한 표현 방법을 통해서만 나타났다고 전제하는 경우에만 제한적으로 써야 한다는 의미이다. 그러므로 원전의 표현을 달리 기술하기 어렵거나 요약하기 불가능할 때, 또 원전을 다르게 표현하면 의미의 왜곡이 발생할 때만 직접 인용을 한다.

직접 인용은 인용이 시작되는 부분부터 마치는 부분까지 큰따옴표(" ")로 표시한다.

> 다산은 《시경강의(詩經講義)》의 서에서 "시(詩)는 소리와 형체를 꾸미는 말씨의 밖에서 맑고 깨끗하게 읊어져 언어가 조리 있게 드러난다"[1]고 했다.
>
> ---
>
> 1) 정약용, 《다산 정약용 산문집》, 허경진 역, 한양출판, 1994, 87쪽.

일반적인 경우 3~4줄 이하는 큰따옴표로 표시하나, 그 이상의 긴 문장 혹은 문단인 경우에는 본문이 끝난 후 행을 바꾸어 좌우 여백을 두거나 글자 크기 및 글자체를 바꾸어 인용된 문단임을 손쉽게 알 수 있도록 하고 출처를 표시한다. 이때 주의해야 할 점은 원전 그대로 인용해야 하므로 만일 글 쓰는 이가 필요에 따라 인용문에 어떤 부호를 덧붙이거나 부분 생략할 경우에는 괄호로 표시해주거나 각주에 그 사실을 밝혀주어야 한다.

연암 박지원은 벗에 관하여 다음과 같이 말했다.

벗이 오륜(五倫) 가운데 맨 끝머리에 있는 것은 벗의 위치가 하찮거나 낮기 때문이 아니다. 마치 오행(五行)의 토(土)가 사시(四時)의 어디에나 붙어서 활동하는 것과 마찬가지다. 부자(父子)간의 친밀과 군신간의 의리와 부부(夫婦)간의 구별과 장유(長幼)간의 차서(次序)도 모두 신의(信義)가 아니라면 어떻게 시행될 수 있으랴. 만약 윤리가 윤리로서 시행되지 않게 되면 벗이 이것을 바로잡아 주기 때문에 오륜의 가장 뒤에 있으면서 이를 통괄하는 것이다. (후략)[1)]

라며 진정한 벗의 소중함에 대해 논했다.

---

1) 박지원, 「방경각외전서(放璃閣外傳序)」, 《연암 박지원 소설집》, 이가원 · 허경진 역, 한양출판, 1994, 13쪽.(밑줄은 필자)

2) 간접 인용

다른 이의 생각을 직접 인용처럼 말한 그대로 인용하지 않고 글 쓰는 이가 요약하거나 이해한 대로 재구성하여 자신의 말로 표현함으로

써 본래의 내용을 전달하는 방법을 '간접 인용'이라 한다. 가령, '김영희(2016)는 ……에 대해 ……라고 논했다' 또는 '김영희(2016)의 견해에 따르면 ……이라고 해석할 수 있다' 등의 문구를 이용할 수 있다. 간접 인용은 요약이나 의역의 형식이 주로 쓰이며, 원문의 중심어는 일반적으로 그대로 이용한다.

이때 주의할 점은 인용한 부분의 앞 혹은 뒤에 간접 인용임을 밝히는 말을 적어야 한다. 그래야 글 쓰는 이의 창의적인 생각과 구분될 수 있다. 또한 간접 인용했음을 밝혔더라도 원문의 표현을 그대로 사용하지는 말고 자신이 이해한 대로 자신만의 언어로 기술하고, 인용의 범위는 최소화하는 것이 좋다. 내주를 사용한 예를 참고해보자.

> 오랫동안 실용적 글쓰기를 연구해온 피터 엘보(2014: 154)가 소통을 기준으로 소통을 위한 글과 사색을 위한 글로 글쓰기 유형을 나누고 사색을 위한 글쓰기의 강점을 설명한 것과도 일맥상통한다.

황성근

한국외국어대학교 독일어과를 졸업하고 같은 대학교에서 석사와 박사학위를 받았다. 독일 문학과 의사소통 분야를 전문적으로 교육하고 연구하고 있다. 현재 세종대학교 대양휴머니티칼리지에서 교양교육을 담당하고 있다. 단행본으로는《실용 글쓰기 정석》,《창의적 학술논문쓰기의 전략》,《미디어글쓰기》,《기록극이란 무엇인가》,《독일문화읽기》 등이 있으며, 논문으로는 〈고전읽기를 통한 의사소통 교육방안〉, 〈미디어글쓰기의 수사학적 설득 구조〉, 〈말하기와 글쓰기의 상관성 연구〉 등 수십 편이 있다.

하지영

이화여자대학교 국어국문학과를 졸업하고 같은 대학교에서 석사와 박사학위를 받았다. 조선 후기 사유와 글쓰기 방식에 나타난 변화에 관심을 가지고 연구를 진행하고 있다. 현재 세종대학교 대양휴머니티칼리지에서 교양교육을 담당하고 있다. 단행본으로는《18세기 진한고문론의 전개와 실현 양상》,《시대, 작가, 젠더》(공저) 등이 있으며, 논문으로는 〈18세기 조선과 일본 문단에서의 상고적 문학론의 배경과 그 추이〉, 〈혜담집(蕙萏集)에 나타난 19세기 사랑과 욕망〉 등 다수의 논문이 있다.

이효정

연세대학교 국어국문학과를 졸업하고 같은 대학원에서 석사학위를 취득했으며, 일본 국제기독교대학(ICU)에서 비교문학으로 박사학위를 받았다. 조선시대 기행문학을 전공했으며 현재 세종대학교 대양휴머니티칼리지에서 교양교육을 담당하고 있다. 논문으로는 〈19세기말 조선의 근대 외교질서 수용의 한 양상〉, 〈19세기 말 메이지 일본 신문에 드러난 조선 사절단의 모습〉, 〈근대전환기 조선인의 메이지(明治) 일본 견문〉 등이 있으며, 역서로《사화기략(使和記略)》,《항한필휴(航韓必携)》가 있다.

이지영

고려대학교 사범대학을 졸업하고 같은 대학교에서 석사와 박사학위를 받았다. 세부 전공은 독서 · 작문교육이다. 현재 세종대학교 대양휴머니티칼리지에서 교양교육을 담당하고 있다. 논문으로는 〈학생 필자의 디지털 협력적 글쓰기에서 나타난 참여 양상에 따른 글의 질 차이〉, 〈혼합 연구 방법을 활용한 매체 활용 발표 평가 준거 연구〉, 〈디지털 협력적 글쓰기 효과 연구-학생 필자 반응의 양적 분석 분석을 중심으로〉, 〈시각적 이미지를 활용한 의미구성 연구〉 등이 있다.

이태하

서강대학교 철학과를 졸업하고 같은 대학원에서 석사학위를 받았다. 예수회 대학인 미국의 세인트루이스대학에서 종교철학 연구로 박사학위를 받았다. 현재 세종대학교 대양휴머니티칼리지 교수로 재직하고 있다. 단행본으로는《근대 영국철학에서 종교의 문제》,《종교의 미래》,《서양 근대 종교철학》,《다원주의 시대의 윤리》,《현대인의 직업과 윤리》,《자연과학에서 문예비평으로》 등이 있으며, 논문으로는 〈신종교 그리고 구원: 자연종교에서 계시종교로〉 등 수십 편이 있다.